명문 동양문고 ❸

이태백 방랑기

李太白 放浪記

金龍濟 著

明文堂

이태백 방랑기
(李太白 放浪記)

▲ 이태백(李太白)의 초상화

▲ 이태백(李太白)

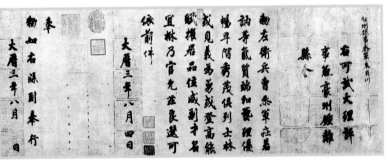

이태백 방랑기
(李太白 放浪記)

▲ 당나라 시대 관리의 사령장

▲ 분류보주 이태백시(分類補註李太白詩)
　조선(朝鮮)시대 판본

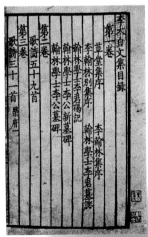

▲ 송판(宋版) 이백집(李白集)
　북경도서관장(北京圖書館藏)

이태백 방랑기
（李太白 放浪記）

▲ 방유묵 항아입운도
（方維墨 嫦娥立雲圖）

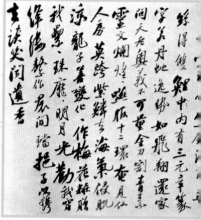

▲ 이백시(李白詩) 소식필(蘇軾筆)

▲ 삼협(三峽)

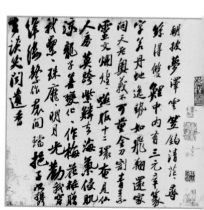

▲ 이태백선시권(李太白選詩卷)

이태백 방랑기

李太白 放浪記

方維墨 嫦娥立雲圖
(방유묵 항아입운도)

　명문 동양문고를 발간하게 된 것은 오랜 명문당의 꿈이었습니다.

　동양학 전반에 걸쳐 좀더 쉽고 알차고 다양한 총서를 망라하고 싶은 사명감이 뜨겁게 항상 응집되어 있었습니다. 차제에 장기근 박사의 격려로 또한 그분의 사상에 공감하면서 뜻을 같이하여 출발하게 되었습니다. 다음은 명문 동양문고를 간행하게 된 대의를 말하겠습니다.

① 다양한 명문 동양문고는 즐거우면서도 유익한 책이 되고자 합니다.
② 인류의 역사 및 문화 발전의 핵심이 되는 동양의 정신문화를 선양하는 데 이바지하고자 합니다.
　아울러 아시아에 관한 문학, 역사, 종교, 사상, 문화, 예술 등 전반에 걸친 알차고 빠짐없는 충실한 내용을 독자에게 전달하고자 최선의 노력을 다할 것입니다.
③ 사회생활의 핵심이 되는「효도 · 윤리 · 도덕」의 실천을 생활화하고 아울러「수신 · 제가 · 치국 · 평천하」에 기여하고자 합니다.
④ 국가적 차원에서는 민족의 자주성을 높이고 아울러 함께 잘 사는「인정덕치(仁政德治)」에 기여하고자 합니다.
⑤ 개인적 차원에서는 저마다의 심성을 함양하고 인격을 도야

하고 학문지식을 선용하여 사회 및 문화 발전에 기여하는 착한 인격자 배양에 기여하고자 합니다.

⑥ 동양학 전반에 걸쳐 교육적 차원에서 훌륭한 인재를 양성하여 학문적으로 세계 최고의 인재를 길러내는 초석이 되고자 하며 더 나아가서는 대한민국이 그리고 지식인과 대학이 일등되는 국가건설에 지식의 초대강국으로 부상하는데 기여하고자 합니다.

⑦ 또 하나 무엇보다도 재미있고 다양한 사랑의 문고가 되고 싶습니다.

앞으로 명문 동양문고는 주옥같은 동양의 고전을 중심으로 광범위한 내용을 선보일 것이며 때로는 원전과 번역도 충실히 다루어 학문연구에 조금도 뒤쳐지지 않는 문고 이상의 전문서적의 역할까지도 책임지어 수행할 것이며 동양문화의 보고(寶庫)이며 일반인으로부터 전문가들에 이르기까지 지식의 충족을 만끽하도록 광대한 의욕을 갖고 계속 출간될 것입니다.

끝으로 독자제헌에 많은 사랑과 지도 편달을 아끼지 않고 베풀어 주시길 바라겠습니다.

명문당 대표 **김동구** 삼가 씀

달아 달아 밝은 달아
이태백이 놀던 달아
저기 저기 저 달속에
계수나무 박혔으니

　나의 소년시절에도 이런 동요를 부른 기억이 난다. 이처럼 이태백(李太白)의 달노래 동요는 오랜 생명을 가지고 있다. 아마 우리 나라의 동요 가운데서도 가장 오랜 세월을 두고 불려지는 노래일 것이다.

　달과 술을 죽는 순간까지 사랑하던 시성(詩聖) 이태백은 또한 몸으로도 마음으로서도 천하의 방랑시인(放浪詩人)이었다.

　그의 방랑은 전생(前生)의 영혼 때부터였을지도 모른다. 모친의 태몽(胎夢)에선 「비너스」의 태백성(太白星)을 보았다하며, 풍채와 성정(性情)이 천생(天生)의 선객(仙客)이라, 시인(詩人)들로 하여금 적선인(謫仙人)이라는 아호(雅號)까지 주게 하였다. 적선이라는 것은 하늘 위의 신선이 발로 구름을 헛 밟고 땅 위로 귀양 왔다는 뜻이다.

　전생에 태백성 별의 혼을 가지고 있다가 땅 위의 인간으로 귀

양 온 시인 이백(李白)은 방랑생활의 평생을 통하여 사랑하던─
달 강물 속에 비친 달그림자를 가슴에 품고 마침내 달로 화하여
승천(昇天)하였다는 신비로운 이야기까지 남겼다. 그처럼 그의
이름과 시는 달빛과 함께 영원히 빛나고 있다.

술과 달과 여인과 꽃을 사랑한 이 시인은 일천 이백 년 뒤인
오늘에 있어서도 우리에게 현묘(玄妙)한 인생허무감(人生虛無
感)과 아울러 자유표일(自由飄逸)한 「로맨티즘」을 그의 작품으
로서 남겨주고 있다.

그렇게 신비롭고, 한때 양귀비(楊貴妃) 앞에서 뽑낸 궁중시인
(宮中詩人)도 그가 살아있을 동안에는 기구한 인생의 운명에 희롱
되었다. 전쟁에 휩쓸려 반역자 취급도 당하여 옥에도 갇혔고 귀
양도 사는 등, 비극적인 방랑의 산길 물길을 끊임없이 헤매었다.

당서(唐書) 가운데 기록되어 있는 그의 지극히 간단한 기록을
더듬어서 이에 전기적(傳記的)으로 소설을 꾸며 보았는데, 이야
기의 형식과 진행은 내가 쓴 「김립(김삿갓)방랑기(金笠放浪記)」
식으로 그의 시(詩)를 중심으로 하였다.

우리 나라의 방랑시인 김삿갓을 소설 「김립방랑기(金笠放浪
記)」로 꾸민 나는 방랑시인 삼형제편(三兄弟篇)으로 「이태백방
랑기(李太白放浪記)」, 「두보방랑기(杜甫放浪記)」를 써오던 중,
이제 이 책을 내게 되었다.

서울에서 金龍濟

범례(凡例)

1. 어려운 낱말에는 글자 바로 옆에 그 뜻을 한문을 넣고 풀었다.

2. 간혹 주(註)를 달아 독자의 이해에 편리를 제공하였다.

3. 권말에 색인을 실어 참고하도록 하고 시구 (詩句)는 첫 줄만을 넣어 너무 번잡하지 않도록 하였다.
   또한 시(詩) 제목(題目)도 색인에서 찾을 수 있도록 하였다.

4. 부록으로 이태백 연보를 실었다.

5. 이태백 관련 서체 판본 등 가능자료 앞면 컬러 화보와 일반 본문 중에 삽입하였다.

6. 끝으로 이백(李白) 시대의 약도(지도)를 첨부하였다.

차 례

1. 고향모르는 신동

『야아이, 고향도 없는 거지 백(白)이!』

『야아이, 이름까지 소 잡는 백정의 백(白)이!』

『누더기 옷에 우글우글 징그러운 이백(李白)이!』

사고무친(四顧無親 :사방을 돌아보아도 친척이 없다는 뜻으로 의지할 만한 데가 전혀 없음을 이르는 말.)한 생소한 땅으로 흘러 온 이씨(李氏) 부부는 그야말로 피골이 상접한 거지들이었다. 이 촉(蜀) 땅인 사천성(泗川省)으로 살 길을 찾아온 유랑민 부부가, 다섯 살 된 아들 백(白)이를 번갈아 업고, 촉도난(蜀道難)의 험산준령(險山峻嶺)을 넘어 올 적에, 별을 손으로 잡을 듯이 넘은 산맥 위에 밤을 얼마나 울면서 하늘을 원망하였던가?

그렇게 험한 자연의 산을 넘고 넘어온 가난한 백의 부모에게는 넓은 사천분지(泗川盆地)에도 갈아 먹을 한 뙈기의 밭도 없었다. 그뿐 아니라 불쌍한 아들 백이까지 그 고장 악동(惡童)들의 멸시하는 노리개 감이 되었다.

『고향 없는 거지 백(白)이』『소 잡는 백정의 백(白)이』『징그러운 이백(李白)이』 하고 자기 아들을 놀려대는 텃세하는 아이들 소리를 듣고 백의 어머니는 가슴이 찢어지는 상 싶었다.

백(白)이는 그의 이름이었다. 그러나 아직 다섯 살 밖에 되지 않은 소년은 조금도 꺾이거나 우는 상을 하지 않았다.

『거지 백이, 백정, 이백이 밖엔 모르는 너희 놈들이야 말로 천한 놈들이다. 하늘의 백제(白帝)님, 별 중에도 제일가는 빛나는 태백(太白)을 모르느냐!』

하고 그는 반박하였다. 태백의 이름은 그가 커서 시(詩)를 짓게 되었을 때의 풍류(風流)로운 아호(雅號)로서가 아니라 그가 다섯 살 때에 이미 거지 백이, 백정이, 백이라는 조롱에 대해서 스스로 뽐낸 이름이었다. 그래서 그는 어머니한테 자기의 개명신청(改名申請)까지 하였던 것이다.

『어머니, 외자 이름 백을 애들이 놀리니, 태백성(太白星)의 별이름을 따서 이태백이라고 이름을 고치면 어때요?』

모친은 어린 아들의 이 말에 처음에는 불쌍해서 울었다. 다음에는 어린 아들의 총명과 기백에 놀랐다. 그러나 그보다도 신기하게 생각한 것은 이렇게 총명한 아들이 장차 자란 뒤에는 태백성처럼 천하에 이름을 떨칠 귀인(貴人)이 되리라는 대견한 신뢰감이었다.

『아니, 내가 저놈을 얻을 때 꾼 태백성의 태몽을 이야기 하
　였던가?』

하고 생각해 보았다. 그러나 자기는 입 밖에도 낸 일이 없었
다. 남편에게 물어 보아도,

『코 흘리는 놈한테 누가 그런 얘길 하겠소.』

하고 웃었다.

　그의 부친은 운수가 비색해서 처자를 고생시키지만 뼈다귀
있는 귀족의 피를 타고 있었으며 교양도 속에 감추고 있는
불우한 선비였다.

　모친은 어린 아들의 이름에 대한 발안(發案 : 어떤 새로운
안을 생각해 냄.)이 하
도 신기하고, 그 총명이 기뻐서

『그래, 장차 네 호로 쓰더라도 좋으니 태백이라고 해 두자.
　그런데 이제 말이지, 내가 너를 밸 때 꾼 태몽이 실상은 그
　태백성을 가슴에 안아 본 꿈이었단다. 네가 철이 났을 때나
　얘기하려 했더니 너는 그 점에 벌써 신통(神通)했으니까 더
　숨길 수가 없구나.』

　모친은 정말로 기뻐하였다. 백이도 이런 모친의 태몽을 자
기가 먼저 발견했다는 기쁨에 신이 났다. 천하에 무서운 것
이 없는 자신과 희망을 갖게 되었다. 자기를 거지 백이라고

놀리는 아이들의 존재는 별과 자갈돌과의 비교 밖에 안 된다는 자존심을 갖게 되었다.

그날부터 백이는 더 크게 빛나는 별의 존재처럼 태백(太白)으로 불리우게 되었다.

『어머니, 지금 고생되셔도 걱정 마세요. 태백성을 하늘에서 땅 위에 낳으신 나의 천사(天使)님이니까요.』

그 말에 태백의 모친은 또 눈물이 흘렀다. 그런 이야기를 아내로부터 들은 태백의 부친은 어느 날 아들을 불러 놓고 자기네 집안 내력을 들려주었다. 다섯 살 된 놈에게 해도 못 알아들을 것이라고 해서 아직까지 그럴 필요도 느끼지 않았던 그도, 제 이름을 태백이라고 스스로 지어서, 자기의 태몽과 부합시킨 기적 같은 총명이 놀라웠기 때문이다.

『인간이란 이름을 소중히 여겨야 한다. 제 이름을 더럽히는 인간은 소인(小人)이요, 제 이름을 그냥 수월히 지키는 인간은 중인(中人)이요, 제 이름을 제 힘으로서 크게 빛나게 하는 인간을 대인(大人)이라고 한다. 이 대인이란 성현군자로부터 영웅호걸, 고관대작, 천하문장을 가리켜 말한다. 허허허, 그래 네가 지은 이름의 태백이는 커서 무엇이 되겠니?』

부친은 빙글빙글 웃으며 물었다.

『천하의 이름 높은 문장이 되겠어요.』

『그래, 그럼 공부를 해야지. 그러나 문장이란 공부만으로도 되기 어렵다. 그런 특별한 재주를 하늘에서 타기도 해야지.』

『태백성의 별의 기운이면 그만 아녜요.』

어린놈의 이런 대답에 부친은 또 놀랐다.

『그러나 별만 믿고 공부 안하면, 하늘에 사철 구름이 껴서 별로 빛나지 못하는 법이다. 하늘의 별이 천분(天分)의 재주라면 공부에 힘쓰는 것은 검은 구름을 씻어 버리는 맑은 바람과 같은 것이다.』

『한번 듣거나 본 것 쯤은 다 외우니까 글자만 배워서 책만 읽으면 옛날 글자는 혼자도 알겠지만 새로운 글을 만드는 것이 제가 할 공부 같은데요.』

『그야 그렇지!』

부친은 이번 말에는 정말 놀랐다. 이것이 어린 다섯 살 먹은 자기 아들 입에서 나오는 말일까? 자기의 귀를 의심하지 않을 수 없었다. 그 이상 공부에 대한 훈계를 할 수 없었기 때문이다. 그러나 너무 총명한 조숙(早熟)에 대한 불길한 예감이 들기도 했다. 어린 천재가 혹은 요절(夭折)하거나 혹은 기구한 운명에 희롱되기 쉽기 때문이다.

『아니다!』

하고 그런 불길한 걱정을 부정하면서 혼자 머리를 흔들었다.

『그래, 네가 들어서 외우는 글이, 뭐 있니?』

태백이 귀여워서 더 재롱을 시켜 보고 싶은 부친은 끄덕대며 묻는다.

『육갑 외울 줄 알아요!』

『호오! 육갑을.』

『그래 어디 외워 봐라.』

태백이는 갑자(甲子) 을축(乙丑)을 줄줄 내려 외운 뒤에, 그 직성과 관련해서 꾸민 경문(經文)을 줄줄 암송하였다. 이 육갑은 주역(周易)과 도교(道敎)와 불교(佛敎)를 혼합한 민간신앙(民間信仰)의 일종의 주문(呪文)이었다. 육갑을 외우면 악마(惡魔)가 범접하지 못한다는 것이다.

『이걸 외우면 나쁜 귀신들이 못 온다지만, 난 나쁜 애놈들이 덤비면 욕 대신 이 육갑을 외워 줘요.』

『하하하, 그래, 애들한테 욕질하거나 쌈질해선 못쓴다.』

태백은 이처럼, 아직 글을 배우기 전부터 영리하고 총명한 신동(神童)이었다.

그러던 태백이가 어떤 날은 볼이 퉁퉁 부어 울면서 돌아왔다. 그리고 원망스럽듯이 부친에게 물으며 대들었다.

『오늘도 애들이 고향 없는 개똥 상놈이라면서 놀리기에, 육갑을 외워 줬더니, 무당의 새끼라고 막들 매질을 했어요. 우리 조상과 고향은 어떻게 되어 있어요?』

부친은 요전에 숙성하다고 놀랐을 때에 이런 이야기를 안 해준 것을 후회하였다. 또다시 어린놈의 추궁을 받고나서 집안 족보와 태백의 고향 아닌 출생지에 대한 이야기를 들려주었다.

『우리 조상은 본디 유명한 농서(隴西) 이씨(李氏)로서 너의 이십삼대조(二十三代祖)이신 이광(李廣)이란 분이 계셨다. 이분은 한(漢)나라 무제(武帝) 때의 유명한 용장(勇將)이었다. 여러 번 오랑캐를 쳐서 공을 세웠는데 진중에서 활로 바위를 쏘아서 화살을 꽂았으므로 적들도 놀라서 비장(飛將)이란 이름으로 두려워한 분이다. 흉노를 막고 싸우는 무인(武人)의 생활 40년 동안 크고 작은 전쟁 70여 번이나 하였으나 원수사년(元狩四年)에 오랑캐 대정벌 전쟁으로 산중에서 적에게 포위되자 마침내 비장한 자결로 훌륭한 무인의 최후를 빛내셨다.』

태백은 먼 조상이 그런 유명한 장군이었다는 말을 듣고, 아
끼는 장차 문장이 되겠다고 하였으나 소년다운 영웅심이 대
장군이 되고 싶은 용기를 일으켰다. 눈을 한참 감았던 부친
이 말을 잇는다.

『그러나 너의 구대조(九代祖)께서는 서량국(西凉國)을 세
우시고 초대의 임금이 되신 이고(李暠)라는 분이다. 그러나
그분이 돌아가시고 이대왕(二代王)으로, 즉 너의 팔대조(八
代祖)께서 왕위를 이으셨을 때, 북량국(北凉國)이란 나라를
세운 오랑캐 저거몽손(沮渠蒙遜)이란 추장(酋長)의 침략으
로 말미암아, 나라와 함께 우리 일족은 망하고 말았던 것이
다. 아아 역사의 흥망이란 알 수 없는 일이다.』

부친은 어린 아이가 이런 말을 알아들을지 몰랐으나, 속으
로는 현재 자기의 불우로 말미암아 어린 태백까지 고생시키
는 것이 그런 사정이었다는 것을 알아주었으면 하는 변명의
기분까지 겸하였던 것이다.

『그 뒤의 할아버지들은 어떻게 되셨나요?』

『나라가 망한 뒤에 우리 선조의 일문(一門)들께서는 함진(咸
秦；秦都 咸陽中心의 狹西方面)으로 혹은 귀양 가고 혹은

도망해 갔었단다. 그래서 농서 이씨 라는 성까지 숨겨서 다른 성으로 갈고 모두 평민의 지위로 몰락하였다. 그런데 그 귀양살이로 너는 초라한 캬핏카(궁려(穹廬) ; 모양이 활처럼 굽은 천막의 주거(住居), 天幕舍(천막집)) 속에서 낳았었다.」

그 말을 한 부친은 눈물을 줄줄 흘렸다.

「「캬핏카」가 어떤 집인데요. 난 통 생각이 나지 않는데요?」

「응, 그건 그래도 여름에 시원해서 살기 좋은 집이란다.」

부친은 좋은 점만 따서 태백을 위로하려는 심정이었다.

「허긴 거기서 네가 두 살 때까지 살았으니까 모를게다. 그 뒤에 여기로 올 때 까지는 강한(江漢)지방으로 전전(轉轉)한 유랑생활이었으니까……」

「강한이란 데요?」

「왜, 지금 이 곳의 산나라와는 아주 반대인 큰 강가에 살던 곳으로 생각나지? 그 강들 있는 지방-양자강(楊子江)과 한강(漢江)가의 넓고 넓은 평야지대 말이다.」

「그러다가 이 촉나라였던 산골로는 왜 또 이사해 왔나요?」

「올 해가 신룡원년(神龍元年 ; 唐의 中宗王의 年號)이므로, 이런 새 세상을 기념으로 욕되게 남의 성으로 갈아 살던 생활을 씻어 버리고, 옛날의 훌륭한 본성(本姓)인 농서 이씨가 되려고 해서다. 오래 살던 고장에선 남들의 눈이 거북해서 아주 딴 나라로 갈 셈 잡고, 태산준령의 촉도난(蜀道難)을 무릅쓰고 넘어서 정처없이 온 것이 이 사천(泗川)땅이다. 그러나 백아, 넌 이제 아주 자유로운 몸으로서 옛날 왕족의 본성을 찾았으니 장래는 네 재주만 있으면 재상도 되고 장군도 되고 문장도 될 수 있게 된 셈이다.』

부친은 이런 집안 내력을 말 한 뒤에 태백에게 자존심과 희망과 용기를 주려고 격려하였다.

『그리고 지금 상감마마이신 중종(中宗)께서도 우리 농서 이씨가 아니냐. 우리 당(唐)나라를 건국(建國)하신 고조(高祖)께서도 너의 구대조이고 중종께서는 8세손이라시니까, 우리 가문은 예나 지금이나 황족(皇族)이다. 그러니까 이 훌륭한 선조의 자손으로 부끄럽지 않은 남자가 되어야 한다.』

부친은 아들 태백에게 이렇게 말하였으나, 실상은 당나라 황족의 이씨가 옛날부터 유명한 자기네 농서 이씨는 못되었고 그 국권(國權)의 조상인 뼈다귀를 사려고 남의 족보를 훔쳤던 것이다. 그러나 그런 말을 하면 곧 목이 달아날 판이요, 또 그런 비밀까지 어린 태백에게 폭로할 필요는 없었던 것이다.

2. 출가(出家)한 소년 시객(少年 詩客)

  다섯 살 때부터 난초의 싹과 같은 신동(神童)의 이름을 날리던 이태백은 15살 부터 마침내 그의 천재를 빛내기 시작하였다.

  열 살 무렵에는 이미 사서삼경(四書三經)을 다 읽었고, 여러 학자와 문인시객(文人詩客)의 책 백가제서(百家諸書)를 줄줄 외웠을 뿐 아니라, 뜻 깊은 노자(老子) 및 장자(莊子)의 철학까지 환하게 이해하였다. 그리고 그의 이름을 후세에 영원히 빛낸 시화(詩華 : 시(詩)를 높여 영화롭게 빛내고 격조 승화시킴.)도 열다섯 살 때부터는 꽃피기 시작하였다. 그 소년시대를 회상하면서 장호(張鎬)에게 보낸 후일의 시에도

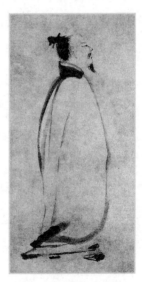

이태백(李太白)

십 오 관 기 서
十五觀奇書   열다섯 살 때에 기묘한 책들을 읽고

작 부 능 상 여
作賦凌相如   글 짓는 재주는 상여보다 높았다.

라고 한 소년시객(少年詩客)의 면목이 모든 사람을 놀라게 하였던 것이다. 그런데 열다섯 살 때에 이미 그 수준을 넘었다고 스스로 뽐낸 상여는 촉(蜀)의 출신으로서 한무제(漢武帝) 시대의 유명한 시인 사마상여(司馬相如) 그 사람이었다.

태백의 부친은 그 아들의 시재(詩才)의 대성을 위하여 가장 본받을 시인으로 사마상여를 권하였다. 그의 작품 가운데서도 태백의 부친이 아들에게 특히 좋은 시라고 감상시켜 준 작품은 육조(六朝)의 시인들이 금과옥조(金科玉條)로 삼던 『자허부(子虛賦)』였다. 그래서 태백이 쓴 후일의 『유여산서(遊廬山序)』에서도

『내가 어렸을 때에 부친은 자허부를 가르쳐 외우게 하셨으므로, 나도 어느덧 그 작자인 사마상여를 사모하였다.』

고, 회상할 만큼 시혼(詩魂)에 인상 깊은 영향을 주었던 것이다.

시를 지을 적마다 한 수 한 수 세상 사람을 놀라게 한 태백이었으나, 시만으로는 만족 못할 소년다운 영웅적 공상에 사

로잡힐 때도 없지는 않았다.

『대장이 되기 보다는 문장이 된다.』

고, 이미 다섯 살 때에 부친 앞에서 말한 그였다. 그러나 열다섯 살 무렵에는 또다른 천하를 휘둘러보려는 소년의 공명욕과 영웅심리가 싹트는, 그런 경향일지도 몰랐다.

『남자로서 어찌 붓장난만 일삼으랴. 삼척장검으로 천하를 호령함도 또한 통쾌한 일이 아니냐!』

천성의 시인 이태백에게도 이런 유혹이 생겼다. 그래서 그는 검술(劍術)에 호기심을 갖고, 제법 칼 재주도 부렸다. 그리고 그가 특히 검술에 흥미를 느낀 것은 자기의 이십삼대조(二十三代祖) 이광장군(李廣將軍)의 용명(勇名)을 사모하는 일종의 조상숭배 정신이 자극을 준 것일지도 몰랐다.

시에도 호탕한 신운(神韻)이 풍기는 그의 천성은, 칼을 들면 더욱 천하무적(天下無敵)의 기개를 뽐냈다. 그래서 사기(邪氣 : 올바르지 못한 기운, 요망스럽고 사악한 기운.) 없는 위험한 장난을 저지르곤 하였다. 이런 사랑할만한 치기(稚氣 : (어린이에게) 유치하고 철없는 감정이나 기분.)에도 그는 늠름한 기개와 황홀한 기쁨을 실컷 느꼈다.

어떤 때는 칼로 남의 밭에 수숫대를 모조리 소탕해 버렸다. 그 승리감은 마침내 가난한 어머니로 하여금 사흘이나 빌게

하고 그 주인집에 가서 종처럼 일해 줌으로써 겨우 용서 받기까지 하였다.

그 사건 뒤로는 태백은 칼을 놓고 목도(木刀)만으로 검술을 단련하였는데, 그의 목표는 나무칼로 쇠칼을 잘라 버리는데 두었다. 그 기개가 장하고 결심이 굳고 수업이 열심이라 도리어 상달(上達 : 학문이나 기술
따위가 크게 발달함.)이 빠르기까지 하였다.

열일곱 살 되던 해 여름이었다. 하루는 심술궂은 동네 아이들이 태백이를 놀린 끝에

『네가 아무리 칼 재주를 자랑해도 그 목도로 저 황소를 단번에 죽일 수는 없을게다.』

『소쯤이 문제냐. 사자라도 한칼에 잡을 텐데!』

태백은 장담이 아니라 정말 그렇게 할 자신이 만만하였다.

『그럼, 저 황소나 한칼에 넘어뜨려 봐라. 그게 성공하면 우리가 대장으로 삼으마.』

태백의 자신있는 소년심리에 불길 같은 공명심이 타 올랐다. 황소를 목도 한대로 죽일 자신은 있었으나, 남의 소를 죽였다가는, 언젠가 남의 수수밭을 정벌한 죄로 불쌍한 어머니를 고생시킨 생각이 나서 움찔하였다.

『하하하, 큰소리만 탕탕하더니, 싸울 순간이 되자 겁이 나

는 모양이구나. 얘, 방안에선 누가 호랑이 못 잡더냐. 비겁한 그 꼴 참 볼만한데!』

악동들은 약을 올렸다.

『왜, 천하의 검호(劍豪)가 그만한 힘이 없겠니. 소 잡던 백정이 또 될까 봐서 양반티를 내느라고 그렇지!』

능글맞은 놈이 이렇게 빈정대었다. 태백은 이 말에 화가 나서, 그 황소 앞으로 성큼 성큼 다가갔다. 그런데 그 황소는 남의 것이 아니고, 자기 부친이 가까스로 장만한 전 미천이라고 할 만한 소였다. 그때서야 태백은 결심하였다.

『그래, 내가 한칼로 이 소를 직사시키면 어떻게 할래?』

눈에서는 살기 띤 불똥이 툭툭 튀어 나왔다. 악동들은 좀 겁을 내면서

『첨 약속대로 널 우리 대장으로 섬기마.』

남의 소가 아니면 되었다는 생각만 하였지, 자기 집 소를 죽인 뒤의 집안 살림이 망할 생각은 할 여유가 없었다. 의분(義憤) 앞에는 이해문제가 아니었다. 그러나 실로 기묘한 의분의 희생물이 자기도 소중히 여기는 자기 집 소였던 것이다.

『에잇!』

하고 목도로 일격한 순간, 큰 황소는 골통이 쫙 쪼개지면서 네 굽을 싸고 쿵 넘어갔다. 그 광경을 본 악동들은 깜짝 놀라서, 거미새끼처럼 사방으로 흩어지고 말았다.

그러나 태백 자신은 금시로 얼굴빛이 새파랗게 질려서 두 다리를 와들와들 떨고 어쩔 줄을 몰랐다. 그 육중하던 황소의 쪼개진 머리통에서 시뻘건 선지피가 흘렀다. 힘없이 네 굽을 허비적대는 광경을 차마 눈으로는 볼 수 없었다. 어진 사람은 도살장에 끌려가는 짐승만 봐도 울면서, 그 고기를 못 먹는다는 성현의 가르침이 머리에 떠올랐다. 그리고 잔인하게 살생을 하지 말라는 부처님 말이 생각났다. 끝으로 부친의 걱정도 무서웠고, 이 때문에 농사도 못 짓게 될지 모른다는 장래가 캄캄하였기 때문이다.

그러나 가장 그의 가슴을 아프게 한 것은 눈가죽을 활짝 뜬 채 죽은 큰 눈동자가, 무서운 죽음에 물든 푸른빛으로 푸른 허공 빛의 거울 같았다.—시간과 공간을 떠나서 움직이지 않고 바라보는 그 형언할 수 없는 허무의 공포였다.

절명(絕命)하고도 단념하지 못하는 생명의 무서운 허무가 자기의 영혼을 휩싸고 억 천만리의 검푸른 바닷속으로, 억 천만년 동안 끌고 들어가는 느낌에 젖어서, 자기 전신전령이 그냥 푸른 눈물로 끝없이 흐르는 상 싶을 뿐…

『아아, 공자님, 부처님, 노자님, 장자님, 저는 죽어도 못 씻
을 큰 죄를 저질렀습니다.』

큰 소리로 울고 싶었으나 공포 그대로 죽은 황소의 푸른 눈
은 그의 목을 납덩이로 봉하고, 입에 자갈을 먹이는 듯 울음
조차 나오지 않았다.

그때 시뻘건 피가 흐르는 소머리에 쉬파리 떼가 몰려와서
왕왕대며 피를 빨아 먹고 있었다. 태백은 그 광경을 보고 비
참한 우주의 희극을 뼈저리게 느꼈다. 차마 눈으로 볼 수 없
는 그는, 그제야 돌아서서 발을 떼 놓았다. 그가 탄식으로 호
소할 곳은 오직 죽은 소 눈동자의 빛으로 푸른 허공뿐이었다.

혼자 산으로 올라와서 헤매는 그의 손에는 이미 살생의 죄
를 저지른 나무칼은 없었다.

『내가 왜 문장이나 되지 대장이 될 악독한 허영에 잡혀서
검술에 손을 대었던가?』

그는 벙어리 가슴으로 중얼거렸다. 아까 나무칼 한 대로 황
소를 넘어뜨린 손에는 잡초의 꽃대 한 개 꺾을 힘조차 없었
다. 아니 그 약한 꽃의 생명도 꺾어서는 안 된다는 그의 심경
이었다.

가 본 롱 서 인
家本隴西人 옛날부터 본관은 농서인으로

선 위 한 변 장
先爲漢邊將 조상에는 이광이란 명장군이 계셨다.

공 략 개 천 지
攻略蓋天地 그분의 공훈은 천지를 흔들었고

명 비 청 운 상
名飛靑雲上 그분의 명성은 구름에도 빛났다.

고 전 경 불 후
苦戰竟不侯 그러나 고전 끝에 제후조차 못되고

당 년 파 추 창
當年頗惆悵 말년의 최후는 자못 비참하였다.

　자기 선대의 백전용장이던 이광의 『공훈은 천지를 흔들었
고, 명성은 구름에도 빛났다.』는 것은 그의 어린 영웅 심리를
감격케 해서 검술까지 배우게 하였으나, 『고전 끝의 최후의 비
참』한 운명에 그는 인생의 무상을 느꼈던 것이다. 이 시는 후
일에 장호(張鎬)에게 자기 집안 타령을 읊어 보낸 고백이었으
나, 그때 이미 대장의 기개로 살생한 황소 눈동자의 공허한 푸
른 빛 속에 용장인 조상의 비참한 최후운명을 느꼈던 것이다.
　그리고 이광과 같이 최후가 비참하지 않더라도, 한 명의 대
장이 명성을 날리기 위하여서는 만 명의 백골이 황량한 산야

에 썩어 가야 한다는 것을, 황소의 살생에서 반성한 그는 다시는 칼을 손에 잡지 않았다.

그래서 그는 구름과 꽃과 자연을 사랑하는 평화의 시성(詩聖)이 되었고, 자기의 나무칼로 살생한 소의 눈에서 우주의 공허와 인생의 무상(無常)이라는 푸르게 슬픈 지혜를 배웠다. 그 슬픈 지혜가 그로 하여금 소년 때부터 노자(老子)의 도교(道敎)를 그리워하게 된 동기가 되었다.

그 날 해가 지도록 태백은 산 위에서 홀로 구름을 읊었다. 그 글소리가 푸른 허공에 사라지는 여운(餘韻)속에 방랑의 별을 바라보고서야 마을로 내려왔다. 그는 곧 집으로도 못가고, 생전 처음으로 술집에 가서 잔을 입에 대었다.

다섯 살에 문장이 되기를 원하였던 그는, 열다섯 살 때 대장이 되려고 검술을 배웠으나, 열일곱 살 때에는 자기 집의 황소를 살생하고 칼을 버린 태백은 처음으로 술잔을 들었던 것이다. 죽은 황소의 푸른 눈동자 속에서, 산다는 것의 슬픈 지혜에 운 그는 이 술맛으로 인생의 우울한 죄의 의식과 허무한 고적감을 위로받을 수 있었다.

술집에서 취한 그는 취할수록 술맛이 점점 꿀같이 달았다. 창밖에는 달빛이 유난히 밝았다. 낮에 슬퍼하던 그의 눈에는 즐겁고 밝은 세계가 밤의 향연을 천지에 베풀고 그를 부르는 듯 하였다. 그는 술 한 병을 또 들고 이번에는 시냇가로 춤추듯이 걸어갔다. 그는 시냇가의 꽃밭 이슬을 놀라게 한 뒤에 흰 모래밭에 자리 잡고 홀로 잔을 기울였다. 술친구는 맑은 밤하늘의 밝은 달이었다. 그가 달에게 말 부치는 흥은 그대로 한 편의 시가 되었다.

月下獨酌 달 아래 홀로 술 들며

花間一壺酒 꽃 속에서 술 한 병

獨酌無相親 친구 없이 홀로 할세

擧杯邀明月 잔 들어서 달 맞으니

對影成三人 달과 나와 그림자 셋

月旣不解飮 달은 종시 술 못하나

影徒隨我身 그림자만 술벗 시늉

暫伴月將影 이러 저러 우리 셋이

행락수급춘
行樂須及春　　밤 깊도록 봄 즐기네.

아가월배회
我歌月徘徊　　내 노래에 달이 머뭇

아무영영란
我舞影零亂　　내 장단의 그림자 춤아

성시동교환
醒時同交歡　　아아 깨거나 취하거나

취후각분산
醉後各分散　　세상처럼 엷건마는

영결무정유
永結無情遊　　달과 내가 맺은 정은 무정 또한 유정하여

상기막운한
相期邈雲漢　　아득한 밤의 나그네처럼 은하수서 또 만나리라

　이런 취중의 달 노래 끝에 그는 모래밭에 활개를 펴고, 달
이 막 건너고 있는 은하수를 쳐다보고 있었다. 그의 정신에
는 이미 술기운은 가시고 달과 별에 대한 흥으로 취한 상 싶
었다.

　어느덧 그는 눈을 감고 코를 골았다. 꿈인지 생시인지 모르
는 사이에 푸른 도포를 입은 고상하게 늙은 신선 하나가 나
타났다.

　『오오! 제가 사모하던 노자(老子)님이 아니십니까?』

태백이가 묻자,

『나는 성도 이름도 없는, 세상에서 말하는 신선이다. 네가 하도 외로워하기에 오늘부터 너를 나의 영혼의 아들로 삼으려고 왔다.』

『도사님 황송하옵니다. 저는 비로소 허무한 인생의 운명을 깨닫고 슬픈 고독감을 술로 위로하고, 달에서 광명을 얻고자, 이곳에 와서 기도 올리듯 한 수의 시를 읊었습니다.』

『그래, 소년의 그 읊은 노래가 대견스러워서 내가 찾아 왔노라.』

신선은 태백의 손을 잡아 일으키면서 정다운 음성으로 말을 이었다.

『그대가 그 정신의 조숙과 시의 천재로서 우주의 공허와 인생의 무상을 깨닫고 노자(老子)의 도교(道敎)를 사모하였고, 만 권의 서적도 이미 다 읽었으니 이론상의 교훈을 더할 생각은 없다. 앞으로는 그대의 행동으로 그대의 본성을 살려가기만 바란다.』

『도사님, 저의 본성이 무엇이며, 그것을 어떻게 행동하면 좋습니까?』

『네가 스스로 뉘우치고 살생의 칼을 버린 것은 다행이다.

그 칼 대신에 그대의 본성인 붓을 들고 그대의 천재를 스스로 빛내라. 칼은 당대의 만인을 두렵게 할 수 있으나 붓은 천대(千代)의 인심을 즐겁게 할 것이 아니냐. 칼의 피는 당대의 만인의 슬픈 원망을 사거니와 그대 붓끝엔 관계없으나 달과 더불어 그대 자신을 즐겁게 위로할 벗이 될 테니 그대의 슬픔과 괴로움에는 구원의 약이 될 것이다.』

그런 말을 하고 신선은 홀연히 달나라를 향하여 날아가고 있었다. 태백은 자기도 당황히 하늘로 날아서 그 신선을 잡으려고 쫓아갔다.

『저를 영혼의 아들로 삼으셨으면 신선 사는 달나라로 데리고 가 주셔야 하지 않겠습니까?』

『아니다, 너는 아직 온순한 소의 생명을 빼앗은 죄가 남아있으니까, 한동안 인간 사는 지상에서 귀양살이를 하여야 한다. 그대는 그대의 천재의 시를 일만 수 읊어서 속죄의 공을 쌓아야 한다. 그대는 앞으로 달과 술을 사랑하는 시인의 수행(修行)으로 귀양 간 신선의 인간노릇을 해야 한다. 그것이 그대의 운명이다.』

그때부터 그의 귀양은 신선으로서 동양의 땅 위를 방랑하는 달의 시인, 술의 시인이 되었던 것이다.

귀양살이의 선인으로 땅에 떨어지는 바람에 깜짝 놀라서
깬즉, 그것은 봄밤의 시냇가 모래밭에서 꾼 그야말로 일장춘
몽이었다. 그의 술기운은 이미 깨고 목이 컬컬하였다. 옆에
쓰러진 술병을 들어서 입에 대었으나 이미 빈병이 되어 있었
다. 그는 시내로 가서 달빛에 물든 시원한 물을 엎드려서 실
컷 마시고 일어섰다. 그리고 거닐면서 또 시 한 수를 읊었다.

自 遣 스스로 우울한 기분을 푼다

對酒不覺暝   술 향기는 달과 같이 맑기만 한데

落花盈我衣   무심히 지는 꽃이 옷자락을 덮누나

醉起步溪月   취한 발로 물가의 달과 서성대면

鳥還人亦稀   어느덧 새도 잠들고 나 홀로더라.

자기가 태백성의 정기(精氣)를 타고 난 왕족의 불우한 후손
인 줄만 알았던 그는, 꿈속의 신선으로부터 육신 자체가 전
생의 인과로 소 죽이는 죄를 지으므로서 땅 위로 귀양 온 신
선이란 것을 깨닫게 되었다. 그 뒤로부터 그는 도(道)와 시

(詩)의 수업을 위해서도, 모든 산수를 배경으로 달구경을 하고, 여러 지방의 술맛을 보고 싶었다. 그것은 일종의 구도(求道)나 편력(遍歷)이었고 또한 구름과 같은 방랑을 그리워하는 심경이었다.

우선 그가 보고 싶은 명승지로서는 그가 시풍(詩風)을 사모하는, 역시 사천출신(泗川出身) 사마상여의 글에서 본 경치였다. 즉 초(楚)땅으로 불리우는 호북성(湖北省) 지방에는 유명한 칠택(七澤)이 있다하며, 특히 운몽택(雲夢澤)을 찬미한 글에 마음이 끌렸던 것이다.

태백은 이 고향은 아니었으나 십여 년의 소년의 꿈을 기른 시골을 떠날 결심을 하고 밤에도 잠을 이루지 못하였다. 친한 소년시대의 벗이라고는 오지남(吳指南)이라는 글동무 하나밖에 없었으므로 그는 이 벗에게 먼저 고백하였다.

『오군, 나는 이 시골에서 썩기는 너무 답답해서, 천하유람차 멀리 떠날 생각인데 함께 가지 않을래!』

『흥, 글 공부, 칼 공부 하더니, 인제 감투 생각이 차차 나는 모양이군, 그게 모두 속된 욕망이라고 경멸하던 게 누군가?』

친구 오지남 소년은 태백의 성격을 잘 알았다. 그가 한번

한다면 무슨 일이 있든지 하고야 말았으므로, 그와 이별하는
것이 아까웠기 때문에 소용없는 권고를 하느니 보다는 그의
자존심에 호소해서 말려 보려고 이런 소리를 했다.

『감투 생각이 아니라, 도를 닦을래도 높은 스승을 찾아야
  겠고, 좋은 시를 지을래두 널리 인심을 살피고 또 수려한
  산수와 이름난 고적을 방문해야겠으니까 말일세.』

태백은 자기의 진실한 심경을 토로하고, 친구만이라도 자
기의 편력을, 출발을 이해해 주었으면 하였다.

『장안에 가서, 자네 글재주가 중앙문단에 알려지면 대번에
  한림학사가 될지 알겠나?』

오지남은 자기도 그런 신분이 되어 보고 싶어서, 은근히 부
러운 듯 말했다.

『아닐세, 세도(勢道) 가문의 배경없이, 글재주 실력만으로
  과거에 올라서 높은 감투 쓸 요즘 세상도 못되지만, 아직은
  그런 생각은 털끝 만큼도 없어. 혹 삼사십이나 되어서 순직한
  선비마음이 썩기 전에는… 좌우간 우리 앞 뒤 가리지 말고
  인간수업(人間修業)과 산수유람(山水遊覽)의 길을 같이 떠
  날 생각 없나?』

『난 아직은 그럴 형편 못 되네. 글재주도 둔하고 해서, 좀

더 지식을 넓힌 뒤에야 서울구경 하겠네.」

『누가 이 길로 서울 가재나… 그러니까 자네는 속인이란 말야.』

『속인보다도, 아직 혼자서 세상에 낯을 내놓지 못할 시골 서생(書生)이니까. 핫핫핫… 그래 자넨 정말 이 고장을 떠나겠나?』

『내가 언제 허튼 소리 하던가?』

『허긴 그래, 그럼 한동안 이별하는 수밖에 있나. 그런데 나는 아직도 마음이 어려서 그런지 정든 고향을 뚝 떠날 용기가 없어서 그러네.』

『허긴 그럴 거야. 나야 이 고장에 자네 우정하나 밖에 남긴 것이 있겠나. 그러고 자네와는 인생하처불상봉(人生何處不相逢)으로, 이 하늘 밑에서 또 만날 가망도 있고….』

그런 말을 하는 태백 자신도 이 고장이 정말로 자기의 고향이 아니라는데서 또다시 슬픈 생각이 들었다. 오지남은 대대로 이 고장에서 살아온 선비의 아들이었다. 자기는 뚜렷한 왕족의 족보는 있으나 그것을 자랑도 안했고, 자랑한들 가난한 이름 없는 유랑민을 누가 대수롭게 여겼으랴. 태백은 친구가 애착하는 고향에의 애정을 모르는 천생의 방랑소년이었다.

남아입지출향관(男兒立志出鄕關)이라는 성질과는 달랐다. 우선 떠나가는 이 고장이 그에게는 고향이 아니었다. 그리고 입지(立志)도 세상에서 말하는 성질의 성공을 바라는 것도 아니었다.

　친구는 결국 전별의 술을 미리 한턱내고 이별을 아끼는 글도 서로 바꾸었다. 그러나 태백으로서 가장 겁나고 쓰라린 것은 자기만 믿고 고생하는 부모를 남기고 떠나는 자기의 불효의식(不孝意識)이었다.

　그러나 그냥 무단출가 할 생각은 없는 태백은 먼저 모친에게

　『어머니, 제가 문장이 되려면 이 산골에만 묻혀 있을 수도 없으니까 타관에 나가서 고생도 좀 하면서 산 공부를 해보겠어요.』

　『타관 고생이란 정말 힘든데… 스무 살이나 되거든 장가나 들구, 과거 때나 서울 가도 좋지 않느냐.』

　모친은 벌써 눈물을 글썽 대면서 애원하는 태도였다. 고생을 가장 근심할 모친에게 미리 고생하는 것이 산 공부라고 말한 태백의 말로만은 안심 못하는 모친의 자비한 사랑이었다.

　『너—아마 요전에 집의 소를 죽인 사건으로 아버님한테 걱

정 들은 것을 서운하게 여기는 게 아니냐. 그건 벌써 지나
간 일로 단념하고 계신데… .』

『천만에요. 저는 벌써부터 생각해 오던 계획이예요. 옛날부
터 무슨 이름이던지 세상에 남긴 사람 치고, 세상 구경 널
리 하지 않은 사람이 어디 있어요. 고명한 무인이며 문장을
스승으로 삼고 배우려면 이쪽에서 찾아 다녀야 하니까 자
연 집을 떠나게 되는 법이거든요.』

태백은 그런 말로 모친을 이해시켜 보려고 하였다. 그러나
이치가 그렇다느니 보다는 한번 먹은 생각은 버리지 않는다
는 태백의 성질 때문에 이미 단
념할 것을 각오한 넋두리에 지
나지 않았다. 모친은 실상은 길
떠나는 날이라도 깨끗한 옷을
입히고 당분간의 노자라도 주어
야 하겠는데… 하는 걱정까지
하였던 것이다.

그리고 태백은 부친에게는 직
접 그런 의향을 아뢰고 허락받
을 절차를 밟지 않았다. 모친이

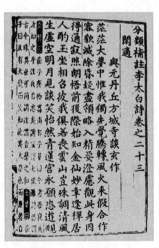

분류보주 이태백시
(分類補註李太白詩)

어련히 전해 주랴 하였기 때문이다. 무슨 일이든지 자기의
말은 모친이 대변해 왔기 때문이다.

『예, 태백아!』

그날 밤에는 과연 예상하고 있던 대로 부친이 불렀다.

『예.』

『너 정말로, 세상 고생을 해 볼 각오가 생겼니?』

『예, 공부하려면 고명한 스승을 두루 찾아 보며 배워야겠
기에, 그런 생각을 했습니다.』

태백은 굳은 결심을 황송한 태도로 대답하였다.

『사실은 나의 생각도 네가 청하지 않아도 출가 수업을 보내
려던 참이지만… 너 어린 마음에 그 재주 좀 있다고 거만하
게 글 다루기로 경박한 짓을 하던지, 풋내기 술타령을 해서
실수하든지 해서는 안 된다. 좋은 글을 짓는 데는 우선 사람
이 되어야한다. 나는 공맹(孔孟:공자와 맹자)의 유교를 숭상하지만
너까지 나를 따르라고는 강요하지 않는 대신, 네가 수도의
길을 떠나거든 너 믿는 대로 도교(道敎)든지 불교든지 그 길
의 덕을 먼저 수양해라. 그 뒤에 문장공부를 해야 한다.』

『예, 명심하고 그렇게 하겠습니다. 그러나 도인이나 불가
가 되기보다는 문장의 준비로서 유(儒), 도(道), 불(佛) 삼교

(三敎)의 정신으로 인간 수업을 먼저 하겠습니다.』

그의 신앙적 경향은 현세적인 유교의 도덕보다도 명상적이요, 시적인 노자학설(老子學說)과 신선술(神仙術)에 매력을 느끼고 있었다.

부친의 허락을 얻은 뒤 사흘 동안에 죽어 난 것은 모친이었다. 새로 빨아서 꾸민 옷을 입은 태백은, 역시 정성껏 지어주는 마지막 조반을 먹고, 그야말로 정처 없는 구도(求道)의 길을 떠났다. 대범한 선비인 부친은 기껏해서 문밖에까지 나왔다가 태백의 두 번째 하는 읍을 받고 집으로 들어갔다. 모친만은 5리 길이나 쫓아 나왔다.

그리고 눈물을 흘리면서 최후의 사랑의 선물은 몇 푼 노자와 한 병의 술이었다.

술 한 병을 부친 몰래 숨겼다 준 모친의 마음이 여간 고맙지 않은 태백은, 그 자리에서 마주 선 채 모친에게 이별주로 한 잔 권하였다. 모친은 쓴 약으로만 알고 입에 대지 않던 그 술을 소중히 받아서 한 모금 한 모금 아껴 마셨다.

『어머니, 저를 한동안 못 보셔도 제가 글이 늘면, 자연 소문으로라도 들으실 테니 그날을 기다리고 제 글재주를 태백 직성에게 빌어 주세요.』

『오냐 오냐. 공부도 공부지만 우선 몸조심을 잘 해라.』

그 자리를 헤어져서 일부러 빨리 훨훨 가는 아들, 얼른 돌아서면서도 발이 안 떨어져서 그냥 서 있는 모친, 태백의 그림자가 먼 언덕길을 넘어설 때에야 모친은 집으로 돌아섰다.

태백은 자기가 이 고장으로 올 때는 다섯 살의 어린 시절이었다. 험난한 산길을 넘어 올 때에 그는 어머니 등, 아버지 등에 번갈아 업혀 왔던 것이다. 이제는 열일곱 살의 장성하고 튼튼한 두 다리였지만 험난한 산길과도 야속한 세상과도 홀로 싸워가지 않으면 안되었다. 그의 유명한 『촉난도(蜀道難)』의 시는 실로 이 소년편력시대에 처음 부딪친 난관에서 얻은 일대의 걸작이었다.

육체의 피곤과 고통도 스스로 읊은 글로서 황홀한 낙원의 소요와 같아지는 시의 마술이었다.

蜀道難[1] 촉나라 가는 길

噫吁戲危乎高哉   아아 위험하고 높을시고

蜀道之難 難於上青天   촉나라 길 어렵기는 하늘 보다 어렵도다.

이것이 유명한 촉도난 시의 서두였다. 자연의 산세가 외로운 나그네의 아픈 다리로 하여금 한탄 시켰을 뿐 아니라, 그것은 어떤 희망을 품고 험한 세상 고개를 넘는 인생의 운명을 탄식한 젊은 시인의 하소연이었다.

문 참 역 정 앙 협 식
捫參歷井仰脅息　　별들을 스치면서 가쁜 가슴을

이 수 무 응 좌 장 탄
以手撫膺坐長嘆[2]　　손으로 달래는 나그네 탄식이여

외 도 참 암 불 가 반
畏途巉巖不可攀　　험한 바윗길에 발도 못붙일 때

단 견 비 조 호 고 목
但見悲鳥號古木　　산새들만 고목에서 슬피 우누나

웅 비 자 종 요 림 간
雄飛雌從遶林間　　암놈 숫놈 쌍으로 숲에 나르고

우 문 자 규 제 야 월 수 공 산
又聞子規 啼夜月愁空山　　밤달에 우는 두견새도 공산에
　　　　　　　　　　　　원망키를

촉 도 지 난 난 어 상 청 천
蜀道之難 難於上靑天　　촉나라 길 어렵기는 하늘보다
　　　　　　　　　　　어렵다네.

[주(註)1)] 위의 촉도난(蜀道難) 시(詩)는 전체의 시(詩) 중 함축된 일부로 저자가 중요한 부분만 발최해서 실었음.
[주(註)2)] 嘆(한탄할 탄) = 歎과 같은 뜻으로 쓰임.

이렇게 험한 길로 집을 떠난 태백의 인생행로는 촉도난의 시 모양으로 냉혹한 시련을 받기 시작하였다. 험산 준령의 산길을 밤을 새워서 넘고 넘은 끝에 그는 금주성(錦州城)에 이르렀다. 금주는 그가 처음 보는 번화로운 도시인 성도(成都)였다. 그는 이 금주에서 처음 찾아 갈 곳은 사람의 집이 아니었다. 그런 연줄은 물론 없기도 하였지만 명승지 산화루(散花樓)가 맨 먼저 보고 싶었다. 그 높은 누각에 올라서 사방을 부감해 보면서 「금주성의 산화루에 오르다(登錦城散花樓)」라는 시를 한 수 읊었다.

登錦城散花樓 금주성의 산화루에 오르다

日照錦城頭　　금주 성머리에 해가 뜨면은

朝光散花樓　　아침빛에 선연한 산화루여

金窓夾繡戶　　금창과 비단 덧문들에

珠箔懸銀鉤　　옥정첩과 은고리 찬란토다.

飛梯綠雲中　　높은 층층대가 푸른 구름 속에 걸려서

極目散我憂   놀라는 내 눈의 수심을 풀어주다.

暮雨向三峽   저물녘 비가 삼협으로 향하면

春江繞雙流   물 불은 봄강이 두 갈래로 흐르도다.

今來一登望   처음 내가 한 번 몸 얹어 보니

如上九天遊   아아 하늘에 올라 노는 신선 같도다.

  태백은 낮으로는 금주 주변의 명승지를 구경하고 밤으로는 아직 남은 노자 돈을 아껴서 밥값 싼 봉로방에서 유숙하였다. 밥값은 싼 곳을 찾아서 땀내가 나는 장돌뱅이 보따리 장사치들과 끼어 잤지만, 날이 새면 백만장자의 유람객 부럽지 않게 누각에 올라서 독작의 술을 기울이며 감개 깊은 인상을 시로 읊었다.

  때로는 장거리도 거닐면서 소위 세상인심의 풍경도 구경하였으나, 푼돈을 벌려고 아우성 치는 소리와 핏대를 올리고 싸우는 꼴들이 아귀도(餓鬼道)의 수라장 같아서 눈살을 찌푸렸다. 오직 그의 눈에 부러운 것은, 무명옷만 기워 입은 모친에게 선사하고 싶은 윤이 나는 청단자의 비단옷감들이었다.

그러나 그에게는 그런 큰돈도 없었고 도로 집으로 갈 사람도
아니었다.

그는 이번 길을 곧 집으로 돌아갈 생각으로 나선 것도 아니
지만, 어쩐지 영원히 집으로 갈 것 같지 않은 막연한 예감까
지 들었다. 생전에는 모친을 기쁘게 해주지 못할듯한 푸른
비단 빛에, 또다시 나무칼로 죽인 자기 집 소의 두리번거리
는 푸른 눈동자 빛이 어른거렸다. 얼른 포목점 앞을 피하고
잠깐 눈을 감기까지 하였다.

그처럼 그는 청색공포증(靑色恐怖症)에 걸릴 상도 싶어서
머리를 흔들었다. 그러나 이상한 것은 그런 현기증 나는 눈
으로 하늘의 푸른빛이나 강물의 푸른빛을 보면 시원한 정신
이 돌았다. 이것도 또한 청색에 대한 정신분열증인 상 싶었
다. 동물의 눈은 차마 볼 수 없는 버릇이 생겼고, 인간 생활
에 직접관계 있는 물품에서 보는 푸른빛을 곧 죽은 소의 눈
동자를 연상시켜 뼈저린 현기증을 일으켰다.

포목상점이 많고, 그 상점에는 으례로 푸른 주단 포목이 쌓
여 있으므로 장거리 자체, 도회지 자체까지 싫증이 났다. 그
는 또다시 같은 푸른빛으로서 그의 영혼을 서늘케 위로하는
하늘과 물 가까운 산이 그리웠다. 산에는 새도 있고 꽃도 있고

구름도 달도 가까웠다. 따라서 자연의 시가 있었다. 그런 정 (淨)하고 깊은 산에는 신선에 가까운 고명한 도사도 있었다.

그는 성도 봉노방에서 대천산의 경치와, 대명사(大明寺) 이 야기와 또 그 산중에 사는 유명한 도사의 소문을 들었으므로 그리로 향하였다. 대천산은 금주에서 북으로 50리 밖에 안되 었다. 그러나 그가 찾아간 도사는 마침내 만나지 못하고「대 천산의 도사를 못 만나고(訪戴天山道士遇)」라는 유명한 시 한 수만 남겼다. 이 시에서는 태백의 소년다운 순진한 동화 적(童話的) 모습을 그려볼 수 있다. 그뿐 아니라 건륭제(乾隆 帝)까지도 왕유(王維)의 시취(詩趣)가 있는 훌륭한 작품이라 고 칭찬할 정도였다.

訪戴天山道士不遇 대천산의 도사를 못 만나고

犬吠水聲中　개는 물소리 속에 짖고

桃花帶雨濃　복사꽃은 비 맞고 더 곱고나

樹深時見鹿　숲 속의 사슴은 뿔 자랑하나

溪午不聞鐘　해가 오정인데도 종소리 안 들린다.

野竹分青靄 대나무밭엔 푸른 아지랑이 삼삼한데
<small>야 죽 분 청 애</small>

飛泉掛碧峰 폭포수 또한 푸른 봉에 걸렸구나.
<small>비 천 괘 벽 봉</small>

無人知所去 찾는 사람은 어디 가고 없는고
<small>무 인 지 소 거</small>

愁倚兩三松 묵묵한 소나무에 기대서 머리 숙인다.
<small>수 의 양 삼 송</small>

그날 해가 저물도록 태백은 도사의 당전(堂前) 소나무에 기대서 주인이 돌아오기만 기다렸다. 어느덧 황혼이 덮혀 오는 산중 공기가 차게 몸에 스며들면서 무서운 생각이 나기 시작하였다. 낮에 듣던 물소리는 즐거웠으나, 처음 온 산에 더 크게 들리는 밤의 물소리는 무섭고 또 처량하였다. 소나무가 가린 하늘에서 나뭇잎 사이로 별만 간혹 반짝대었다.

숨을 죽이고 소나무에 기대서 앉아있을 때, 부스럭 부스럭 낙엽을 밟고 가까워 오는 발자국 소리가 들렸다.

(범이 오면 죽고, 도사가 오면 산다!)

그런 두 가지 생각으로, 두려운 마음과 반가운 마음에 가슴이 두근거렸다. 그러나 그것은 다행히 사람이었다. 태백은 어두침침한 밤이었으나,

『도사님을 찾아 뵈오러 온 소년이올시다.』

하고 공손한 절을 하였다.

『핫핫핫, 여기도 나 같은 미친 젊은 친구가 있었군!』

그 목소리는 분명히 젊은 사람의 음성이었다. 그러나 어쩌면 그렇게 명랑하고 대담한 태도일까?

『어두워서 실례했습니다. 도사께서 돌아오시는 줄만 알고…』

『뭐, 나를 도사로 섬기고 제자가 되면 마찬가지 아뇨. 자, 집으로 들어갑시다.』

그 젊은 사람은 앞장서서 산 문 안으로 들어가면서 태백을 인도하였다.

『아무도 없어서 밖에서 기다렸는데 당신은 그 사람 모시고 계신 분입니까?』

태백은 반가워서 인사겸 물었다.

『아니요. 소생도 당신처럼, 이 곳 도사를 처음 찾아온 사람이죠.』

젊은 사람은 의외의 말을 하였다. 태백은 따라 가던 발을 멈칫하였다.

『주인도 없는데요?』

『하하하, 산중의 집에 특별한 주인이 있나요. 지나다 들리는 사람이 모두 집주인이죠.』

태백은 그 말이 도사의 제자로서 자기를 놀려 보는 농으로만 여겼다. 그래서 다시 뜰 안에 들어섰다. 때마침 달이 뜨고, 나무 그늘이 없는 마당에 가서 본즉, 그 사람도 자기 나이 또래의 청년이 되려는 소년이었다. 그런데 아무리 보아도 도사의 제자 같은 옷차림이 아니었다.

『도사가 없어서 혼자 자기가 적적할 것을, 피차 좋은 동무를 만났군요. 이것도 연분 — 도사님 덕으로 맺은 연분이겠죠.』

태백은 나이는 자기와 비슷하나 자기보다도 도에 통한 청년 같았다. 믿음직하게 마음이 놓였으므로

『소생은 이태백이라고 합니다. 당신도 정말 처음 온 손님입니까?』

『이태백이라시니 호 같군요. 소생의 호는 동암자(東巖子)라고 합니다. 당신과 같은 생각으로 떠돌아다니는 줄 아십쇼. 자, 오늘밤은 이 도장(道場)에서 우로(雨露)를 피합시다.』

동암자라는 청년은 성큼 뜰에 올라서더니 주인 없는 방문을 열고 들어선다.

『여보쇼. 누구나 다 오는 사람이 주인이라는 도사님 마음이라, 방문도 이렇게 열려 있지 않소.』

내가 주인이라는 듯이, 망설이는 태백을 끌어 들였다.

『이것이 참 인연인가 합니다. 소생은 당신을 못 만났으면 산중에서 밤을 새울 뻔 했습니다.』

『핫핫핫, 자기 집을 옆에 두고 한뎃잠 자는 어리석은 사람도 있나요. 이 집이 당신의 집이고 내 집이요. 즉 모든 길 찾는 사람들의 우리 집이요.』

태백은 비로소 깨달은 바가 있었다. 마음에도 여유가 생겼다. 그래서

『그렇죠. 저 하늘의 달이 당신 달이고, 내 달이고, 모든 눈 있는 사람들의 자기 달 모양으로… 그런 말씀이죠.』

『옳소! 당신은 나의 벗이 될 만하오!』

두 청년은 비로소 손을 서로 잡았다.

3. 별유천지 비인간(別有天地 非人間)

　　이태백과 동암자(東巖子) 두 청년은 주인 도사(道士)도 없는 묘당(廟堂)에서 달 밝은 하룻밤을 쉬었다.

　　이튿날 아침에 일어난 그들은 집 뒤에 흐르는 옥 같은 산골물에 가서 세수를 하고 돌아와 본즉 그들이 자고 나오며 열어놓은 방문 앞에 풍신 좋은 50쯤 된 사람이 막 신을 벗고 들어서려는 참이었다. 얼른 보아도 옥황묘(玉皇廟)의 주인 도사와 같았다.

　　『저, 이 황묘의 도사님이십니까?』

　　황송스럽던 태백이가 먼저 인사를 하였다.

　　『음, 내가 여기 오도관인데?』

　　오도관(吳道官)은 과히 놀라는 눈치도 없이 반문한다.

　　『저희들은 어제 늦게 도사님을 찾아뵈러 왔다가, 밤도 되고 해서 도사님 안 계신 도사님 방에서 잤습니다. 무례한 소행을 용서해 주십시오.』

　　동암자가 사과한다.

『거 참 잘들 했소. 밤에 쉬어 주었으니 고맙소. 내가 마침 없어서 얼마나 들 불편했소. 미안한건 도리어 나였군요.』

오도관의 그 말에 동암자는 도인(道人)이 도인을 알아본다는 듯이 태백의 얼굴을 흘깃 보고 미소한다. 집은 밤하늘의 달 모양으로 사는 사람이 모두 주인이라는 말을 하였기 때문이다.

『허어, 그럼 어제 저녁들도 못했을 텐데, 어서 조반이나 지어 먹읍시다.』

오도관은 그렇게 말하였으나 두 청년은 아침에 돌아온 도사에게 제자 한 명 따르지 않은 것이 수상하였다. 도사는 웬일인지 황토 흙투성이 된 도포를 벗고 소매를 걷더니 그냥 부엌으로 들어간다.

『도사님이 손수? 제자는 어디로 갔습니까?』

『제자? 당신들 둘이 거기 있구먼 그래. 핫핫핫』

태백과 동암자는 그러지 않아도 자기들이 시중하려던 참이라,

『예, 저희들도 도사님 제자가 되려고 찾아 왔었는데 이심전심(以心傳心)으로 벌써 입도(入道)를 허락해 주십니까?』

『하하하, 입도야 도를 구하는 사람의 자유지, 내가 허락할

여부가 있소.」

그 말이 태백에게는 서늘한 천상의 신선 말 같이 시원하게 들렸다. 두 청년은 얼른 부엌으로 들어가서 도사를 밀다시피 모셔내고 자기들이 불을 피우고 쌀을 씻으며 서둘렀다.

『정 하고 싶으면 어디 아침을 지어들 보쇼. 그러나 내 일을 덜어주기 위한 제자는 필요 없소. 그래서 나는 늘 혼자 있는 몸이니까.」

『예 저희들도 이 옥황 묘에 신세를 지려고 온 것은 아니옵고 도사님의 높으신 강도(講道) 한자리 듣잡고자 왔던 차올시다.」

『핫핫핫, 잡아 두고 종노릇 시킬까 겁나는 모양이로군.」

오도관은 호탕한 웃음을 웃고 자기 방으로 들어갔다.

그러나 그들의 아침상 위에는 산나물 두 가지에 간장 한 종지 뿐이었다. 식사가 끝난 뒤에 두 청년의 소청으로 오도관이 조석으로 기도하는 수도장(修道場)인 대청에 나가서 오도관의 강도를 듣기로 하였다.

洞府無窮歲月   壺天別有乾坤
동 부 무 궁 세 월   호 천 별 유 건 곤

이라고 쓴 대련(對聯)의 무궁 무위(無爲)의 도교(道敎)의 진

리와 천지무애(天地無礙)의 우주관(宇宙觀)이 우선 두 구도(求道) 청년의 마음을 무아(無我)의 경지로 끌었다.

그리고 도장 정면에는 금천궐옥황상제(金天闕玉皇上帝)의 화상이 걸려있고, 그 좌우에는 자부(紫府)의 선관(仙官)이 모시고 있고, 그 옆으로 이어서 마원수(馬元帥) 조원수(趙元帥) 온원수(溫元帥) 동원수(董元帥)의 사대원수(四大元帥)의 화상이 벽화로 그려있다. 그리고 큰 범의 그림도 그려있다. 이 범은 옥황상제를 지키는 역할도 하고 또 필요한 때는 말의 역할도 한다.

오도관은 향을 피우고 도경(道經)을 외워 기도한 뒤에 두 청년에게 도(道)에 대한 강의를 일석 하였다.

『도(道)는 사람이나 짐승이 다니는 길 뿐 아니라, 바람과 불과 새와 별들이 가는 길 같은 것인데, 바람과 춘하추동의 계절이 길과 별의 길은 사람의 눈에 보이지 않더라도 더욱 정확한 길이며 일부러 꾸미고 닦지 않아도 저절로 있는 우주의 길—이것이 무위(無爲)의 길이다. 사람의 마음이 생각하는 방향도 눈에 보이지 않으나 역시 길인데, 이 무위의 자연스러운 인간의 마음의 길이 도라고 생각하면 좋다. 생사(生死)와 물심(物心)과 유무(有無)를 초월한 무위충만(無爲充滿)의 세계— 여기는 인간이 시대와 형편에 따라서 적당히 정한 도덕이나 법률과는 다르다. 이런 도덕률이나 법률은 영원한 무위의 대도(大道)와는 다르다. 선악정사(善惡正邪)라는 새끼(準繩)[준승(準繩) : 수준기와 먹줄이라는 뜻으로 일정한 법식.]로 인간의 자유를 묶는 생시(生時)의 현실주의로 안락을 구하는 유교(儒敎)도 하나의 길이지만 그것은 우주 영원의 대도는 못된다. 병고후세(病苦後世)의 인간의 약점을 이용하여 사후(死後)의 극락을 설교하는 불교(佛敎)도 하나의 길이지만 생사를 초월한 도교와의 길보다는 구차한 길이다. 도교는 사는 그대로가 신선의 생활이요, 죽어서도 그대로 신선의 생활—아니 생사가 없는 영원한 신선의 생활을 유유자적하게 걸어가는 우주의 큰길이다.」

태백이는 이미 유교의 현실집착(現實執着)에 정신의 자유를 찾지 못했고, 불교의 염세피안관(厭世彼岸觀)에도 생명의 정열을 희생할 수 없어서 도교의 세계관을 그리워하는 젊은 시인이었다. 동암자로 말하면 시나 학문보다도 생활자체가 도교적(道敎的)인 자연아(自然兒)였다.

『도사님, 저희들이 도사님 제자로 입도(入道)하는 것은 이미 허락하셨으니 우리 둘의 도우(道友)로서의 의형제를 맺어 주십시오.」

『태백이가 나보다 나이가 위니까 나의 형님이 아니겠소?』

동암자의 제안에 대하여 태백이 사양하였다.

『아냐, 도를 위한 의형제는 상하 전후가 없는 영원한 생명에서 따져야지 순간적인 인간의 연령의 차이로 도형(道兄) 도제(道弟)를 정할 것이 아니니까요.』

『그래 과연 나의 제자 자격이 있군. 그런데 무엇으로 글짓기를 해볼까?』

『아니올시다. 시의 세계와 도의 세계는 다르니까요….』

이태백은 단번에 반대하였다. 그것은 자기에게 자신이 있기 때문에 사양한 것이다. 또 자기 부친이 글 다루기로 자만심을 일으키지 말라던 충고도 생각났었기 때문이다.

『왜, 시 짓는 것도 저기서 돌 뜨는 석공의 솜씨도 모두 도통(道通)하는 하나의 표현이 아닌가.』

도사가 그런 설교를 한다.

『그럼 활쏘기를 해 볼까?』

『활 쏘는 것은 살생하는 무술이 아닙니까?』

태백이 또 반대하였다.

『활 쏘는 순간의 그 통일된 정신력이야 말로 하나의 수도(修道)의 경지가 아닌가? 살생은 그 궁도(弓道)를 잘못 썼을 때에 탓하는 유교나 불교의 좁은 교훈에 지나지 않는 거야. 궁도에 있어서도 사람이나 짐승을 살생하는 것이 상책이 아니고 성위의 털끝을 맞추고 바위를 뚫는 것이 수도의 정신력이거든.』

태백은 그제야 자기가 황소를 나무칼로 살생한 행동에 구애된 까닭으로 검도(劍道)자체를 부인한 좁은 생각을 깨우쳤다. 그리고 동암자가 산중에서 금수와 더불어 자연생활을 하므로 활 재주는 자기보다 낫다고 생각하였다. 그에게 이기게 해서 자기가 아우로 되는데는 그것으로 시험하는 것이 좋을상 싶었다. 그래서 동의하면서,

『그럼 활쏘기로 겨루는 것도 좋습니다마는, 이런 옥황로에 활이 있겠습니까?』

『활이야 나뭇가지를 휘어서 줄을 매면 되지 않겠나.』

그들은 도사의 말대로 곧 활 두 개를 만들었다.

『그럼 과녁은 이 도장의 벽에 그린 범의 바른편 눈을 쏘기로 하세.』

도사는 의외로 그 신성한 벽화의 범의 눈을 과녁으로 쏘라는 것이다.

『그럼 옥황상제께 황송하구, 그림이지만 범에게 미안하지

않습니까?』

『아니야, 자네들의 도가 그것을 맞출 정도로 통했으면 옥황상제께서도 눈을 맞은 범도 기뻐할 것일세.』

오도관의 언행은 어디까지나 속세의 형식이나 다른 종교의 형식과는 다르다. 오도관의 지시대로 그들은 당하의 마당으로 내려가서 나란히 서서 범의 오른편 눈을 겨누었다.

활을 당겼을 때에 오도관은 얼른 범의 그림 옆으로 가더니 그 바른편 눈에 손을 덮더니 그 눈동자를 손가락 사이로 내놓는다.

이때 태백은 멈칫하고 겨누던 활을 내렸다.

『지금 활 내린 편은 한 점 깎였다. 자신 있거든 쏘고, 자신 없거든 기권하라!』

오도관은 엄연한 태도로 명령한다. 태백이 번뜩 깨닫는 바가 있어서 다시 활을 들고 옆에 동암자를 본즉, 먼저 겨누던 그 자세대로 줄을 당겨서 화살을 탁 보낸다.

화살은 도사의 손가락 사이의 범의 눈동자를 명중시켰다. 도사도 눈 하나 깜짝하지 않고 그 화살을 뽑아 놓고!

『다음에!』

그 경지야 말로 동암자의 정신과 화살과 오도사의 도가 간

발(間髮)의 호흡도 틀리지 않은 도통의 경지였던 것이다. 태백이도 무아무상(無我無想)으로 활을 겨누었다. 아까 동암자에게 형벌을 사양하려던 생각도 없었고 도사의 손도 일체 보이지 않고 벽화의 범의 눈동자만이 큰 함지박만큼 확대되어 보였다.

태백의 정신이 집중한 화살도 도사의 손가락사이로 범의 눈동자를 명중시켰다.

『음, 과연 신통한 청년들이로다. 그만하면 도(道)를 체득할 소질이 있으니 앞으로 무슨 일에든지 그런 일심(一心)의 태도로 수업(修業)하면 무위의 대도에 통달하리로다. 그런 도를 많이 닦으면 속세의 장거리에 살아도 그냥 지상의 신선이 될 것이야. 시도(詩道)에 그러하면 시선(詩仙)이요, 농사에 그러하면 농선(農仙)이요, 질그릇 굽기에 그러면 도선(陶仙)이요, 그림에 그러하면 화선(畵仙)이 될 것일세. 이것이 무위이화(無爲而化)라는 신선술(神仙術)이지 다른 도(道)가 없느니라.』

오도관은 이러한 깨우침을 알리려고 그런 시험을 시킨 모양이었다.

『그런데 둘이 다 과녁을 잘 맞추었으니 막형막제(莫兄莫

弟)의 도우(道友)들일세. 그러나 태백군이 내 손을 본 순간 활을 내리고 망설인 것은 저 범의 눈—목적의 과녁과는 다른 한눈을 판 정신의 산만상태를 증명했으니 동암자 군에게 진 셈이야. 그러니 의형은 역시 동암자 군일세.』

태백은 이 도장의 활 시합에서 깨달은 바가 컸다.

『형님!』

하고 태백은 동암자의 손을 잡았다. 지기(知己)의 도우(道友)로 의형제를 맺은 기쁨을 이길 수가 없다. 그야말로 무위(無爲)의 감격이었다. 얼마 안 된 풋내기들이지만 이미 꿀같이 맛 붙인 술로 축배를 올리고 싶었다.

그 눈치를 알아챈 듯이 오도관은 청주 한 병을 내다 주면서 『자, 결의형제(結義兄弟)의 축배를 올리게. 술을 즐기는 것도 천진난만하게 주도(酒道)에 통해야 하는 법이니, 아까 화살을 겨누던 그런 일심(一心)의 긴장을 확 푸는데도 역시 다른 일심의 황홀경을 음미하는 게 주도일걸세.』

『예, 술도 잘만 먹으면 주선(酒仙)이겠군요.』

『그야 물론이지!』

오도관은 매우 엄숙한 태도로 말한다.

『주선의 자격은 장차 있을 상 싶기도 합니다. 그럼 도사님 용서하십쇼.」

태백은 축배의 청주를 따라 오도관에 먼저 올릴까, 동암자 청년에게 먼저 권할까 또 망설였다.

『형님한테 맹세 술을 먼저 올려야지.』

오도관은 어디까지나 천진난만하다. 태백은 술에 도연해지자 또한 솟아나는 시흥을 이기지 못하였다. 그래서 어젯밤에 우연히 산중에서 만난 이 지기의 도우와 그날 밤까지 술을 기울였다. 그는 밝은 달과 벗을 두고 한 수 읊었다.

友人會宿 벗과 만나서 함께 자면서

滌蕩千古愁 천고의 수심이 여기 어디 있으랴

留連百壺飮 소매를 서로 잡고 백 병의 술 기울일제

良宵宜淸談 이 좋은 밤에 정다운 이야기하면

皓月未能寢 달도 더욱 밝아서 잠잘 수 없네.

醉來臥空山 도연히 취한 몸을 공산에 뉘어보면

天地卽衾枕 이 하늘 이 땅이 그냥 금침일러라.

태백은 이미 주선(酒仙)의 황홀경에 있었다. 정다운 벗의 이야기와 달빛에 취해서 산중에 누우면 천지가 그대로 금침이라는 자연아의 경지이매, 이런 시 자체도 이미 태백의 시선(詩仙)의 재주가 아니고 무엇이랴.

천지를 금침으로 취중에 한숨 잔 태백은 후련한 눈을 떴다. 산중의 밤은 바다 속처럼 고요한데 달은 여전히 밝기만 했다. 그는 글을 또 한 수 읊지 않을 수 없었다.

春日醉起言志 봄날에 취했다 일어나서 뜻한바

處世若大夢 세상의 삶이란 꿈결 같은데

胡爲勞其生 무엇을 그리 버둥댈건고.

所以終日醉 술에나 온종일 취한 끝에

頹然臥前楹 네 활개 펴고 앞마루에 눕도다.

覺來眄庭前 술 깨어 물끄러미 뜰 앞을 보면

一鳥花間鳴 새하나 꽃가지에 지저귀도다.

借問此何時 지금이 어느 시절이냐 물으면

춘 풍 어 유 앵
春風語流鶯   봄바람에 흐르는 꾀꼬리 노래.

감 지 욕 탄 식
感之欲歎息   아아하고 한숨 쉬려고 하다

대 주 환 자 경
對酒還自傾   먹다 남긴 술을 또 기울이도다.

호 가 대 명 월
浩歌待明月   나도 이제 노래 높여 달을 부르다

곡 진 이 망 정
曲盡已忘情   노래 또한 다하면 모든 생각 사라지도다.

  사흘 동안 오도관의 옥황루에서 동암자와 만나서 의형을
삼은 뒤에 태백은 주선(酒仙)의 도를 닦은 셈이었다. 그러나
그의 취중의 시에서도 그는 이미 인생의 무상(無常)을 깨닫
고 무위의 자연생활을 그리워하는 백운 명원의 시혼(詩魂)을
발휘하였다.

  오도관과 다시 만날 날을 기약하고 대천산(戴天山)을 떠난
두 청년은 호연(浩然)한 방가(放歌)를 하면서 산길을 내려밟
았다.

  그들의 정처 없는 발길은 구도(求道)의 도장(道場)을 역시
자연의 상징인 깊은 산속으로 향하였다. 사천성(泗川省) 북
쪽 경계에 가까운 민산(岷山)의 남록(南麓)에 이르러서 그 산

자수명(山紫水明)한 경치에 홀린 그들은 마침내, 수년 동안의 청춘을 아낌없이 바칠 은서(隱棲 : 세상을 피하여 숨어살음.)의 보금자리로 삼았다. 동암자는 시로도 술로도 물론 태백의 벗이 되었으나, 그는 시 조차도 속되이 여기는 철저한 탈속의 일인(逸人)이었다. 이미 스승이 필요치 않은 태백의 시는 그 무언(無言)또 무위(無爲)의 조화의 원천인 자연을 시의 스승으로 또는 벗으로 장차의 시선(詩仙)으로 도를 닦았다.

『태백군, 우리는 이 민산이은자(岷山二隱子)로서 자임하고 적어도 7년 동안은 시정속세(市井俗世)와 완전히 인연을 끊고 산천초목을 상대로 살아가기로 맹세하세. 혹 여자의 노래가 그리울 때는 자연의 명창인 산새를 기르면서….』

『술맛과 시흥(詩興)과 금남(禽喃 : 온갖 종류의 새소리.)이 있고, 자네와 내가 서로 있으니 이 역시 산중사우(山中四友)가 아니겠는가. 그래 7년 쯤 도를 닦으면 나도 다른 것은 몰라도 시선 주선은 될지 모르겠지. 자네는 무슨 신선이 되려는가?』

『그럼 나는 금선(禽仙)이나 될까? 새에는 내가 귀신이니까. 나야 역시 무명무위선(無名無爲仙)이 돼야지.』

『자네는 역시 나의 형님이거든. 나는 아직도 시에 대한 욕심, 술에 대한 욕심이 강해서 자네보단 속인일 거야.』

그러나 그들은 언제까지나 바위 굴 속에서의 원시생활을 할 수도 없었고, 그럴 필요도 없었다. 그들은 단 둘의 인간의 힘으로, 역시 사랑하는 자연의 일부를 정복해서 간소한 은사(隱士)의 초려(草廬)를 건설하였다. 벽도 통나무로 둘러 세운 널찍한 몇 칸 방을 만들고 재목의 사개를 맞추는데도 못이나 끌 구멍이 필요치 않았다. 그냥 통나무 끝을 엇대고 칡넝쿨을 끊어다 칭칭 감아 매면 족하였다. 지붕에는 갈대를 베어다 엮어 덮으면 충분히 비를 막을 수 있었다.

그들이 건축한 방 가운데서 가장 명랑하고 넓은 방은 각종 산새를 수천 마리 기르는 『새장』으로 쓰였다. 그 새들은 귀와 눈을 즐겁게 할 뿐 아니라 말까지 통하는 벗이 되었고 때로는 잠동무도 되었다. 창문을 열고 푸른 하늘과 푸른 산에 소풍도 시키면 저희들이 밥을 주워먹고 돌아오므로 사료제공의 노력도 필요치 않았다. 새들은 먹고도 남을 가지각색의 알을 제공하였다.

그러나 그들은 자기들의 가족인 그 새를 잡아서 고기로 먹지는 않았다. 고기 생각이 나면 노루며 산토끼며, 산돼지를 함정으로써 잡아 먹었다. 짐승의 가죽은 훌륭한 이부자리가 되었고, 겨울에는 호화로운 방한 의복이 되었다.

동암자가 새 기르는데 귀신인 것과 같이 태백이는 술 담그는 명인이었다. 특히 산머루를 따서 포도주 담그는 비법은 그의 자랑이었다.

태백과 동암자는 민산에서 세상과 인연을 끊고 자연애(自然愛) 속에서 순결한 구도생활(求道生活)로 청춘의 정열을 아낌없이 바쳤다. 그러나 이 이은자(二隱子)의 이름은 결코 백운과 녹수만이 독점할 수는 없었다. 태백의 시선(詩仙) 동암자의 금선(禽仙)의 고명(高名)과 일명(逸名)은 자연 천하에 알려지고 말았다.

나무꾼들의 입으로 전해지고, 또는 지나던 유람객들의 입으로 전해져서, 일부러 그들을 찾아오는 호사가(好事家)들과 풍류객이 늘어갔다.

태백이 5년이나 그런 생활을 한 25살 때, 그 소문을 들은 면주(綿州)의 태수(太守)가 먼 길에 찾아왔다.

『본관은 널리 인재를 구하여 치국평천하의 공사에 추천하려던 차, 귀공(貴公) 두 분의 고명을 듣고 찾아 왔소. 우선 두 분을 유도과[有道科 ; 관리 전형의 한 과목으로서 우리나라 진사(進士)와 비슷한 것]에 추천하겠소.』

하고 관도(官道) 출사(出仕)를 정중히 권고하였다.

그러나 동암자는 단번에

『나는 5년 동안이나 새와 정이 들어서 새들과 차마 떠날 수가 없으니 비록 조정의 고관대작을 주려고 지존(至尊)께서 부르셔도 갈 생각이 없습니다. 더구나 아직 새조차 잘 다스리지 못하는 산초의 몸으로서, 어찌 천하의 백성을 감히 다스리겠다는 오만한 생심을 먹겠습니까?』

이 말은 예를 갖추어 방문한 태수의 위신을 전연 무시한 태도였다. 말하자면 당신 같은 무능한 지방장관의 부하로 데려가려는 것은 무례하다는 야유였다. 그러나 그의 관권에도 아첨하지 않는 엄연한 경멸의 거절 언사였다.

『그럼 태백공(太白公)은 어떻소? 그 놀라운 글재주를 이런 산중에서 썩히는 것은 귀공의 장래를 위해서도 천하를 위해서도 큰 손실로 생각하지 않소.』

이런 유혹을 하였다. 그러나 동암자가 너무도 솔직하게 거절해서 방문한 지방관에게 실례였다고 생각한 그는 그냥 온전한 말로 정중한 사양을 하였다.

『소생과 같은 무학의 백면서생에게 그런 과분하신 말씀을 듣자와 황송천만이로소이다. 그러나 소생은 아직 수도 중에 있으니 그럴 자격이 전연 없습니다. 그리고 저 동암자군과 여기서 적어도 7년 동안은 함께 도를 닦자고 약속하였으니 그 지기의 정도 배반할 수는 없습니다. 태수님의 은덕은 감사하오나 용서하여 주십시오.』

『잘 알았소. 그럼 태백공은 친구와의 약속인 그 7년 수업의 기간은 얼마나 남았소?』

『아직도 이태 남았습니다. 그 약속을 마친 27세 때에는 동암자군과도 다시 상의할 기회가 있을까 합니다.』

『그럼, 이태 후에는 본관의 청을 들어 주겠소. 그 약속이라도 해 주겠소?』

면주태수는 태백의 글재주에 반한 모양이라 자꾸 졸랐다.

『그것은 그 때 봐야 알바 이오니 지금부터 약속드릴 바도 못될까 합니다.』

태수는 두 청년은사(青年隱士)에게 결국 보기 좋은 거절을 당하였다. 위무(威武)와 부귀로도 그들을 굴복시키거나 유혹하지는 못하였다. 그러나 이 거절하는 태도에서 보듯이, 태백은 동암자와 같이 일생을 금선으로 은둔하려는 생각은 없는 듯도 하였다. 시는 역시 인간에 가까웠고, 새는 문자 그대로 자연에 속한 탓일지도 몰랐다.

『그럼, 이번엔 내가 단념하고 가겠으나, 다음에 또 좋은 기회를 기다리겠소. 오늘 찾아온 표적으로 마련된 백지 몇 축을 선사하겠으니 사양치 마시오.』

하고 태수는 백지 열 축을 내놓았다.

『고맙습니다. 그러나 소생의 글공부에는 종이가 조금도 필요치 않습니다.』

『그건 또 무슨 사양이요?』

『사양이 아니오라, 소생의 붓은 오로봉(五老峰)이요, 글 쓰는 종이는 저 넓은 청천 하늘이니까요.』

『하하하. 그런 글재주라 내가 반했단 말이오. 그러나 글씨 공부에 필요치 않겠소?』

『악필이 공부로 나아지겠습니까? 허기야 글씨도 쓰긴 합니다마는 저 숲속의 넓은 나무 잎사귀는 모두 자연이 선사하는 저의 종이올시다. 그리고 저 수석의 흰 바위도 자연의 백지고요. 푸른 종이론 하늘과 나뭇잎이 있고, 흰 종이론 구름과 바윗돌이 무진장이라 귀중한 세상의 백지까지 산중에서 허비할 필요야 있겠습니까.』

『하하하, 그도 그렇겠소마는…』

태수는 역시 시를 사랑하는 풍류객이었으므로 젊은 태백의 풍류담을 조금도 불쾌하게 오해하지는 않았다.

『그럼 나는 빈손으로 가겠는데, 왜 이런 산속에서만 살겠다는 지 그 취미가 역시 궁금하군요!』

태백은 말로 대답하지 않고

『그러시면, 태수님이 주시려던 그 종이 한 장에 소생의 대답을 써 올리겠습니다.』

그러던 태백은 붓을 들자마자 비호같은 필치로 한 수의 글을 썼다.

山中問答 산중문답

間余何意棲碧山
나더러 왜 푸른 산속에 사느냐고요

笑而不答心自閑
웃기만 하며 대답 않는 내 마음은 한가하외다.

桃花流水杳然去
복사꽃 물을 타고 아득히 흐르는 곳

別有天地非人間
여기는 별다른 천지, 인간사는 세상이 아니외다.

태수는 그 묘한 글 한 수를 보고 우선 글재주에 깜짝 놀랐다. 그리고 그 신선의 경치를 소요하는 젊은 시인의 경지가 무척 부럽기까지 하였다. 웃기만하고 대답 않는(笑而不答) 태백의 심경이야말로 범할 수 없는 고귀한 정신의 소치이므로, 태백에게는 가겠다는 인사도 않고 그냥 돌아가고 말았다.

(이 이상 더 무슨 어리석은 질문을 하랴!)

놀라서 말 못하는(驚而無言) 태수의 돌아가는 뒷모습이었다.

면주의 태수가 예를 갖추어서 그들을 관에 추천하였으나 그것을 그냥 거절하였다는 소문은 또 하나의 유명한 민산일화(岷山逸話)로 세상에 퍼졌다. 특히 태백의 산중문답(山中問答)의 명시일수(名詩一首)는 이야말로 산중시선(山中詩仙)의 절창이었고 세인을 감탄시켰다.

이러한 자연과 구름과 꽃과 함께 아름답게 피는 산중자연의 시적생활(詩的生活)도 7년의 세월도 복숭아꽃을 태운 흐르는 물과 함께 지나갔다.

동암자와 약속한 7년의 은거생활(隱居生活)이 끝나고 태백이 27세의 봄을 맞게 되었을 때 동암자가 먼저 말을 하였다.

『태백군, 나는 자네의 글재주가 여기서 우리가 사는 7년 동안에 많은 상달을 하였다고 보아왔네. 이제 우리의 약속도

끝났으니, 자네는 역시 장안에 가서 글 자랑도 좀 해야 할 게 아닌가? 나의 우정이 언제까지나 자네의 시혼(詩魂)의 자유까지 막아서 되겠나? 자네는 역시 장안에 가서 영달의 기회가 있으면 그것도 꺼릴 바 아니요, 또 시공(詩筇)을 끌고 인간사회를 유람해도 좋을 상 싶네. 천하의 문장이 운집(雲集)한 서울장안에서도 자네의 글재주면 저 숲 사이를 소요하듯, 그야말로 무인지대(無人地帶)를 독보(獨步)할 것일세. 자, 오늘은 형인 내 명령에 복종하게. 그동안 자네를 유일의 벗으로 산 7년 동안의 추억은 나의 영원한 행복의 원천이 될 것일세.』

동암자는 태백 자신이 역시 세상에 나가 보고 싶은 심정을 잘 알았으므로 이렇게 격려하였다. 또한 태백의 글재주를 산속에서만 숨겨 두면, 당나라의 문화발전을 위해서도 큰 손실이라고 생각한 동암자의 높은 견식에서 권하는 소신이었다.

『내 꿈속까지 환히 아는 자네한테 무슨 외면치레가 있겠나. 그래 나도 역시 7년이 지난 올 봄에는 천하유람을 떠날 생각이 있었네. 그러나 자네만 홀로 이 산중에 남기고 나만 세상 바람에 건들대자니 미안하다면 뭣하지만 나 자신이 섭섭해서 못 떠나겠네그려.』

『만나면 이별하는 것이 인생이 아닐까? 그러나 우리의 추억과 마음의 연락이 어느 별 밑에 헤어진들 잊겠는가? 나한텐 이 산속에서 영원히 같이 살 저 많은 새들이 있지 않는가. 나는 이제는 세상이 시끄럽고 싫어서가 아니라 정말로 이 산 냄새와 저 새들의 애정이 즐거워서 못 떠나겠네. 그야 자네와 함께 못가는 것이 나로서는 도리어 미안할 정도야. 그러나 인생에는 역시 개인으로서 제각기 갈 운명의 길이란 게 있는 법이야. 이것이 역시 우리가 찾던 도가 아닌가.』

『동암자군, 그럼 우리 서로의 건강의 축배로 이별하세. 우리가 7년 전에 여기 터 잡던 늦여름에 내가 담궈서 땅에 묻었던 포도주를 기념으로 마시세.』

그들은 산중일미의 7년 주로 헤어지는 우정을 다시 새롭게 하였다. 그러나 시로 읊으면 인생의 이별은 역시 슬펐다. 슬프기 때문에 더욱 아름답고 고마웠다. 태백은 술을 몇 잔하다가는 시를 한 수 읊었다. 그러나 그 시는 모두 이별의 슬픈 노래뿐이었다. 그러나 자기가 담근 7년 묵은 포도주병을 거의 다 기우렸을 때 그는 마침내 이별주라는 것조차 잊고 술 자체에 취해 버렸다.

『태백군, 이제 그만 한숨 쉬게, 나도 가서 자겠네.』

하고 동암자가 자기 방으로 가는 상 싶었다.

『어어, 그래 그럼, 내일 아침에 나 떠날 땐 자네 잘 타는 거
문고 곡조로 전송해 주게.』

『거 참 좋은 생각일세. 이제 그만 먹고 한숨 푹 쉬게.』

『허허, 내가 언제 술 남기고 자던가. 술에 질 내가 아니니
염려 말게.』

동암자가 자기 방으로 돌아와서 취한 몸을 자리에 던지자,
태백의 방에서는 또 한 수의 시 읊는 소리가 들려왔다.

山中與幽人對酌 산중의 유인과 대작함

兩人對酌山花開 우리 둘이 맞 대하면 산꽃도 반겨 필제

一杯一杯復一杯 주고받는 술잔에 수가 있으랴.

我醉欲眠卿且去 내가 취해서 자려할 때 자네 또한 가는가

明朝有意抱琴來 내일 아침에 나 그립거든 거문고나
타 주게.

태백의 글 읊는 소리가 끝나더니 산속이 떠날듯이 태평한

코고는 소리가 들렸다. 그제야 안심한 동암자도 코를 골았다.

 그 주인들의 이별의 슬픔도 잊은 코고는 소리에 옆방에 새들이 꿈을 깬 듯이 몇 마디 지절대더니 그들의 잠꼬대조차 고요해졌다.

 만물이 잠든 산중에는 달만 청청 밝았다.

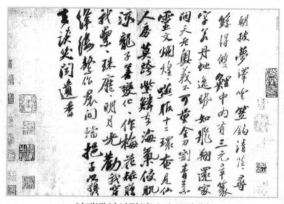

이태백선시권(李太白選詩卷)

4. 행운십년간(幸運十年間)

사천성(泗川省)의 북경(北京)인 창명현(彰明縣)의 첩첩산중의 민산(岷山)에도 봄철은 진달래꽃과 더불어 찾아 왔고, 보랏빛 봄 새벽의 안개는 친구 동암자가 기르는 즐거운 새소리에 피어올랐다.

이태백은 지난 밤에 동암자와 단둘이 이별주를 늦게까지 기울인 끝에 취해 자고 눈을 떴다. 자리에 누운 채 즐겁게 재잘대기 시작한 새들 소리를 듣고 있자니 그 새들의 주인인 동암자와 헤어질 생각이 한없이 슬퍼졌다.

『아아 그대는 청산이요, 나는 백운인가 하노라. 그대는 산과 함께 어질게 영원히 산에 있으련만, 나는 구름과 같이 바람을 타고 흐르는 운명인가 하노라.』

그는 이런 한탄을 하였다. 그리고 수년 동안 산중은일(山中隱逸)의 생활을 회상하였다. 그 동안에도 태백은 인간의 냄새가 그리워서 몇 달씩의 방랑을 하고 이 민산으로 돌아오곤 하였다. 이번에도 칠년수도(七年修道)의 약속은 끝내고 산과는 아주 하직하는 마당이었지만 몇 달 못가서 도로 또 그리운 벗 있는 민산으로 돌아오고야 말 것만 같기도 하였다.

『그러나 그때는 나의 시(詩)와 나의 인생이 참패하였을 때일지도 모른다. 아니다, 나는 이 산중에서 닦은 시풍(詩風)과 선술(仙術)로서 구국제중(救國濟衆)의 공을 이루리라. 그런 세속적인 욕망이 나를 유혹하는 것일까? 그런 위대한 사업을 나로 하여금 시키기 위하여 하늘이 나를 세상으로 보내는 것일까? 하여튼 산 위에 뜬 흰 구름! 어디서 와서 어디로 가는지 모르는 바람에 꿈과 몸을 맡기는 수밖에 없는 운명인가 보다!』

산중의 지난 생활은 돌 한 개, 나무 한 그루, 풀 한 포기에도 그리운 추억을 남겨주었다. 그리고 그 모든 자연의 색채와 자태는 전부가 친구 동암자의 우정의 그림 폭과 같고, 향기로운 호흡과 같았다. 이것은 그로 하여금 하산(下山)을 슬프게 하는 감상(感傷)이었다. 그러나 그 후 시선적(詩仙的)인 호기(豪氣)와 영웅적인 패기(覇氣)는 자유방랑성(自由放浪性)과 함께 그를 산속에만 숨겨 두려고 들지는 않았다.

그는 이미 24세 때에도 천운(天運)과 국운(國運)을 강개(慷慨)한 고풍(古風) 일수를 읊었던 것이다.

그 시를 읊은 동기는 당명황(唐明皇)이라고 하던 현종(玄宗)이 무비(武妃)의 미색(美色)을 총애하고 황후(皇后)였던 왕씨(王氏)를 학대하는 것을 개탄하던 중, 때마침 개원(開元) 12년 7월 임신(壬申)에 월식(月蝕)의 천변(天變)이 있었으므로

古 風 고풍 - 제2수

섬서박태청 蟾蜍薄太淸	식차요대월 蝕此瑤臺月	원광휴중천 圓光虧中天	금백수윤몰 金魄逐淪沒
체동입자미 螮蝀入紫微	대명이조휘 大明夷朝暉	부운격우요 浮雲隔雨曜	만상혼음비 萬象昏陰霏
소소장문궁 蕭蕭長門宮	석시금이비 昔是今已非	계두화부실 桂蠹花不實	천상하엄위 天霜下嚴威
침탄종영석 沈歎終永夕	감아체첨의 感我涕沾衣		

두꺼비 놈이 하늘을 범하여 요대의 월궁(月宮)을 좀먹으매

달은 헛되이 하늘에 떠서 황금의 혼백도 마침내 사라지도다.

요망스러운 무지개가 궁궐을 범하면 태양도 아침 광채를 잃는 것처럼 조정의 밝은 빛이 어두워졌노라.

구름 같은 무비가 양폐하를 이간하매 천하의 만상이 모두 혼도하도다.

한나라의 진황후(陳皇后)는 질투 때문에 스스로 장문궁에 소박을 샀건만은 오늘의 왕황후 참으로 억울하도다.

월계 같은 황후는 아름답게 꽃피었건만 꽃은 열매 없이
된서리에 시들도다.

아아 긴 밤을 잠 못 이루는 이 한탄에 나의 눈물이 속절없이
옷을 적시도다.

태백이 이런 시를 월식의 흉조로 읊은 지 두 달 뒤의 9월에
왕황후는 마침내 무희 때문에 폐위(廢位)의 비운을 맛보았던
것이다.

태백은 이 시에서 무비를 직접적으로는 비난하지 않고, 한
무제(漢武帝)가 진황후를 장문구에 유폐(幽閉)시켰던 고사
(古事)를 빌려서 당대(當代)의 왕실(王室)의 비위(非違)를 규
탄하였던 것인데, 불과 24세의 청년시인으로서 이렇게 천도
(天道)도 무심치 않다는 일월(日月)의 정의를 절규하였다. 그
보다도 한무제의 진황후 장문궁유폐 사건당시의 사마상여
(司馬相如)가 『장문부(長門賦)』를 지어서 한무제를 감명시켜
서 진황후를 구원케 하였으므로—자기도 사마상여와 같이
무비에 홀려서 그릇하는 현종을 계몽(啓蒙)하려는 기백에서
이런 시를 지었던 것이다.

그런 시를 산중에서 숨어 살면서도 짓지 않을 수 없을 만큼
그는 너무도 우국개세(憂國慨世)의 정열이 강한 면도 있었다.

그는 지금 아직 자리에 누워서 이미 3년 전에 지은 이 시를
생각하고 벌떡 일어나 앉았다.

『세상도 매우 어지러운 시대지만 우선 현재의 문단의 폐풍
(廢風)이 또한 말이 아니다. 이것을 정도(正道)로 부흥시키
는 것이 또한 나의 사명이 아니냐! 나를 두고서 이 당나라
의 문운(文運)을 새로 일으킬 자가 감히 누구겠느냐!』

이런 자신 만만한 용기를 내었다. 그래서 그는 『대아(大
雅)』의 문왕 시편(詩篇)을 읊었다.

산중에서 그냥 늙어 죽을 수는 없었다. 젊은 시대에 이 큰
사업을 하지 않을 수 없다는 것을 그는 다음과 같은 『고풍(古
風)』으로 읊었다.

古 風 고풍 - 제1수

대아구불작	오쇠경수진	왕풍위만초	전국다형진
大雅久不作	吾衰竟誰陳	王風委蔓草	戰國多荊榛
용호상담식	병과체광진	정성하미망	애원기소인
龍虎相啖食	兵戈逮狂秦	正聲何微茫	哀怨起騷人
양마격퇴파	개류탕무은	흥폐수만변	헌장역이윤
楊馬激頹波	開流蕩無垠	興廢雖萬變	憲章亦已淪
자종건안래	기려부족진	성대복원고	수의귀청진
自從建安來	綺麗不足珍	聖代復元古	垂衣貴清眞

群才屬休明　乘運共躍鱗　文質相炳煥　眾星羅秋旻
군재속휴명　승운공약린　문질상병환　중성라추민

我志在刪述　垂輝暎千春　希聖如有立　絕筆於獲麟
아지재산술　수휘영천춘　희성여유립　절필어획린

시경(詩經)의 대아편(大雅篇) 같은 시는 오래 없어졌으매

내가 만일 늙어지면 어느 누가 할 수 있으랴.

왕풍(王風)이란 주시(周詩)도 잡초에 덮여 버리고

이 전국시대엔 가시덤불만 무성하지 않느냐.

용과 범이 서로 물고 뜯듯이

병정의 칼싸움만 횡포한 진나라 때엔

참다운 시는 결국 망하고야 말았다.

그동안에 굴원(屈源)이란 시인이

이소(離騷)의 형식을 만들었으나 별 수 없었고

후한(後漢)의 양웅(揚雄)과 사마상여(司馬相如)가

도도한 탁류와 싸웠으나 막지는 못하였다.

한번 흥했다 한번 망했다 변화무쌍 하였다 해도

대아(大雅)같은 본격적인 좋은 시는 그림자조차 없었다.

건안연간(建安年間)에는 많은 시인이 배출하였으나

잔재주만 부렸어도 별 것 없었더니라.

그러나 우리 당나라 성대에 와서야 비로소

시도 또한 근원으로 복귀하게 되어서

임금도 요순처럼 옷[의복(衣服)]을 편히 늘이고 청진(淸眞)의

값을 알았다.

이 태평세월을 맞은 유능한 시인들은

이제야 용이 하늘로 오르듯이 문운(文運)을 자랑하지 않느냐.

시문(詩文)의 안팎이 찬란도 하게

가을 밤하늘의 별들처럼 찬란하지 않느냐.

내가 스스로 뜻하는 바는 이 모든 시들을 버리고 추려서

빛나는 이름을 후세에 영원히 남기려고 한다.

나도 한번 공자님이 『춘추(春秋)』를 추린 뒤에

경사로운 기린을 잡았다고 기뻐하듯이

그런 글을 쓰고야 붓을 놓을까 한다.

　태백이 산중문답(山中問答)의 시에서는

『왜 산에서만 사느냐?』할 때 『빙그레 웃고 대답도 않고』

산골 시내에 흐르는 복사꽃잎을 가리키며 별유천지비인간(別

有天地非人間)이라고 유유자적하던 그였지만, 지금 그 산과

하직하려는 순간에는 이런 엄청난 포부를 토설하고 있다. 그

것은 기묘한 모순 같지마는 사파세상의 인생풍경도 도화유수

와 같은 별천지로 시화(詩化)하려는 그의 심정은 아무런 불순

한 양심의 가책도 없이 성인 공자의 덕에 자기를 비교하는 자

진한 순신을 가졌던 것이다. 도학(道學)으로서는 공자와 같은

성인이 못될망정, 적어도 그의 본령인 문장(文章)에 있어서는 이미 시성(詩聖)의 자각이 싹텄던 것이 아닐까. 성인이라야 성인을 안다는 말은 이럴 경우에도 적합하다 할 것이다.

젊은 태백은 마침내 대아(大雅)의 시풍(詩風)으로 당시(唐詩)를 부흥하려는 자부심을 가지고 산을 내려 왔다. 그러나 천재도 또한 시의 행복과 인생의 행복을 두 손의 꽃으로 들 수 없는 것이 사파의 운명일 줄은 그도 몰랐을 것이다. 그의 천재는 마침내 당나라의 시를 영원히 빛내는 존재로 되었거니와, 그의 인생은 역시 일순의 행운과, 오래고 오랜 방랑의 비운을 그의 앞길에 약속하였던 것이다.

태백은 민산에서 내려 왔으나 일정한 목적하는 바는 없었다. 아직도 벼슬할 생각보다는 풍월을 좋아하는 선비를 만나서 글동무가 일시 되어서 술이나 얻어먹으며 명승지나 유람하고, 고명한 도사나 만나서 도를 듣고자 하는 것이었다. 나중에는 푼돈이 없었으나 집 없는 산중에서 한데 잠 자는 것도 오히려 달빛을 이불삼고 자는 풍취라고 스스로 위로하였고, 한두 때는 굶어도 벽공등선(碧空登仙 : 푸른 하늘에 신선이 되어서 하늘에 오름.)의 도교의 수양으로 참을 수 있었고, 술을 못해서 컬컬할 때는 시냇물을 손으로 떠먹고 없는 수염을 쓰다듬듯이 턱을 만지면서 생거

트림도 하며 홀로 웃기도 하였다. 그런 자기의 기행(奇行)의 외로운 그림자가 음률의 그림으로 그려지는 시가 되었다.

그런 방랑을 하다가 사천성 안주(安州)의 운몽택(雲夢澤)이 경치가 좋다던 생각이 나서 그리로 향하였다. 그는 무한 삼진(武漢三鎭)에서 서북쪽으로 향하여 갔다. 무한에서 안주 땅 140리(우리 나라 잇수로─이 거리는 모두 우리 나라 잇수로 환산한 것이다─작자)이었다. 거기서 또다시 북으로 신양(信陽)의 삼관(三關)을 남으로 하남성(河南省)으로서 낙양(洛陽)으로 통하는 큰길이 있었다.

태백은 안주에 도착해서 배장사(裴長史)의 집을 찾았다. 물론 초면부지였으나 그가 글을 좋아하고 글하는 과객대접이 범연치 않다는 소문을 과객의 본능으로 수소문해 들었기 때문이다. 사천성 내에서는 태백의 이름은 이미 자자하였으나 그는 처음부터 자기 이름을 대지 않고 무명의 과객처럼 하룻밤을 쉬어가자고 청하였으나, 배장사는 과연 초면과객을 정중히 접대해 주었다. 태백은 매우 감격해서 저녁밥이 끝난 뒤에 시를 한 수 읊어서 좌흥(坐興)을 돋구었다. 주인이 그의 글에 반해서 바로 성명을 캐어 물을제야 이태백이라고 바로 대었다.

『허어! 이건 정말 귀빈을 모셨소이다. 이것도 내가 과객에게 밥술을 인색히 하지 않은 덕인 모양이군요!』

『배장사님께서 그런 말씀을 하시면 소생은 땅속으로 숨을 수밖에 없습니다.』

『아니 시선(詩仙)도 신선인데 하늘로 오르지 땅으로 숨다니요. 편하게는 대접 못하나 과히 바쁜 행로가 아니면 봄 한철 여기서 노시다 가시지요.』

『그저 새로운 산수구경이 목적이라 바쁘지도 않소이다. 그러니까 노는 게 일입죠만은 공연히 폐를 끼쳐서야 되겠습니까? 우선 이곳을 찾은 것은 운몽택을 구경할 생각이었습니다.』

『운몽택이야 옛날부터 조정의 급명을 받고 달리는 말도 거저는 못가고, 귀양 가는 죄인도 거저 못가는 명승지니까, 제가 안내하겠지만, 그밖에도 이 근처의 경치만 구경하여도 한 달은 걸립니다.』

글 좋아하는 배장사는 이태백을 진귀한 식객으로 잡아두려고 첫날부터 권고하였다. 그가 술 좋아한다는 풍문을 들은 주인은 말술을 아끼지 않고 권하였다. 이튿날 가까운 운몽택을 같이 구경한 뒤로부터 그들은 부자 같은 연령사이였으나 막역한 시우(詩友)가 되었다. 이 주인의 호의로 채 한달을 묵지 않는 동안에 태백에게는 중대한 운명의 전환이 익어 가고 있었다.

배장사와 막역한 친구 허자목(許自牧)에게는 글도 제법하고 인물도 잘난 방년의 16살의 딸이 있었다. 허자목은 안륙(安陸)에 사는 전관(前官) 재상인 허어사(許御師)의 맏아들로서, 친구 배장사 집에 묵히고 그는 27세의 청년시인과 글도 같이 짓고 수고도 나누며 친해졌으므로 형식은 배장사가 중매를 하였지만, 실상은 허자목 자신이 태백을 사위로 삼겠다고 배장사로 하여금 중매 형식을 취하게 한 것이었다.

이 재상집 안목으로는 태백과 같은 글재주면, 과거만 한번 보면 실력으로도 한림학사는 떼놓은 감투라고 우선 판단한 것이 사위 간선의 첫째 욕심이었던 것이다.

허재상의 사랑에서도 청년시인을 중심으로 가끔 시회(詩會)를 열었는데, 하루 저녁에는 자기 딸로 하여금 시회의 술을 따르게 하는 파격의 접대를 하였다. 그것은 보통 청년과 모든 사고방식이 다른 태백에게 의표에 나온 맞선을 보이려는 심산이었다.

(남의 규중처녀의 선을 보고 청혼을 거절할 수 있느냐!)

하는 가문의 위력을 배경으로 한 일종의 호의적 강권(强勸) 수

단이었다. 그러나 사실은 태백과 같은 세련된 정신소유자인 동시에 본능적인 자연아에게는 그의 딸의 미모와 재능만으로도 아내로 탐낼만한 처녀였다. 또한 가난하게 자라났고 앞으로 세속적인 공명심도 속으로는 남만 못하지 않은 그가, 이런 가문과 재산가의 맏딸을 주겠다는데 싫다고 할 리가 없었다.

태백이 다만 사양한 것은 호화로운 혼인잔치만은 하지 말아 달라는 것과, 또 하나는 자기를 처가살이 모양으로 구속시켜주지 말라는 조건만으로 행복한 가정을 이루었다. 다만 가슴 아프게 미안한 것은 아직도 민산의 초가집에서 산새들만 반려로 삼고 단하나인 술벗이던 자기까지 잃고 적적히 사는 동암자군에 대한 야릇한 심정이었다.

『인생의 행운이란 이렇게도 쉬운 것일까. 이래서야 도리어 인생의 노력들은 무의미하지 않을까?』

하는 꿈같은 허전한 행복감까지 들 정도였다. 이런 공짜 행복은 거품처럼 사라질 것만 같아서 불안하기도 하였다.

태백은 조상을 따지면 역시 왕족의 후손이었고 정신수양과 글재주는 일류에 속하는 천재적 존재였지만, 나이 27세가 되기까지 부드러운 비단 이불을 한번도 덮어 보지 못한 가난하고 천한 몸이었다. 그러나 첫날밤에 그의 팔에는 귀족의 아름다운 소저의 몸이 그대로 안겨졌다.

태백은 물론 젊은 피의 정열로 신부를 힘껏 포옹하였지마는, 그 뒤에 또다시 회의에 잠기는 것을 면하지 못하였다. 신부의 몸이 그냥 꿈같이, 혹은 얼음같이 그날 밤 이불속에서 사라질 것만 같은 착각을 느꼈다. 쾌락의 육체감각도 믿을 수 없는 불행하던 잠재의식이 머리를 점령하였다.

말 없던 포옹 끝에

『여보! 내 손가락 좀 깨물어 봐요!』

한 것이 처음 붙여 본 말이었다. 그리고 자기 손가락을 신부의 붉은 연지 칠한 입술사이로 넣었다. 그러나 신부는 이로 물라는 대로 하지는 않고 떨리는 입술까지 부끄러운 듯이 살며시 빠는 둥 마는 둥 하는 반응밖에 주지 않았다. 그 침묵과 같은 촉감이 또한 현실이 아닌 의문까지 나서 태백은 자기도 모르게 신부의 아랫입술을 힘껏 꼬집어도 보았다.

『아차! 내가 미쳤나!』

그리고는 이렇게 스스로 놀라기도 하였다. 그에게는 과거의 육체적인 불행의식 때문에 이런 열등변태까지 무의식중에 연출하였다. 그것은 또한 안이(安易)하게 얻어진 행복에 대한 장래의 불안감이었던 것이다.

결국 태백은 그만큼 의외의 큰 행복을 얻었던 것이다. 그리고 그가 이 의외의 연분에서 얻은 하나의 철학은

『인생의 행복은 운명의식을 잊고 어제와 내일을 생각할 겨를이 없이 오늘 생활에 전 시간을 충족하는 것.』

이라는 생활감정이었다. 과연 그는 결혼 후 당분간, 젊은 아내 허씨의 고운 얼굴을 볼 때나 그리고 보드라운 피부를 애무할 때는 물론, 시를 읊을 때와 술에 취했을 때, 과거의 불행회상과, 미래의 불안예감을 느끼지 않았다.

그러나 5년 후 10년 후의 운명은 그가 잊으려고 노력하거나, 혹은 완전히 잊었을 때도 악마가 아닌 천사까지도, 악인이 아닌 선인에게도 기구한 변화를 좋아할지 모른다. 이것이 그가 터득하려는 허무의 본질이었으나 그는 역시 이 점에는 어리석은 단순한 시인이었다.

그는 처가살이는 싫다는 허세로서 처음에 신세진 배장사의 집 한 채를 빌려서 새로이 가정을 차렸다. 그 집세도 생활비도 물론 장인이 대어 주었지만 신부가 귀여웠고 가정생활도 행복하였지만 날마다 집에서 부부가 얼굴을 맞대고 지내는 것에 일종의 권태를 느낀 그는 또다시 시의 자유세계가 그리웠다. 그리고 새로운 남자의 시우가 그리웠다. 또 집에서는

첫째 공부가 안되었다. 아내의 사랑에 사로잡혀서 자기의 자연 취미와 재능이 희생되는 것과 같았다. 그것은 사랑이 식어 가기 때문은 아니었지만 적어도 단조로운 가정생활에서 오는 권태라고 느낀 그는 그 안륙(安陸) 읍내에서 50리 쯤 떨어진 곳에 있는 백조산(白兆山) 도화암(桃花巖) 밑에 간소한 독서당(讀書堂)을 짓고 나가서 별거 생활을 시작하였다.

자기가 가끔 안륙의 집에 와서 자고 가기는 하였으나 아내는 무슨 자기가 올 급한 일이나 있어서 독서당으로 가마를 타고 왔으나 그날로 돌아갔다. 그것만 알아도 장인은 딸을 호령하였다. 태백의 공부에 방해 된다는 걱정이었다. 장인은 사위가 어서 과거 보기를 원하였고, 공부도 도교(道敎)를 집어 치우고 유학(儒學)을 하라고 권하였다. 그러나 태백은 고리탑탑한 유학의 과거준비 공부는 전연 하지 않았다.

첫아들을 낳았어도, 나이가 삼십이 되었어도 태백은 천진난만한 소년과 같았다. 술에만 어른이요, 친구의 우정에만 신의를 지켰다. 집안 살림에는 거의 관심이 없었다. 그는 역시 좋은 남편은 못되었다. 부인 허씨는 태백이 대시인이 되는 것보다도 평범한 남편이요, 평범한 아버지가 되어 주기를 원하였다. 그러나 여전히 술과 친구만 좋아하였다. 그는 물론 아내를 사랑하지 않거나 소박하는 것은 아니었으나 점점 무관심한 상태로 되어 갔다. 아내는 점점 고독을 느끼게 되었다.

장인은 딸의 이런 고독감에는 무관심하고 사위가 어서 과거를 보아서 큰 감투 안 쓴다고만 야단하였다. 그래서 결국은 태백을 경제적으로 위협하는 수단을 썼다. 공부하라는 돈은 술만 사먹고 가난한 친구에게 부조만 한다는 것이 그의 구실이었다. 돈이 아쉽거든 어서 벼슬을 하라는 것이 위협의 목적이었다. 그러나 태백은 눈도 깜짝하지 않았다. 그리고 그는 마침내 주경야독(晝耕夜讀)을 시작하였다. 막역한 글친구에 시어사(侍御史) 유관(劉綰)이라는 사람이 있었는데 그에게 보내는 시에 자기의 독서생활을 이렇게 자랑하였다.

安陸白兆山桃花巖寄劉侍御綰 도화암에서 유관에게 보냄

雲臥三十年 구름에 누워 삼십 년

好閑復愛仙 마음 한가히 신선이 되고 지고.

蓬壺雖冥絕 선경아 비록 아득하여도

鸞鳳心悠然 봉황새 내 마음은 유연하이.

귀 래 도 화 암
歸來桃花巖   도화암 내 서당에만 오면

득 게 운 창 면
得憩雲窓[3]眠   구름 서린 창가에 잠이 편하고.

대 령 인 공 어
對嶺人共語   산마루 보면서 친구와 정담하고

음 담 원 상 련
飮潭猿相連   못가에 물마시던 원숭이와 어울리다.

시 승 취 미 상
時昇翠微上   때로는 산 중턱에 올라 보면

막 약 나 부 전
邈若羅浮巓   봉래산 나부봉도 바로 위 아닌가.

양 잠 포 동 학
兩岑抱東壑   양편의 봉우리는 동쪽 골짝 아는 듯

일 장 횡 서 천
一嶂橫西天   한줄기 산맥은 서쪽 하늘 가로 누운 듯.

수 잡 일 이 은
樹雜日易隱   숲이 우거져서 낮에도 컴컴하고

애 경 월 난 원
崖傾月難圓   절벽이 칼을 세워 달도 반쪽이라.

방 초 환 야 색
芳草換野色   향기로운 풀은 들빛을 푸르게 덮고

비 라 요 춘 연
飛蘿搖春烟   소나무 겨우살이에 봄아지랑이 삼삼한데.

입 원 구 석 실
入遠搆石室   그윽한 산속에 돌집을 쌓고

선 유 개 산 전
選幽開山田   희미진 두멧골에 따비밭을 이루다.

독 차 림 하 의
獨此林下意   내 홀로 깃들인 나무 밑의 이 뜻은

묘 무 구 중 연
杳無區中緣   시끄러운 세상과는 인연이 없다.

영 사 상 대 객
永辭霜臺客   아 친애하는 시어사 유관공이여

천 재 방 래 선
千載方來旋   천년 뒤에나 여기서 또 만나리.

【주(註) 3)】 窻(창문 창=窓의 本字로 古字에 속함. 두 字는 같은 뜻으로 어느 字를 써도 무방함.)

　백조산 도화암의 그윽한 독서당에서 춘면(春眠)을 깨우는 귀현(貴顯)의 방문객 보다도 나물먹고 물마시며 구름에 쌓여서 유유좌와(悠悠坐臥)하는 것이 진실로 행복하다는 것이다. 그런 자연시인이 어찌 자기 스스로 감투를 부러워 하는가.

　태백의 이러한 산림속의 자연시인으로서의 생활은 민산시대로 다시 돌아간 모습을 여실히 나타내고 있었다. 그러나 그는 이미 귀족의 손녀와 결혼하여 아들까지 낳고, 세상의 부귀와 인생의 환락도 이미 겪은 뒤에 다시 시작된 시절인 만큼,

그의 사회경험도 깊었고, 시와 학문도 더욱 원숙한 경지에서
새로 한번 세상을 내려다보는 높은 위치에 처해 있었다.

그래서 그는 우정으로는 벼슬한 친구들과도 변함이 없었지
만, 정신적으로는 역시 부귀공명을 초연히 떠난 고사(高士)
의 인격이 더 그리웠다. 그래서 그는 400여리나 떨어진 양양
(襄陽)으로 시인으로도 덕망으로도 유명한 맹호연(孟浩然)을
자주 방문하였다. 당시의 맹호연은 이미 40여세로서 태백보
다는 10년 이상의 선배였다.

맹호연은 양양의 녹문산(鹿門山)에 오래 은서(隱棲 : 세상을
피해 숨어 삶.)
하다가 나이 사십에서야 서울에 나가서 태학(太學)에서 시 한
수를 읊자, 모든 시인 학자들이 그 재주에 경탄해서 감히 글
을 겨눌 염도 못 먹었다. 궁중시인이던 장구령(張九齡)과 왕
유(王維)의 숭경(崇敬)을 받던 그는, 어떤 날 그들의 안내로
궁중에 들어가게 되었다. 그런데 공교롭게도 현종황제가 거
동하여 나왔으므로 맹호연은 무위무관(無位無官)의 선비의
몸이라 겸손한 생각으로 마루 밑에 숨었다. 왕유가 황제에게,

『실은 소인이 존경하는 맹호연을 데리고 입궐하였사오나,
폐하 앞에 뵙기가 황송해서 스스로 몸을 피했나이다.』
하고 솔직히 아뢰었다.

『아 그렇소. 짐은 그 고명하단 소문을 들었으나 아직 그 인물을 못 보았으니 만나게 하오.』

매우 기쁘게 허락하였다. 맹호연이 마루 밑에서 기어 나와서 황송한 태도로 읍을 하자, 황제는

『그 유명한 시를 한 수 들려주오.』

하고 고마운 분부를 내렸다. 맹호연은 이 천재일우의 기회에 성주(聖主)의 송덕사(頌德辭)를 읊어서 아첨하였으면 높은 벼슬을 당장에 붙여줄 줄 알았으나, 자기를 포함한 현인 영재들을 야(野)에 버리고 간신들을 거느리고 국정(國政)을 위태롭게 하는 처사를 불평 비슷이 직간(直諫)하는 대담한 시를 읊었다. 마침내,

不才明主棄   불 재 명 주 기   못난 사람이라 당신(폐하)이 버린 이 몸이외다.

하는 구절에 이르자 현종은 그 불손한 야유에 상을 찌푸리고 그냥 돌려보냈던 것이다.

부귀도 위무(威武)도 두려워하지 않는 그의 이 대담한 일화는 그의 명성을 더욱 천하에 떨치게 하였던 인물이다.

그리고 또 한조종(韓朝宗)과 서울에 동행할 중대한 약속을 해 놓고도 친구와 술을 먹느라고 그 약속까지 무시해 버린 까

닭으로 노염을 산 일도 있었다. 그는 그처럼 권력을 두려워하지 않고 또 술을 좋아하였으므로 이태백과 사상이나, 시나, 술로써 의기투합(意氣投合)하였던 것이다. 그래서 양양 녹문사의 그의 은거(隱居)를 찾아가서 많은 시의 화운(和韻)을 하였다.

贈孟浩然 맹호연에게

吾愛孟夫子 　내가 사랑하는 맹선생은

風流天下聞 　풍류의 이름 천하에 떨치도다.

紅顏棄軒冕 　홍안시절에 감투를 팽개치고

白首臥松雲 　백발이 성성토록 소나무 구름 밑에 눕도다.

醉月頻中聖 　달에 취하면 자꾸 맑은 술을 기울이며

迷花不事君 　꽃에 흘리면 임금을 섬길 벼슬 생각도
　　　　　　　　없다는 선생이여.

高山安可仰 　아아 이런 고명한 분을 어찌 감히 모시리오.

徒此揖清芬 　나는 다만 선생의 덕을 사모할 따름.

태백은 후배로서 이렇게까지 심복하였다. 그러나 맹호연은 태백의 시재(詩才)와 인품을 지극히 사랑하고 지기(知己)로서 믿고 사귀었다.

맹호연이 광릉[廣陵 ; 양주(楊州)를 가리킴]으로 여행할 때는, 태백은 무창(武昌)의 황학루(黃鶴樓)에까지 전송하고 송별연을 베풀었다. 그때의 시는

黃鶴樓送孟浩然之廣陵 맹호연을 전송하며

故人西辭黃鶴樓　　벗은 서쪽으로 황학루를 떠나서

煙花三月下楊州　　꽃피는 춘삼월에 양주로 향하네.

孤帆遠影碧空盡　　외로운 돛 그림자 구름 속에 사라져서

唯見長江天際流　　양자강 긴 강물만 하늘 가에 흐르네.

로서 그의 벗을 태운 배가 안보이도록 전송하는 장강(長江)의 이수(離愁)가 얼마나 깊은 우정이었는지를 짐작할 수 있지 않은가.

맹호연과는 시로써 술로써 또는 사회관(社會觀)에서 지기(知己)요 동지(同志)였다. 그러나 더 깊은 철학적 인생관으로

서는 그 이외의 것, 혹은 그 이상의 신비한 방면이 그리웠다. 그러한 생명의 목마름에는 역시 도교의 문을 두드렸다.

그럴 때 마다 그는 멀리 호북성(湖北省)의 수주(隨州)로 호자양(胡紫陽) 도사를 찾아갔다. 태백은 이 도사를 숭배하였으므로 도사가 죽은 뒤에는 『한동자양선생비명(漢東紫陽先生碑銘)』까지 썼다. 그 비문에 의하면 호자양은 대대 도사의 집에서 출생, 9세에 출가(出家), 12세에 곡식을 먹지 않는 벽곡수도, 20세에 오악(五嶽)의 하나인 형산(衡山)에서 수행(修行). 제자가 3천명이나 되었는데 천보초년(天寶初年)에 원단구(元丹邱)라는 유명한 제자가 그의 뒤를 이었다고 기록되어 있다.

그런데 태백은 이 고명한 제자 원단구와는 도우(道友)적인 친교(親交)가 깊었다. 그를 읊은 시 만도 실로 열 편이나 되는데 『원단구가(元丹邱歌)』는 태백이 얼마나 도교에 경도(傾倒)하였으며, 또 원단구의 신선술이 얼마나 놀라웠던 가를 알 수 있다.

元丹邱歌 원단구가

元丹邱愛神仙   원단구는 신선을 좋아한다.

조음영천지청류
朝飲潁川之清流 아침에는 영천의 맑은 물을 마시고

모환숭잠지자연
暮還嵩岑之紫烟 저녁에는 높은 산의 보랏빛 안개를
타고 돌아온다.

삼십육봉장주선
三十六峯長周旋 서른여섯 산봉우리 도는데 멀기도 하여라

장주선섭성홍
長周旋躡星虹 산봉우리 돌 때는 은하수와 무지개를
밟는다.

신기비용이생풍
身騎飛龍耳生風 용을 타고 나를 때 귀에는 바람이 일고

횡하과해여천통
橫河跨海與天通 강을 넘고 바다를 건너서 하늘에
직통한다.

아지이유심무궁
我知爾遊心無窮 나는 그대의 자유로운 마음의
무궁함을 잘 안다.

　태백의 친구관계에는 도교의 관계자가 많았다. 죽계육일
(竹溪六逸)이나 죽림칠현(竹林七賢)의 별칭도 모두 노장(老
莊)의 유파(流派)를 근본으로 하는 도교 동호(同好)의 친구들
이었다. 이러한 교우(交友) 관계로 인하여, 뒤에 이르러서는
태백이 마침내 오균(吳筠)과 옥진공주(玉眞公主) 등을 통하
여 궁정(宮廷)에 추천되었던 것이다.

5. 아내 팔아 말을 타고, 술에 취해 유람가다

   시에도 신선이요 술에도 신선인 천성의 이태백이가, 이 지상의 인간으로 태어나서 귀양 온 것 부터가 잘못이었다. 하늘의 태백성(太白星)이 지상으로 귀양 올 때는 유성(流星)의 광채를 띠고 그의 모친의 태몽(胎夢)으로 재생하였거니와, 그 별똥은 어떤 황금의 모래 속에서도 한곳에는 묻혀 있을 수 없듯이… 시인 이태백도 어떤 고정된 사회나 가정에 언제나 구속받고 있을 수 없는 방랑의 생리를 핏속에 지니고 있었다 할까.

   교양과 미모와 재산을 가진 재상의 손주딸인 아내 허씨의 사랑도, 장남 명월노(明月奴)와 어린 딸의 귀여움도, 구름처럼 날고 물처럼 흐르는 태백의 자유분방한 시혼(詩魂)을 사로잡을 도리는 없었다. 달에서 놀고 꿈에 사는 그가 일개 가정의 안락에 만족할 신선은 아니었다. 신선은 하늘로 떠나야 하며 적어도 구선출가(求仙出家)하는 도사(道士)가 아니 될 수 없었다.

여인의 사랑에 있어서도, 봄 술에 취한 나비를 한 송이에만 잡아 놓을 꽃이 없는 듯한 아내 허씨의 원한은 커져만 갈 뿐이었다. 그래서 그의 아버지도 사위 잘못 정한 후회를 딸에게 하면서 사과 비슷이,

『과거에도, 처자에게도 마음이 없는 그런 시광(詩狂) 주광(酒狂)을 네 남편으로 정한 것이 내 잘못이다.』

하고 한숨만 쉬었다. 그러나 태백에 대해서는 엄격한 장인으로서 냉정한 태도를 조금도 늦추지는 않았다. 그에게는 괘씸한 사위요, 미친 사람이요, 딸의 신세를 망치는 모주요, 자기가 숭상하는 유교(儒敎)에 대한 종교적 이단자였다.

『삼십이 넘도록 진사하나 못하는 놈이, 무슨 글 타령이냐, 오죽 못난 놈이 계집의 주머니를 털어다 술타령만 하느냐! 자식을 남매나 두었거든 아비 노릇할 생각도 좀 해라!』

장인의 그러한 면박도 태백에게는 겁나지 않았다. 마이동풍으로 들은 둥 만 둥 하기 보다는 얼른 이혼을 시켜서 쫓아내 주기를 원했다.

태백은 처자에 대한 인간적인 악의나 증오는 조금도 없었으며, 애처롭고 미안한 마음도 있었지만, 자유의 신(神)의 길과 꿈과 시의 세계를 위해서는 일개의 남편이요, 아비의 속

인이 될 수 없는 고민이 심각하였다.

(인간의 도리로서는… 아니다, 나는 인간이 아닌 신선이 되고 시인이 되어야 한다….)

(그야 일가의 선부(善夫) 자부(慈父)의 인간으로 만족할 수 있으면, 낸들 얼마나 편하랴마는… 그렇지 못한 나는 신선에 홀리고 시에 홀린 이 정신병을 어쩌랴!)

그런 고민을 몇 해 동안 참아왔다. 그러지 않아도 좋아하는 술은 이런 고민을 잊기 위해서도 늘어만 갔다.

(모든 과거를 잊어버리자! 가정의 속연(俗緣)을 끊어 버리자!)

오직 그것이 자연스러운 결론이었다. 그는 여전히 술에 취한 몸으로 별거하는 아내를 최후로 찾아 갔다.

(오늘은 어쩐 일이신가요…)

하고 원망부터 나오는 말을 참는 아내 허씨는

『어서 오세요!』

목소리까지 높여서 반갑다는 표정을 의식적으로 하며 맞이했다. 그런 눈치를 모를 태백의 심경이 아니었지만, 그럴수록 자기의 아내—하나의 여인의 운명이 비참해 보였다.

(요런 것이 인간의 악마성(惡魔性)을 띤 인간의 사정(私情)

이다.)

그렇게 새로 각오하려는 그는 역시 신선의 태도로 초연한 표정을 꾸몄다. 그러나 그는 아직 완전한 신선은 못되었으므로 죄 없는 아내에 대해서 스스로 인간의 악마성을 집행하는 비정감(非情感)을 느꼈다.

그러나 순진한 아내는 오래간만에 온 남편을 극진히 대접하려고 따끈한 차를 내고, 좋아하는 술상을 차려 내었다.

『술 중에도 제일 맛있는 술은 이별주인데, 오늘밤엔 우리도 이별의 잔을 듭시다.』

태백은 단도직입으로 생이별의 의사를 표명하였다.

『당신 그게 무슨 말씀이세요!』

항상 예상하였던 불길한 이별이란 말이 마침내 남편의 입에서 나오고야 말았다. 그러나 이 남편에게 정숙한 사랑과 목숨을 바쳐 오던 아내에게는, 꿈에도 생각지 않던 벼락같은 충격을 주었다.

『호호호, 이젠 서울로 과거보러 가실 생각이세요?』

아내는 아찔하는 정신을 진정시키고 본능적인 딴청을 했다. 그러나 자기의 모든 「프라이드」를 죽여 버린 가슴 아픈 아양이었다.

『허허허, 과거 보려고 가는 길이면 장인한테 먼저 받을 축배지, 왜 당신과 이별주를 들자겠소… 하지만 선도(仙道)와 시도(詩道)를 위해서 이 좁은 집을 떠나 보려는 것이니, 그런 의미에서 기쁘게 보내 주쇼.』

『저는 신선될 자격이 없으니까 당신을 신선으로 대접해 보낼 수는 없어요. 저는 못난 여자라 소박을 받아도 참겠지만 저 어린 남매가 불쌍하지 않으세요.』

아내는 금시로 미친 사람처럼 침대에서 자는 아이들한테로 달려간다. 아내 보다도 강한 모성(母性)의 무기로 아이들에게 나팔을 불려서, 무도한 부친을 공격하고 회심시키려는 본능을 발휘하려는 것이다.

『그것들을 깨우진 말아요!』

태백은 벌떡 일어나서 아내의 팔을 잡아 앉혔다. 자식들의 응원을 두려워하는 남편의 태도에 무슨 반성이나 생겼나하는 조금의 희망을 가지면서 잡혀 앉은 아내는 그냥 흐느껴 울었다.

『우리 삼 모자는 어리석은 인간이라 살아서는 신선이 될 수 없으니, 당신 손으로 죽인 뒤에 영혼을 신선으로 삼아 데려 가세요. 우리를 그냥 생이별하고는 못가세요!』

『그야, 누가 식구를 아주 버릴 생각이야 있겠소. 그냥 목적
지와 기한 없는 길을 떠나서 도인(道人)과 시객(詩客)을 찾
으면서 산수유람을 떠나는 게지… .』

태백은 이러한 말로 아내의 절망적인 불안과 필사적 반항
을 무마하려고 한다. 그것은 물론 전연 속여 보려는 거짓말
도 아니라고 자기 가슴에 물어 보는 태백의 심경이었다. 이
지방 이 집에 또 돌아올른지도 모르고 아주 안 돌아오거나
못 돌아올지도 모르는 방랑의 길이었기 때문이다.

『정말 그러시다면 낸들 그만 소견이 없겠어요. 그야 정말
로 한두 달이나, 일 년 쯤 여행하신다면… 그렇지만 이번
엔 암만해도 아주 집을 버리시는 것만 같아서 그래요… .』

『하하하, 그럼 1년간 만 여행하며 문견을 넓히고 올 테니
허락해요.』

『절 속이진 않겠어요?』

아내는 그제야 술을 부어서 남편에게 권하였다.

『일 년 동안의 이별주를 당신도 들어요. 일 년 동안에 천하
풍경 삼천수(三千首)를 읊어 오겠소. 그리고 그동안, 하루
에 삼백배(三百盃)씩 동정호(洞庭湖) 물을 술로 마시고 오
면 이태백 지난 뒤에 칠년지한(七年之旱)이 들었다 원성이

높아질 거요.』

그는 그런 농담까지 하면서, 아내가 권하는 이별주를 삼십 배나 기울였다. 술에 취한 뒤의 태백은 그냥 천진난만한 그 야말로 신선의 경지를 소요하듯이 도연자흥(陶然自興) 하였다. 그에게는 이미 처자와의 생이별에 대한 현실적 비애도 잊은 듯 했고, 그 때문에 아내에게 하는 구차한 변명도 없어지고 말았다.

아내도 그런 주선(酒仙)에 대하여는 좋은 남편이 되어 달라는 넋두리를 더 할 의미조차 없었다.

술을 기울이는 동안에 밤도 깊어졌다. 세 살짜리 딸이 달게 자다가 오줌이 마려워서 칭얼대자 아내는 얼른 깨워서 보인 뒤에

『아빠 오셨다 아빠!』

하고 태백의 앞으로 안겨 왔다.

『오! 오!』

태백은 딸을 받아서 자기 무릎 위에 안았다. 역시 귀여웠던 것이다. 어린 딸은 오래간만에 안긴 아버지 품안에서 재롱을 부리다가 또다시 잠이 들었다. 태산 같이 믿는 아버지 품안에서 행복스러운 잠을 자고 있는 딸의 천사 같은 얼굴, 그리

고 역시 천사같이 취한 주선의 얼굴,—그 아버지가 그 딸을
버리고 아주 떠나버릴 것 같지는 않았다.

그렇게 생각하고 아내가 안심하였을 순간 태백은 어린 딸
에게 자기 볼을 부비더니, 성큼 일어서서 침대에 갔다 눕히
고, 이불을 덮어주고, 토닥거려 주었다.

창밖에는 달빛이 밝고 하늘에는 별이 드문드문 큰 것만 반
짝거렸다.

『아아, 달이 밝으니 밤길을 가볼까.』
하고 태백은 방문을 열고 밖으로 나간다.

『지금 어딜 가세요?』

지금까지 안심하고, 행복스럽기까지 하였던 아내는 당황하
며 쫓아 나왔다.

『이별주도 했고, 하늘의 달도 초경을 밝혔으니, 유람의 길
을 떠나야지….』

입은 옷 그대로 방랑의 길을 떠난다는 것이다.

『일 년 여행은 갔다 오셔도 좋지만, 주무시고 떠나세요. 행
차 준비도 제 손으로 다 해 드릴 테니….』

『시인의 여행에 밤낮이 있나. 아니 달 밝은 밤이 제일 좋
지! 행차는 무슨 행차인고….』

술에 취한 다리로 달빛 밟는 그림자는 마당 위에 춤추는 듯하였다.

『밤에 어딜 가세요!』

아내는 앞을 막고 말았다.

『내 길을 막는 요망스러운 것이 누구냐!』

그 말은 의외로 엄연하였다. 아내는 달빛 속에서도 자기의 얼굴이 화끈하며 부끄러운 생각이 들었다. 『요망스러운 계집의 행실』로 들린 그는, 오늘 하룻밤을 한 베개에서 자고야 보내겠다고 하기로 책망받은 듯 해서였다.

그런 생각으로 아내가 망설이는 사이에 태백은 금시에 비호같이―아니 구름을 탄 신선같이 멀리 사라지고 말았다. 고요한 밤에 시 읊는 맑은 소리만 멀리 들렸다. 아내는 땅에 털썩 앉아서 목을 놓고 슬피 울었다.

(그러한 그날 밤의 이별 이후로 태백은 영원히 그 처자의 집에는 돌아오지 않았던 것이다.)

안륙(安陸)에서의 십 년 가까운 허씨와의 초혼(初婚)생활은 이태백의 일생을 통하여, 한 지방에서 가장 오래 정주(定住)한 안온한 시대였다. 처자의 사랑에 싸여서 의식의 걱정없던 안온한 생활은, 그러나 이 「로맨틱」한 시인의 자유로운 날개를 마음껏 펴는 데는 하나의 정신적 감옥이었다. 그 감옥을 벗어난 시인은 비로소 인간적인 구속을 떠난 해방감(解放感)을 느꼈고, 그것만으로도 신선의 경지에 가까운 자신을 의식하였다.

자기의 능동성(能動性)으로 자유롭게 연애한 여인은 아니었으나 귀족출신의 아름다운 아내는 현숙하고 온순한 아내였다. 자기가 좋아하는 달을 이름으로 지은 장남의 명월노(明月奴)남매도 귀여운 자녀였다.

그러나 청상과부로 생이별하게 된 결혼은 불행하였다고 후회하는 그였고, 자기의 출가(出家)로 아비 없는 고아로 만든 남매가 가엾기도 하였다. 그러나 그는 신선적개성(神仙的個性)에 자유롭게 살아야 할 운명적인 방랑시인이었다.

집을 떠난 그는 우선 사모하는 도우(道友)요, 선배시인 맹호연(孟浩然)과, 또 소부(小府)라는 미관(微官)으로 있는 종형(從兄) 이호(李皓)를 찾아보려고 양양(襄陽)으로 갔다.

그는 양양에서 전에도 명승고적을 여러 수의 시로 옮겼다. 그러나 이번에는 그가 부자유한 가정의 구속에서 해방된 자유분방한 정신 그대로 걸작장시(傑作長詩) 양양가(襄陽歌)를 읊었다.

襄陽歌 양양가

낙일욕몰현산서
落日欲沒峴山西

도착접리화하미
倒著接䍦花下迷

양양소아제박수
襄陽小兒齊拍手

난가쟁창백동제
欄街爭唱白銅鞮

방인차문소하사
傍人借問笑何事

소살산옹취사니
笑殺山翁醉似泥

노자작 앵무배
鸕鷀酌, 鸚鵡杯

백년삼만육천일
百年三萬六千日

일일수경삼백배
一日須傾三百杯

요간한수압두록
遙看漢水鴨頭綠

흡사포도초발배
恰似葡萄初醱醅

차강약변작춘주
此江若變作春酒

누국변축조구대
壘麴便築糟丘臺

천금준마환소첩
千金駿馬換小妾

소좌조안가낙매
笑坐雕鞍歌落梅

차방측괘일호주
車旁側掛一壺酒

봉생용관행상최
鳳笙龍管行相催

함양시중탄황견
咸陽市中嘆黃犬

하여월하경금뢰
何如月下傾金罍

군불견 진조양공일편석
君不見 晉朝羊公一片石

귀두박낙생매태
龜頭剝落生莓苔

누역불능위지타
淚亦不能爲之墮

심역불능위지애
心亦不能爲之哀

청풍명월 불용일전매
清風明月 不用一錢買

옥산자도비인추
玉山自倒非人推

서주표 역사쟁
舒州杓, 力士鐺

이백여이동사생
李白與爾同死生

양왕운우금안재
襄王雲雨今安在

강수동류원야성
江水東流猿夜聲

오늘도 해가 져서 현산을 넘으려는 황혼에
나는 흰 모자를 거꾸로 쓰고 꽃나무 밑을 취해서 거닐었더니
양양의 아이들은 왁자직 손뼉들을 치면서
백통신발이란 동요를 불러 나를 놀리다
길에 구경하던 사람이 『왜들 웃느냐』고 물은즉
『저 사람이 옛날의 유명한 산간(山簡)이란 주정꾼처럼
술단지가 돼서 곤드레만드레 구르니까 우습죠.』 한다.
허허 나도 그만큼 술로 유명하다니 무상의 영광이라
나한테 다행히 노자표 앵무배의 술잔이 있을 진데
백년 삼만 육천일을 취중에서 살고지고
아침부터 밤까지 날마다 삼백 잔씩 술이랑 먹고
취한 눈으로 한강수 바라보니 봄물은 푸르게 넘쳐서
맛있는 포도주가 부글부글 괴이는 상 싶구나.
이 강물이 내 소원대로 몽땅 술로나 변해 주면
옛날의 걸왕(桀王)처럼 나도 술지게미로 산을 쌓아보리라
자, 아내 팔아 말을 타고 술에 취해 유람갈제
흥겨운 노랫가락 낙매화곡 불러 보자
내게 쫓는 마차마다 술 한 병씩 걸고 가다
술 깨어서 컬컬하면 연실 잇대 시중하며
피리 나팔 앞뒤에서 풍악 잡혀 대령하다

진(秦)나라의 재상도 함양에서 허리를 잘렸으며

부귀공명 다 잊고서 달 아래서 잔 기울이자

진(晉)나라의 양공도 맡은 고을 잘 다스려

자자한 송덕비가 섰건마는 차디찬 돌 한 갠데

그 비 조차 지금은 이끼 덮여 썩었어라

아아 울어본들 무엇하며 서러워한들 무엇하랴

인생은 이처럼 한세상 허무하지만

청풍명월은 거지 조차 마음껏 즐길 벗이매

살아생전 죽기 전에 옥산이 거꾸러질 듯 취해나 보자

그래서 이태백 이 양반은 날마다 삼백 잔의 술을 하려고

서주의 술잔과 역사의 술단지는 죽기까지 안 놓겠다.

아아 초양왕과 무산선녀의 그 사랑도 허무한 일

강물만 동으로 흐른다고 원숭이가 슬피 운다.

　태백은 연산(硯山)에도 오르고 한수(漢水) 강변을 소요하면서 이 양양가(襄陽歌)에서 노래 부른 그대로 주선의 명정[4]기행(酩酊奇行)을 연출하여 소년들과 행인들의 구경감이 되었다. 그러나 관을 쓰고 칼까지 찬 삼십 넘은 청년시인은 그것을 조금도 수치로 여기지 않고 자랑으로 삼았다.

[주(註) 4)] 酩酊(명정) : 술에 몹시 취함.

그러한 기묘한 주벽(酒癖)을 마침 지나가던 당지의 관리였던 마거(馬巨)라는 사람이 발견하고 말을 건네는 끝에 이태백이란 것을 알게 되었다. 안하에 두려운 사람이 없는 태백은 마거가 상당한 관리의 복장을 하고 부하를 거느리고 있었으나

『허어, 당신은 누구요?』

하고 좀 오만하게 반문하였다. 무명의 선비로서는 응당 배례(拜禮)[5]를 해야 했으나, 그는 간단한 읍례(揖禮)[6]밖에 하지 않았다.

[주(註)5] 拜禮(배례) : 머리 숙여 절을 함.
[주(註)6] 揖禮(읍례) : 두 손을 맞잡아 얼굴 앞으로 들고 허리를 공손이 구부렸다가 펴면서 두 손을 내림.

『나는 이 고을의 소부(少府) 마거라는 사람이요.』

『하하하…』

태백은 그의 성명을 듣고 껄껄 웃었다.

『이 사람! 아무리 취중이로서니 소부 나으리 앞에서 그게 무슨 무례한 태도인고!』

보다 못한 마거의 부하가 큰 소리로 질책하였다.

『이 놈! 너의 주인나으리 댁에 거마(巨馬 : 다 자란 큰 말)가 있거든 취한 손님을 좀 태워서 모셔가거라!』

그 부하에게 도리어 호령하고, 또 말에 태워 가라고 명령하였다.

『하하하, 이 마거(馬巨)의 거마(巨馬)를 빌려 드릴 테니 우리 집으로 같이 갑시다.』

마거는 쾌활 솔직한 인물이라, 자기의 성명 마거를 거꾸로 해서 큰말이라고 농한 것을 도리어 재미있게 여겼다. 그리고

『이것은 거마가 못되는 당나귀지만 타시오. 우리 집에 가서 두주(斗酒)를 대접하리다. 술값으로는 좋은 시를 읊어 주시오.』

『허 당신은 과연 술친구, 글벗이 될 만하오. 당나귀도 용마(龍馬)로 알고 대접받겠소. 두주(斗酒 : 한 말 가량의 술 즉 많은 양의 술)야 물론 더 좋은 활인(活人 : 사람의 목숨을 살림.)이고요.』

태백은 뜻하지 않은 지기(知己)의 당나귀를 얻어 타고 마거 집의 손이 되었다. 이튿날은

『이공(李公)이 이곳 아이들한테 산간(山簡) 영감 같다는 조롱, 아니 그런 칭찬을 들으셨다니, 그가 살던 유적을 구경 갑시다. 그 영감이 술로 유명했으니까, 아마 이공의 방문을 받으면 영혼이 나와서 술대접을 하리다. 하하하.』

그 산간이라는 이름난 주호(酒豪)는 옛날 이 곳에 있던 양양

태수(襄陽太守)로서, 그 종적은 한강물이 눈 아래 내려다보이는 성 밖 산 위에 선 산공루(山公樓)였다. 시주(詩酒)로 의기가 투합한 주객은 산공루에 올라서 한강의 경치를 감상하였다.

『이공, 기념으로 한 수 읊어 주시오.』

마거가 준비하였던 지필을 내 놓으면서 태백의 시를 청하였다.

『제목은 양양곡(襄陽曲), 즉경(卽景)으로.』

태백은 붓을 들어 곧 오언절구(五言絶句)를 썼다.

襄陽曲 양양곡

襄陽行樂處   양양은 좋은 고장

歌舞白銅鞮   백동제 타령의 춤도 흥겨워

江城回綠水   옛성의 푸른 강을 둘러쌓는데

花月使人迷   꽃그늘 달밤에 나그네 넋 잃더라.

『흠! 과연 한강(漢江)의 묘취(妙趣) 그대로입니다. 또 한 수!』

주인의 말이 떨어지기 무섭게 태백의 붓끝은

峴山臨漢江   현산은 한강 가에 솟았는데

水綠沙如雪   물은 푸르고 모래는 눈처럼 희다

上有墮淚碑   산 위에 양고님의 타루비여

靑苔久磨減   이끼에 썩어서 글자조차 아프고녀

　마소부(馬少府)는 우연히 사귄 이태백을 잘 대접한 뒤에 정처 없이 방랑의 길을 떠나닌다는 젊은 시인에게 전별의 노자를 싸서 강 건너까지 배웅하였다. 태백은 그가 준 노자 돈으로 술을 사들고 녹문산(鹿門山)으로 맹호연(孟浩然)을 방문하고 도담(道談)과 시론(詩論)을 교환하고 기약할 수 없는 이별을 아끼었다.

　태백이 양양에 온 목적은 맹호연을 만나는 일이었다. 그를 만난 뒤에 종형 이호를 찾을까 하였으나, 처자를 떼놓고 야반도주(夜半逃走)처럼 한 안륙의 집이 삼백 리 밖에 떨어진 곳이 아니랴, 여기서 오래 머뭇거릴 수 없었다. 그래서 수주(隨州) 땅으로 떠나 버렸다. 그러나 수주의 조양현(棗陽縣)을 지나서 50리 쯤 갔을 때 주체(酒滯 : 술을 마셔서 생기는 증상 중. 체하여 소화가 잘 안되는 증세.)가 도지고 발병이 나서 어떤 농가에서 휴양하게 되었다. 약간의 노자는 약값 밥값으로 다 써 버리고 단벌의 검정 털옷도 거의 해지게 되었다. 몸은 영양부족으로 파리해서 농촌에서 품팔이 할 근력도 일재주도 없었고 구걸의 방랑을 계속할 기력조차 없었다.

산골 농촌에서는 그의 이름과 시를 알아 줄 단 한 명의 동정자도 얻을 수 없었다. 그는 그때 양양 땅에서 찾아보지 않고 온 중형 이호의 생각이 났다. 그는 당장이라도 양양의 종형을 찾아 되돌아서려고 하였으나 그의 쇠약한 두 다리가 말을 들을 상도 싶지 않았다.

밥을 사먹던 농부의 집에서도 자기가 쌀값을 못 내면, 멀건 죽도 얻어먹기가 어려운 형편이었다. 그해는 흉년이라 산속 마을의 인심은 흉흉하였다. 소도 팔고 땅까지 팔아서 연명하는 마을 사람들은, 병객이 된 태백이가 남의 집에 있는 것까지 꺼려하는 눈치였다. 자기 집으로도 밥 동냥을 올까 두려워하는 인색한 인심이었다.

(내가 죄 없는 처자를 무시하고 복을 차버린 벌을 받나 보다.)

(양양의 종형을 찾아보지 않은 죄 때문에 이런 고생을 하나
보다.)

(약보다 밥보다 술만 먹으면 주체도 쑥 뚫어 버릴 텐데 누
룩냄새도 못 맡는 따분한 신세가 되었구나.)

태백과 같이 호탕하고 신선의 도를 닦은 사람도 병들고 굶
으면 약해만 지는 마음이 야속하였다.

(시를 짓느니보다 농사를 지어라하는 야만의 소리도 이제
야 그 의미를 알았다.)

그런 탄식도 하였다. 어쩌면 이렇게도 작대기 놓고 한일
(一)자도 모르는 무식한 백성들뿐인고? 자기가 시인 이태백
이라는 존재를 알아 줄 사람이 이 산촌에 한사람만 있어도
자기는 구원받을 것 같았다. 적어도 정신상으로 위로를 받을
것이 아닌가?

그러나 완전 문맹(文盲)의 이 암흑세계에서는 자기의 시인
의 존재는 완전히 모욕당하는 정막감을 느끼지 않을 수 없었
다.

(나는 제때에 밥을 얻어먹는 개, 돼지만도 못한 무력한 인
간이 되고 말았다. 지금까지 돈을 천대했기 때문에 돈한테
복수를 받는 모양이다.)

이때 그는 돈의 필요를 절실히 느꼈다. 우선 돈을 구할 길은 그래도 백 여리 밖에 안 되는 양양 이종 형한테 호소하는 수밖에 길이 없었다. 그런 편지를 전할 사람을 사려해도 그 품삯 조차 수중에 없었다. 그는 마침내 자기 형한테 가서 돈을 받아오면 갑절의 품삯을 주겠다는 약속으로 주인집 노인에게 애원하여, 그의 아들을 양양으로 보내는데 성공하였다.

그 종형에게 보낸 것은 편지가 아니고 자기의 중상(重傷)을 호소한 비참한 시 한편이었다.

증 종 형 양 양 소 부 호
贈從兄襄陽小府皓
　　　종형인 양양소부에게 호소하는 글을 보냄.

결 발 미 식 사	소 교 진 호 웅	각 진 불 수 상	격 진 녕 위 공
結髮未識事	所交盡豪雄	却秦不受賞	擊晉寧爲功

탁 신 백 도 리	살 인 홍 진 중	당 조 읍 고 의	거 세 흠 영 풍
託身白刀裏	殺人紅塵中	當朝揖高義	舉世欽英風

소 절 기 족 언	퇴 경 춘 능 동	귀 래 무 산 업	생 사 여 전 봉
小節豈足言	退耕春陵東	歸來無産業	生死如轉蓬

일 조 오 구 폐	백 일 황 금 공	탄 검 도 격 앙	출 문 비 로 궁
一朝烏裘弊	百鎰黃金空	彈劍徒激昂	出門悲路窮

오 형 청 운 사	연 제 문 청 공	소 이 진 편 언	편 언 귀 정 통
吾兄靑雲士	然諸聞請公	所以陳片言	片言貴情通

체 화 당 불 접	감 흥 추 초 동		
棣華儻不接	甘興秋草同		

이렇게 비참한 궁상을 띤 시는 태백의 지금까지의 작품에서 처음 보는 생활패배자의 비명이었다. 그뿐 아니라 그의 일생을 통해서도 보기 드문 너무도 「리얼리즘」에 투철한 작품일 것이다. 그러나 죽어도 큰소리 치는 낭만시인의 체면을 유지하려는 흔적이 또한 역력한 점은 미소를 금할 수 없다.

평생에 사람과 물질 앞에 허리를 굽혀 보지 않은 그도 다급했던 모양이다. 소부(小府)의 벼슬아치는 면서기 정도의 감투였으매 수입인들 넉넉지 못할 종형에게 최대의 경의로 아첨한 것도 역시 고소(苦笑)를 금할 수 없다. 그러나 역시 집안사람이기 때문에 이러한 응석 비슷한 엄살도 하였던 것이다. 좌우간 인간 이태백의 약점의 일면을 보여주는 귀중한 작품의 하나인 것이다.

이 시를 편지형식으로 번역해 보면 다음과 같은 내용이다.

(형님, 저는 세상에 나와서 상투를 올린 오늘 이때까지 세상의 물정이라곤 전연 모르는 위인이었다는 것을 이번에야 겨우 알았습니다. 그리고 제가 이제껏 사귀어 온 사람들은 모두 호걸 영웅들뿐이었습니다. 예를 들면 사기열전(史記列傳)에 씌어있는 노중련(魯中連)이 신원연(新垣衍)을 설복하여 조(趙)나라의 한단(邯鄲)을 포위한 진(晉)나라 군사를 물리치고 진(晉)나라에 신사(臣事)케한

공으로 제후(諸侯)에 봉(封)하였으나, 노중련은 굳게 사양하고 받지 않았는데, 제가 교제한 인물들은 모두 그러한 고결한 마음의 소유자였습니다.

그리고 또 주해(朱亥)가 사십 근의 철퇴로 적장진비(敵將晉鄙)를 격살해서 조(趙)나라를 구원하였지만, 저도 역시 그런 큰 공을 세울지라도 자랑할 인간이 아니올시다. 요컨대 구차한 소절(小節)은 입에 올릴 바가 못 된다고 생각합니다.

저의 성격이 그렇기 때문에 이 비속한 세계에서는 받아들이지 않으므로 지금 수주조양현(隨州棗陽縣)의 춘릉(春陵)땅에 퇴거(退去)하여서 밭이라도 갈아 먹고 지낼까 하였으나 막상 당하고 본즉 일재주도 없고 해서 생활은 바람에 불리는 쑥꽃 봉우리와 같이 비참하게 허덕이고 있습니다. 단벌의 털옷도 어느 듯 해져서 찬 밤에 떨고 있으며, 백일(百鎰)의 용돈도 탕진해서 수중에는 푼돈이 없는 곤경이올시다.

세상이 야속함과 생활의 궁박을 생각하면 칼을 휘두르며 비분강개하려는 울분을 금할 수 없습니다. 문을 한발짝 나섰으나 앞길이 꽉 막혀서 가도 오도 못하는 막다른 처지에 놓여 있습니다.

형님은 현재 청운(靑雲)의 사(士)로써 관직에 계시옵고, 더욱이 형님의 높은 기개는 남의 딱한 사정을 반드시 구해 주신다는 명성을 들어 왔습니다. 그래서 저는 지금 저의 솔직한 사정을 몇 줄의 시로 읊어서 저의 고충을 호소하는 바입니다.

그래서 저는 시경(詩經)에도 찬양한 저 당체(棠棣: 산 앵두나무)의 꽃과 같은 형제 화친의 동기정의를 오로지 믿는 바이오나, 만일 형님이 저의 불행을 못들은 척 해버리신다면 하는 수 없습니다. 그럴 때에는 저는 이 황량한 벌판에서 마른 가을 풀잎처럼 시들어 죽는 수밖에 별 도리가 없습니다.)

이 같은 애원하는 내용의 시는 과연 그의 종형의 마음을 감동케 하였던지 약간의 돈과 쌀의 동정을 얻었다. 시는 역시 그의 보배였다. 그래서 그는 그의 병고(病苦)와 기아의 재난에서 겨우 면할 수 있었다.

潘嘉客墨 鳳凰圖
(반가객묵 봉황도)

6. 새외[7]방랑(塞外放浪)의 비가(悲歌)

종형(從兄) 이호(李皓)의 구원으로 기아와 병고(病苦)에서 겨우 소생한 태백은 허적거리는 다리를 지팡이 힘에 의지하고, 수주(隨州)땅 춘릉(春陵)의 산촌을 떠났다.

『아아, 나의 마음과 시는 구름을 타고 바람에 달리는 신선 같건만, 이 몸은 하루 세끼의 밥을 먹지 않으면 운신을 못하게 근력이 없는 허제비로구나! 그리고 오장육부에는 생명을 말리고 피를 썩히는 야속한 병마(病魔)가 내 몸을 산송장 삼아서 바늘 같은 귀덕이로 쑤셔대는구나!』

그의 절대자유를 찾는 바람 같은 방랑의 시혼(詩魂)은 인간의 육신조차 귀찮았다. 그 귀찮은 육신의 고통을 잊는 것이 이 세상에서는 선약(仙藥)인 술이었다. 그때에 있어서 이 술은 인간의 고통을 잊는 선약인 동시에 또한 도연한 정신의 자유를 즐기는 감천(甘泉)이었다.

【주(註)7)】塞外(새외) : 성(城)체의 밖 또는 변토(邊土) 곧 중국의 만리장성(萬里長城) 밖을 이르던 말.

『아아, 나는 정말로 이 육신을 가진 채 신선이 될 수는 없을까?』

이런 구선(求仙)의 일념이 이번의 객사(客死)할 뻔한 인생고(人生苦)에서 더욱 느껴졌다. 그래서 그는 또다시 사모하고 부러워하는 도사(道士) 호자양(胡紫陽)을 찾아서 그의 고민을 호소하고 등선(登仙)의 비방을 배우려고 하였던 것이다. 도사의 수제자 원단구(元丹邱)는 태백을 동지로서, 또는 술친구로서 반갑게 맞아 주었다. 태백이 우선 묻는 말은 신선이 빨리 되는 방법이었다.

『신선이 되는 연단(鍊丹)의 비법을 가르쳐 주쇼.』

『그건 당신 스스로 깨달아야지 가르치거나 배울 수 있는 비방이 아니오.』

『그럼, 금광초(金光草)있는 곳이나 가리켜 주쇼. 내가 가서 캐어 먹겠으니!』

『그것도 당신이 도통하면 꿈에도 알려지고 아니… 아무런 야산에서나 발견되는 선약입니다.』

『그 잎이 파초와 같고, 꽃은 황국화 빛으로 빛난다죠. 그럼 남방의 해상(海上) 봉래도(蓬萊島)에나 가야 있단 말이 정말이겠군요?』

『도에만 통하면 북방의 사막에서도 발견합니다.』

『진시황이 동해 바다에 놀다 사흘 세 밤을 꿈같이 이야기하였다는 안기생(安期生)이란 신선은 나도 꿈에는 보았으나 잡으려고 하다 잠을 깨면 두 팔은 허공만 잡으니 안타깝기 짝이 없는데….』

태백은 그런 한탄을 진정으로 한 끝에 한 수의 시를 읊어 스스로 위로하였다.

古 風 고풍 - 제7수

客有鶴上仙   학의 등에 탄 신선 한 분은

飛飛凌太淸   하늘 위를 훨훨 날으며

揚言碧雲裏   푸른 구름 떨치며 웃는 목소리

自道安期名   내 이름은 옛날의 안기생이라고

兩兩白玉童   양옆에는 백옥의 동자 모시고

雙吹紫鸞笙   쌍곡조 맞춰 부는 자란의 피리

去影忽不見   그러다 홀연히 자취 감추고

固風送天聲   소리조차 간곳없이 바람만 부네.

舉手遠望之   손을 들고 부르며 애원하여도

瓢然若流星   흐르는 별똥처럼 안타까운 꿈이여

願餐金光草   아아 금광초란 선약을 구해먹고

壽與天齊傾   불로장생 영원히 신선 못될까.

『참, 신선도 감동할 시올시다. 당신의 몸은 비록 아직 신선이 아니라도, 그만한 글재면 지상의 시선(詩仙)은 충분하외다.』

『원도사, 그건 나를 조롱하는 거요?』

태백은 그런 말로 실망을 표하였으나 역시 기분이 좋아서 술잔을 들었다.

『아 참! 언젠가 당신과 같이 놀러왔던 시주(詩酒)의 지기(知己)라던 원진사(元進士)— 그분은 나와 종씨도 돼서 늘 인상에 남는데, 올봄에도 다녀가면서 당신 안부를 묻더군요.』

원도사의 그 말에 태백은 무릎을 탁 치면서

『그래, 그 친구 요새는 무슨 감투나 얻어 썼습니까?』

『웬걸요. 역시 당신과 같이 시와 술만 좋아하면서 세상을 비웃기만 하던데요. 그분도 주호(酒豪)니까 출사(出仕)하면 장군감이더군요. 지금도 낙양(洛陽)의 홍등가(紅燈街)에서 술타령만 한다고 너털대던데요.』

『나도 지금 방랑의 북벌(北伐)중이니까 낙양가면 또 옛날 기루(妓樓)에서 만나겠군!』

원도사에게 천상의 선약을 얻지 못한 태백은 얻기 쉬운 지상의 선약인 낙양의 미주(美酒)와 미기(美妓)와 원진사의 우정이 그리웠다. 그는 산을 내려와서 낙양을 향하여 북쪽 길을 홀로 걸었다. 실은 내가 와서 도사를 남겨두고 온 선경(仙境)을 돌아다본즉, 푸른 산위에 흰 구름만 유유히 떠 있었다.

낙양(洛陽)! 그 작은 서울의 이름 높은 동도(東都)는 본 서울인 장안(長安) 못지않은 문화의 중심도시로서 하남성(河南省)의 수도였다. 안륙(安陸)에서 처갓집 신세로 안락한 생활을 할 때, 그는 가끔 낙양에까지 술을 먹으러 왔었다.

특히 그가 십 만의 황금을 물 뿌리듯이 기생들에게 뿌리고, 가난한 친구들을 술 사주고, 약 사주고, 옷 사주던 그야말로 황금시대의 한때가 그립기도 하였다. 그가 낙양에서 호유하던 유흥비는 장인이 태백에게 벼슬 시키려고 권하던 끝에, 장안과 낙양에 가서 권문(權門) 현관(顯官)의 상류사회와 접촉 교제하고, 기회가 있으면 엽관운동(獵官運動 : 관직을 얻으려고 동분서주하며 운동을 하다.)을 하라고 억지로 맡긴 거액의 돈이었다.

그러나 태백은 그 감투사라는 큰돈을 받아 가지고는 본 서울인 장안에는 가지도 않고, 작은 서울인 낙양에서 호유 탕진해 버렸던 것이다. 그것이 또한 장인과의 반목(反目)을 더욱 격화시켰던 것은 물론이었다. 요순(堯舜)의 도(道)와 공명(孔明)의 교(敎)를 조소(嘲笑) 타기(唾棄)하고 노장(老莊)의 선도(仙道)에 미친 것을 정신병자로 질색하던 장인은, 출세자금(出世資金)까지 주색에 탕진하였으므로 노발대발 하였던 것이다. 그러니 지금은 푼돈도 없이 방랑의 길을 떠나 온 태백에게는 이 호유하던 문화도시 낙양에 대한 추억이 새로웠다.

『원진사를 만나서 술을 나누면 옛정이 또한 새로울 것이요, 기생 춘매(春梅)도 역시 옛정을 잊어 주진 않을 테지…』

낙양이 가까워 오자, 태백의 목은 낙양의 술 생각으로 컬컬

해지며, 우정과 연정(戀情)으로 안타까웠다.

『천진교(天津橋) 남쪽의 기루(妓樓)에서 등불을 끄고 달빛에 술 먹던 기억을 또 한 번 살려볼까…』

춘매라는 기생은 무식은 하였으나 노래를 잘하는 귀여운 여자였다. 친구 원진사도 춘매를 좋아하였으므로, 그들은 천진교남루(天津橋南樓)라고 그들이 부르던 그 요정(料亭)에서 춘매를 상대로 셋이서 술 먹기를 즐겨하였다.

연애에도 절대자유를 실천한 그들은 춘매로 인하여 서로 질투하지는 않았다.

『자네가 좋아하는 여자를 내가 독점해서 되겠나. 또 나도 좋아하는 게 사실인데 자네만 독점해서 되겠나. 본처도 서로 바꾸어 잘 우리 사이에 웃음을 파는 계집인 데야 상관있나?』

태백과 원진사는 그런 사양하는 우정으로 춘매를 공평히 사랑하였다.

『어젯밤엔 나 모셨으니, 오늘밤엔 원진사를 모셔라.』

하는 사이였다.

그러나 그것도 태백이가 돈을 물 쓰듯 하던 한때의 청춘의 춘몽이었던가. 그 시절도 몇 일 밤의 옛날 밖에 안 되었건만

이번에 낙양에 들어선 태백의 모습은 괴나리봇짐 한 개만 달랑이는 후줄근한 방랑객에 지나지 않았다.

그러나 낙양의 남대문입납으로는 원진사의 거처를 찾을 재주가 없었다. 그래서 역시 술타령 중이라는 그를 수소문하려고 천진교 남루로 일류 요릿집을 찾아갔다.

『왕주인(王主人)은 잘 있소?』

태백은 옛날에 자기를 시호(詩豪)라 주호(酒豪)라 부호(富豪)로 환대하던 요릿집 주인을 찾았다. 서사(書士) 비슷한 청의(靑衣)의 청년이 재수 없다는 눈치로 물끄러미 쳐다보더니

『흥! 어디서 온 시골뜨기가 잠꼬대 하는 거야!』

혼잣소리로 하면서 대꾸도 않고, 다시 치부책에 엎드려서 왕방울 같은 주판알만 두드렸다.

『젊은 친구! 주인 있는 거야? 없는 거야?』

태백은 괘씸해서 탁 얼렀다. 그러나 요릿집에서 굴러먹은 한 어깨종속의 서자가 너절한 모습을 한 시골선비를 두려워할 리가 만무하였다.

『이 집 주인은 왕서방 아뇨!』

귀찮다는 듯이, 요령만을 퉁명스럽게 말한다. 그러자 태백은 맥이 툭 풀렸다.

『그럼 왕서방은 이사 갔소?』

부드럽게 다시 물었다.

『왕서방은 이집에서 「따장패」가 돼서 시골 땅 사가지구 갔는데, 간곳까진 모르오.』

하하, 그 왕서방이 영업에 실패해서 이 요릿집을 팔아 버렸구나 생각되었다. 미신이 많은 낙양의 화류계에서는 전에 망한 주인을 잘돼서 나갔다고 뒤에 맡은 사람은 말하는 법이었기 때문이다.

태백은 요릿집 서사와 더 지껄이기도 싫으나 현관을 돌아서서 대문을 향하여 마당을 걸어 나오다가, 네모진 채롱을 누더기 옷의 온 허리편 어깨에 메인 중노인이 허리를 구부정하고 뒷문으로 돌아가는 것을 보았다. 흘낏 보아도 이집 주인이던 왕서방의 얼굴 같았다.

『거, 왕주인 아뇨?』

태백은 반갑기도 하고 한편 어색하게 느끼며 물었다.

『오오, 이거 이대인(李大人) 아니십니까? 글 잘 하시고 술 잘 하시던… 그리고 시 잘 쓰셨던 이대인.』

『오래간 만요! 아니 3~4년 동안에 왕주인도 변한 모양이군?』

『지금 주인 아닙니다. 이 꼴이 돼서 옛날 내 집 부엌으로 이런 장수를 하러 오는 거지가 됐습니다. 히히히.』

그 네모난 채롱 속은 텅 비었는데 밑바닥에 기름에 튀긴 돼지머리 한 개와 기름에 볶은 통오리 한 마리가 있을 뿐이다.

『히히히… 오래간만에 찾아오신 반가운 옛날 손님을, 내 집에서 술 한 잔 못 대접하니 죄송합니다. 히히히…』

『그 보다 주인 사정이 딱하게 됐군요.』

『주인 아니래도 자꾸 주인이라면 잊어버린 옛 생각이 나지 않습니까?』

『원진사라… 춘매라… 소식을 알려고 찾아 왔는데요? 어디서 조용히 얘기나 합시다.』

『예, 제가 선술집으로라도 모셔야겠는데…』

그런 대접할 시재도 없다는 흐린 말끝이었다. 물론 그의 대접을 받을 태백은 아니었다.

『눈앞에 요릿집을 두고, 딴 데로 가면 이집 새 주인이 섭섭히 여기게요. 우리 여기서 옛날처럼 한잔하면서 얘기나 합시다.』

『손님인데 제가 대접도 못하고…』

태백은 도루 현관으로 들어가서 왕서방을 끌고 이층으로

탕탕 올라갔다. 층층대가 닳도록 오르내린 이집에 대하여서는 기생과 연회새에 슬쩍 빠져서 십 분 간 오입하는 골방침실까지 환히 아는 태백이라, 마치 자기 집 이층에 가듯이 올라갔다. 이층에 가서는 제일 좋은 방으로 들어갔다.

『아아, 이방에서 원진사랑, 춘매랑 밤새워 놀았었는데…』

태백은 짐짓 감개무량하였다. 일류요정의 이집 주인이던 왕서방은 누더기 옷에 그것이 전 장사 밑천인 텅 빈 채롱을 든 채 방에 와서 의자에 앉지도 않고 계면쩍어 한다.

아까 시골뜨기로 푸대접하던 서사가 무슨 도둑의 뒤나 따르듯이 쫓아 올라와서 일등실 안락의자에 턱 앉은 태백을 흘낏대었으나, 그의 여유있는 태도와 빛나는 안광(眼光)에 부딪치자, 다리의 균형을 잃은 듯이 놀라서 멈칫하였다.

『여보게, 일등 금화주(金華酒)에 요리 네 접시만 해 오게! 그리고 기생은 춘매를 곧 부르게 하구!』

『예에…』

서사는 대답은 하고도, 전주인 왕서방에게 눈짓을 한다.

『네가 모르겠으면, 새로 맡은 주인을 보내라!』

『아니올시다.』

젊은 사람은 손을 비비며, 방을 나가면서도 머리를 기웃거렸다.

『하하하.』

왕서방은 그때야 의자에 앉으면서 의미 모를 웃음을 크게 웃었다.

『그런데 춘매는 지금 기생을 그만두었는데요.』

『흠, 그럼 영감해 갔군?』

『그런것도 아닌데 서른 넘어서 기생하면 횡사한다는 점괘가 보는 곳마다 난다고 해서 그만 뒀는데, 아직 혼자 지낸다죠.』

『원진사는?』

『지금도 가끔 이집에 놀러 오시는데 혹 오늘도 들리실지 모르겠죠. 원진사께선 나만 보시면 이대인 얘기를 하시거든요. 그리고 때때로 술잔값 담뱃값을 주시고….』

『아아 그럼 원진사는 만나겠군…. 그런데 왕서방은 왜 이집을 남한테 넘겨 주고 그런 고생을 하쇼?』

『후후후.』

왕서방은 웃기만 한다.

『자기가 떵떵대던 이집으로 돼지머리를 그렇게 팔러 오는 게 거북하지 않소?』

『목숨이 무섭군요. 배운 게 음식장수니까… 그러고 밑천이 있어야죠.』

『역시 돈 욕심은 옛날 같군.』

『이대인이 시와 술을 못 잊듯이 저희들이야 돈 모으는 게 평생의 낙이니까요. 몇 해 안가서 꼭 이집을 도루 사서 낙양 제일의 요릿집 깃발을 날리겠으니 두고 보십쇼. 히히히.』

자기가 돈 모으려는 낙이나 태백이가 시 좋아하는 것이나 일반이라는 데는

『음!』

하고 느끼는 바가 있었다. 돈은 천한 것이라고만 생각해 오던 태백은 돈은 먹고 살기 위해서만 필요한 물건이 아니고 시인이 시를 사랑하듯이 왕서방 같은 인생에게는 사랑으로써 아끼울만한 일종의 마력(魔力)을 가졌다는 것을 비로소 깨달았다. 시인이나 도인(道人)보다도 몇 만 배 많은 사람에게 그러한 즐거움을 주는 돈도 또한 더러운 죄물(罪物)만은 아니라는 의미도 알 듯 하였다.

『그러나 돈의 재미로 망치는 수가 많지 않은가?』

『망했다 흥했다 하니까 놀음이거든요.. 놀음이니까 재미가 나죠. 감투도 명예도 돈으론 사지만, 감투나 명예만으론 돈

을 못사는 경우가 많지 않은가요.』

금전의 공덕을 거기까지 발전시키는 데는 태백은 흥미가
없었다. 그냥 이유도 없이 돈 모으는 것이 즐겁다는 아까 말
만 마음에 들었기 때문이다.

『그래 왕서방의 망한 돈 재미는 어떻소?』

『히히히.』

그는 자기가 이 요릿집에서 상당한 돈을 벌었으나, 향료무
역(香料貿易)으로 일확천금을 꿈꾸고, 집을 잡힌 자본으로
남방무역을 하다가, 황하의 홍수로 향료 싣고 오던 배를 파
선 시켰고, 그 때문에 전당 잡혔던 이 요릿집을 고스란히 빼
앗겼다는 하소연을 하였다.

『그래 지금은 누가 맡았소?』

『백성의 피를 세금으로 긁어서 사복을 채우고, 그 돈으로
빚 놀이를 하는 마대감(馬大監)이 여덟째 기생첩에게 시키고
있는데, 그 기생첩이 여간내기가 아니라, 내가 팔러 오는 돼
지발톱까지 제 손으로 저울에 달고, 값을 깎곤 해요. 그러다
가 마대감이 뒷손을 묶기거나 화재가 나면 역시 나무아미타
불일 텐데…』

왕서방은 은근히 악담을 하였다.

태백은 춘매 아닌 기생을 불러다 늦도록 놀고 왕서방을 배웅해서 문밖까지 나가서 말을 타고 가라는 명목으로 돈 몇 냥을 쥐어 보냈다. 그날 저녁 요리 값을 내고 본즉 태백의 노자주머니는 텅 비었다. 술에 취하면 천하태평인 그는 요릿집을 여관 삼아서 그냥 그날 밤을 잤다.

　이튿날도 그 요릿집에서 온종일 독작(獨酌)으로 술을 마시고, 역시 그 집에서 쓰러져 잤다. 술값에 잡힌 몸이 된 그는 사흘째도 앉은 자리에서 술로 해를 보냈다. 술값을 물어줄 친구 원진사가 우연히 이 요릿집에 놀러 오기만 구세주처럼 기다렸다. 물론 그러는 동안에 태백은 원진사가 막역한 친구니 불러 오라고 부탁도 하였다. 결국은 요릿집에서 외상 술값을 떼일까 두려워서 원진사를 불러다 주었다.

『야 원군!』

『오, 이군! 자네와 먹어야 술맛이 있는데, 내가 자네 안주가 없어서 얼마나 쓴 술을 먹었는지 알겠나. 그래 자네도 이제 처자 버린 방랑시인의 본색으로 돌아갔으니 천하의 자유인이 아닌가. 그러나 내 술친구에선 해방 못될 줄 알게.』

『내가 술을 사양하겠나! 벗을 사양하겠나! 더구나 이제는 자네가 나의 봉인데!』

『그래 내가 태백시주선(太白詩酒仙)의 봉이 되건 종이 되건… 단둘이 방랑천하(放浪天下)나 해 보세.』

『역시 자네는 내 지기(知己)야!』

새로운 우정에 의기가 투합한 그들이었다.

『이왕이면 삭풍이 황량한 호지(胡地)로 여행해 보세나.』

원진사의 제안에 태백은

『그것도 일흥(一興)이지.』

새로운 세계의 모험이 더욱 그리운 태백의 방랑시혼(放浪詩魂)은 곧 신이 날 듯 하였다.

『호지에 무화초(胡地無花草) 하지만 우리 태백시선(太白詩仙)의 지팡이에 스치는 은혜면 사막에도 꽃이 피고, 빙산(氷山)에도 봉황이 춤 출게니까.』

그들은 호지장행(胡地壯行)의 축배를 들고 문화가 난숙한 낙양을 떠나 북으로 방랑의 길을 택하였다.

『그러나 병주(幷州 ; 지금의 산서성(山西省)) 태원(太原)엔 우리 가친이 북도윤(北都尹)으로 있으니까 아들의 친구대접—아니 원래(遠來)의 시인으로 잘 대접할걸세.』

『알고 보니까 자네 성친(省親)의 종복으로 데리고 갈 작정이군.』

태백과 원진사는 시우(詩友)요, 주우(酒友)일 뿐 아니라, 춘매라는 한 기생을 한 금침에 번갈아 사랑까지 하던 치우(痴友)였으므로, 뱃창자 속까지 서로 믿는 사이였다. 그런데 낙양을 떠나서 북으로 갈수록 산천풍경이 적막한 북국의 감회를 돋구어서 더 한층 서로 위로하는 정이 두터워졌다. 객사(客舍)의 가을밤이 쓸쓸하면 한등(寒燈) 밑에서 술을 기우리고 한 이불을 덮고는 꿈자리의 체온을 서로 포옹하였다.

태원에 이르렀을 때는 마침 가을빛이 서북풍에 물들기 시작하였다. 태원은 북방의 오랑캐의 침략을 방비하기 위한 작전상의 요지(要地)로서 원정(遠征)의 수비군이 항상 주둔하고 있는 계엄지구(戒嚴地區)의 소위 일선 지대였다. 태원은 거기서도 동북쪽의 서북성(西北省)의 유주(幽州)—지금의 북경(北京)과 함께 당대(唐代)의 북방중진(北方重鎭)이었다. 요새(要塞)위에 올라서 북으로 멀리 황량한 호지(胡地)를 바라보던 시인 태백의 흉중에 인종과 역사의 감개를 뭉클하게 하였다. 그리고 야만종족의 병대와 피를 흘리며 전전(轉戰)한 장병들의 비장한 체험담의 진중주연(陣中酒宴)에서 들을 때마다, 그들과 함께 사향(思鄕)의 정(情)을 같이하면서 위로의 눈물을 흘렸다. 그런 감흥의 새상(塞上)의 시는 대개 이때에 읊은 비가(悲歌)였다.

　때는 마침 가을이었다. 황하(黃河)의 북방지류(北方支流)인
분하(汾河)는 남으로 흐르는데 달빛만 차게 빛났다.

太原早秋 태원의 초가을

歲落衆芳歇　올해도 저물어서 초목이 시들고

時當代火流　남쪽하늘엔 큰 별이 유난하다

霜威出塞早　북쪽 「토치카」에는 서리가 벌써 내려서

雲色渡江秋　강 건너 구름 빛도 쓸쓸한 가을이다

夢遠邊城月　꿈은 변방의 성윗달을 맴돌고

心飛故國樓　마음은 먼 고향의 집으로 날으다.

思歸若汾水　분수의 강물만 고향 길로 흘러서

無日不悠悠　못가는 이 몸을 애달프게만 한다.

그런 회포는 멀리 일선에 와서 고생하는 병정들의 심정인

동시에 또한 태백 자신의 여수(旅愁)이었다.

항상 살기가 충만한 전지에 와서 태백은 인류의 평화를 기원하고 전쟁의 비참한 현실을 한탄하지 않을 수 없었다. 그리고 자기의 조상으로서 자랑하는 — 당나라 황실의 조상이기도한 이광장군(李廣將軍)의 비극적인 고사(故事)를 애송(哀頌)하지 않을 수가 없었다.

古 風 고풍 - 제6수

代馬不思越
북국 대주(代州)의 말은 월나라를 모르고

越禽不戀燕
남쪽 월나라의 새는 북쪽 연나라를 그리워하지 않듯

情性有所習
동물의 습성도 그러하고

土風固其然
자연의 풍토도 또한 그러하리라

昔別鴈門關
우리 군사는 안문땅의 고향을 언제 나왔던고

今戍龍庭前
지금 용정이란 이 사막에 웅크리고 있구나

驚沙亂海日
바람은 모래먼지로 하늘을 어둡게 덮고

^{비 설 미 호 천}
飛雪迷胡天　눈보라는 오랑캐 귀신 우는 하늘을 어지럽힌다.

^{기 슬 생 호 학}
蟣虱⁸⁾生虎鶴　이는 군복과 갑옷에 우굴대고

^{심 혼 축 정 전}
心魂逐旌旆　공포에 싸인 넋은 깃발처럼 펄럭댄다

^{고 전 공 불 상}
苦戰功不賞　목숨을 걸고 애써 싸웠어도 공은 상 받지
　　　　　　못했고

^{충 성 난 가 선}
忠誠難可宣　나라에 충성 바쳐도 보람 없이 사라진
　　　　　　원한이여

^{수 련 이 비 장}
誰憐李飛將　아아 우리의 선조 이광장군은

^{백 수 몰 삼 변}
白首沒三邊　그처럼 백발 머리를 이 오랑캐 땅에
　　　　　　묻혔거늘….

[주(註) 8)] 虱(슬)= 蝨(이 슬 : 齧人蟲)과 同字.

　자유와 평화를 철저히 사랑하는 시인 이태백은 자기의 조
상 이광장군이 이 오랑캐 땅에서 조상할 묘지도 없는 사막에
백골로 썩은 것을 조상하면서 눈앞에 보는 병정들의 고초에
동정의 눈물을 아낌없이 흘렸다.

　태백은 조국(祖國) 당나라의 무수한 청년들이 이와 같이 황

량한 오랑캐 땅 사막에 와서 수년간 같은 고초를 겪으면서 고향의 황폐한 농사와 외로운 처자들이 남편과, 아들을 생각하고 우는 정상을 생각하고 전쟁자체를 부정하고 미워하는 염전적(厭戰的)인 시도 읊었다. 그것도 또한 나라의 백성을 지극히 사랑하는 측은한 시인의 거짓 없는 원망이었다.

그러나 그런 평화를 파괴하는 전쟁의 비극의 원인은 당나라를 침략하려고 호시탐탐한 북쪽의 오랑캐 때문이었으므로 조국의 적인 야만족에 대한 비분의 시로 변하였다. 이것은 전쟁을 시인하는 애국의 분노였다.

從軍玉門道　　옥문도의 싸움에 나가서

逐虜金微山　　오랑캐 군사를 금미산까지 추격하다

笛奏梅花曲　　피리는 매화곡을 불고

刀開明月環　　칼을 빼어 달무리를 휘두르다

鼓聲鳴海上　　북소리는 바다 위까지 진동하고

兵氣擁雲間　　사기는 충천하여 구름을 찌르도다

^{원 헌 단 우 수}
願軒單于首　　오랑캐 괴수 백우의 목을 뎅강 베어 버리고

^{마 구 정 철 관}
馬驅靜鐵關　　치고 쳐서 철문관(鐵門關)을 진정할진저.

　시인은 옛날 한무제(漢武帝) 때의 오랑캐 정벌의 역사적 사실을 빌려서 그때의 당군(唐軍)의 사기(士氣)를 찬양하고 오랑캐의 평정을 기원하였다.

　시인의 눈으로 직접 보는 오랑캐 군사와 대치한 당나라 국군진중(國軍陣中)에서, 고향에 있는 젊은 아내들의 전지의 낭군을 사모하고 우는 슬픈 얼굴 표정이 월창(月窓)에 보이는 듯 하였다. 그런 슬픈 동정의 생각은 현실과 지난 역사와 또 지리 관념을 초월하고 혼합시켜서 왕소군(王昭君)의 비극을 노래하였다. 그것은 또한 오랑캐의 추장(酋長)들이 당나라 황실(皇室)의 아름다운 궁녀(宮女)와 귀족의 딸을 아내로 강요해 간 억울한 사실이 종종 있었다. 그런 치욕에 대한 오랑캐에 대한 비분의 감정이었다.

　나라의 힘이 약할 때에는 오랑캐가 그런 외람된 요구로서 소위 국혼(國婚)을 청하여도 이에 응하지 않을 수 없었던 것인데 그런 사실은 태백의 소년시대에까지 있었다. 태백의 소

년시대에 오랑캐에게 하가(下嫁)된 것만 하여도 영락공주(永樂公主) 연군공주(燕郡公主) 동화공주(東華公主) 고안공주(固安公主) 동광공주(東光公主) 의방공주(宜芳公主) 정락공주(靜樂公主) 등 일곱 명이나 되었다.

그러한 억울한 미인들의 운명을 대표하여 유명한 한나라 왕소군의 그런 운명을 오랑캐 땅을 바라보는—지금은 튼튼한 당나라 진지에서 슬퍼하였다. 고금의 시인들이 왕소군을 읊은 시는 무수하지만, 오랑캐 땅을 눈앞에 보면서—그 땅에 묻힌 한나라 미인의 비운을 동정한 태백의 『왕소군』은 가장 뛰어났으며 태백의 걸작 시 중에서도 최고작을 이루었다. 이 왕소군의 시만으로도 태백의 호지방랑은 다행이었다.

王昭君 왕소군

昭君拂玉鞍　　왕소군 하얀 손이 옥안에 떨리며

上馬啼紅頰　　말위에 한번 타자 피눈물이 주르륵

今日漢宮人　　아아 오늘날 우리 한나라 궁중 여인

明朝胡地妾　　밤새워 간 내일에는 오랑캐 첩의 신세.

태백은 이 오언절귀(五言絕句)의 절창(絕唱)을 부르고 오랑캐 땅을 원망스럽게 바라보았다. 그 쓸쓸한 사막천지가 전부 왕소군의 죽은 영혼의 눈물로 붙은 착각으로 소름이 끼쳤다. 그의 입에서는 또다시 한탄이 흘러나왔다.

漢家秦地月　　한나라에 비치는 진나라 땅의 달도

流影送明妃　　흘리고 가는 왕소군의 그림자를 울며 보냈다

一上玉關道　　아차 한번 옥문관의 길을 지나면

天涯去不歸　　하늘 끝 지옥나라 다시는 못 오리라

漢月還從東海出　아아 그날 밤 달은 다시 동해에서
　　　　　　　　떠오르건만

明妃西嫁無來日　서쪽으로 시집간 왕소군은 올 날이
　　　　　　　　영영 없다

燕支長寒雪作花　이름만 좋은 연지산에 사철로 눈보라만
　　　　　　　　보다가

娥眉憔悴沒胡沙　고운 눈썹 울다 여위고 사막에 묻히도다

生乏黃金枉圖畫   살아선 돈이 없어 미운 화장 단 한번도
<small>생 핍 황 금 왕 도 화</small>

死留靑塚使人嗟   오랑캐땅 청총무덤 보는 사람 울리워라.
<small>사 유 청 총 사 인 차</small>

태백은 태원 지방의 방위전선을 소요하면서 일 년 이상이 나 변방의 전쟁시를 읊었다. 그는 원진사의 부친 북도윤(北 都尹)에게도 아들의 친구로서 보다도 시인 이태백으로서 환 대를 받았다. 그러나 그는 그 집의 식객(食客)으로만 있지는 않고, 여러 진중으로 다니며 글 좋아하는 장교들과 술친구가 되어, 무료한 시인의 방랑생활과, 역시 무료한 진중의 군인 생활을 서로 위로하였다.

이때 진중에서 특별히 친해진 장교에는 가서한(哥舒翰) 막 하(幕下)에 근무하고 있던 곽자의(郭子儀)였다. 곽자의는 태 백과 의기투합 할 만큼 사소한 군율에도 구애하지 않고 대배 (大杯·大盃 : 큰 술잔.)를 통음(痛飮 : (술을) 매 우 많이 마심.)하고 고성 방가하는 쾌장부 였다. 그럴 때 진중의 상관은 그를 견책하였으나 태백은

『이 장사(壯士)는 안광이 해왕성 같이 빛나는 정기(精氣)만 보아도 10년 이내에 당신들을 부하로 거느릴 대장군이 될 테니, 그때 군대 감투를 쓰려거든 지금부터 상전으로 섬기

쇼.』

그런 농담으로 두둔해 주었다. 태백의 그런 관상이 적중하여서 곽자의는 안록산(安祿山) 반란 뒤에 고려(高麗;韓國) 출신의 이광필(李光弼)과 충전(忠戰)하여 당나라의 기운 천하를 재흥시킨 공신이 되었던 것이다. 그리고 역시 후년(後年)에 태백이 일시의 착각으로 영왕(永王)의 모반(謀叛)에 연좌되어 투옥, 유형(流刑)을 당하였을 때에 곽자의가 자기의 생명을 걸고 태백의 운명을 구하였다.

그러나 황량한 진중의 달밤에 통음 방가하던 방랑시인과 불우한 군인은 후일에 각자의 영달과 영락의 운명은 실상 잘 몰랐던 것이다.

이태백전집(李太白全集)

7. 죽계육일(竹溪六逸)의 시절

　당나라의 북쪽 변방으로서 오랑캐와 국경을 접하고 있던 산서성 태원(山西省 太原)에서의 이태 동안의 태백의 방랑생활에서 한사람의 새로운 무인 곽자의(武人 郭子儀)의 지기(知己)요, 또 출정군인의 진중(陣中)에서 자연을 읊게 된 많은 애국적인 전쟁시편(戰爭詩篇)이었다.

　태백은 본래가 인류적(人類的)으로는 전쟁을 부인하는 평화주의자였고 개인적으로는 술을 즐기고 신선을 그리워하는 낭만적인 자연 시인이었다. 그러나 이 봄에도 꽃구경 하나 못하는 황량한 사막호지(砂漠胡地)에서 고생하는 수비 군인들의 진중생활을 목격하고 그 동족의 생명을 노리는 야만의 이족(異族)들에 대한 비분감개가 그로 하여금 애국적인 전쟁시까지 부르게 하였던 것이다.

　세상에서 이태백의 시와 두보(杜甫)의 시를 비교하여 논할 때에 항용 두보를 이태백보다 위로 치려는 경향은 주로 태백의 시가 개인적 낭만주의인데 대하여 두보가 우국적(憂國的)

현실주의라는데 근거를 두는 모양이다. 그러나 그런 정치적인 경향으로 문학의 가치를 표준삼는 것은 잘못이거니와 그런 의미에서도 이태백은 이 태원지방의 방랑시절에 그로서는 특이한 사실적인 애국전쟁시를 많이 읊었던 것이다.

가령 그의 고풍(古風) 가운데 있는 제육편(第六篇)과 제십사편(第十四篇) 등은 두보의 전출새(前出塞) 후출새(後出塞) 병차행(兵車行)과 같은 열렬한 애국전쟁시일 것이다. 그 밖에도 행행차유렵편(行行且遊獵篇) 호무인(胡無人) 종군행(從軍行) 출자계북문행(出自薊北門行)도 용장웅대(勇壯雄大)하고 새하곡(塞下曲) 여섯 편과 발백마(發白馬) 등의 시편도 열렬한 장병의 의기를 높이 노래하고 있다.

이러한 적지 않은 전쟁시는 태원 방랑시대에 얻은 그의 뜻하지 않은 일련의 애국시의 명예를 의미하지만 그러나 그러한 경향의 시는 그의 자연스러운 시세계의 본령은 아니었다. 그 지대의 살벌 황량한 자연풍경과 함께, 그에게는 남방의 온화한 풍경과 표일(飄逸)한 선인적(仙人的) 생활이 향수(鄕愁)처럼 그리워서 견딜 수가 없었다.

태백은 마침내 원진사의 부자와 새로 사귄 곽자의와 이별하고 홀로 떠나서 남동(南東) 쪽의 길로 내려 왔다. 산서성에서 하북성(下北省)의 남단(南端) 한단(邯鄲)을 거쳐서 하남성(下南省)의 북단(北端)을 건너뛰듯이 지나고 산동성(山東省)과의 경계선인 상주(相州) 땅에 이르던 그는 거기서 비로소 천하의 명산으로 이름난 태산(泰山)과 또 신선의 고향같이 생각되는 조래산(徂徠山)을 찾으려고 해진 신발을 바꾸어 신었다. 이태 동안 방랑한 산서지방보다도 이 산동지방은 우선 산천이 수려하고 기후가 좋아서 우선 숨이 부드럽게 쉬어지고 살이 찌는 상 싶었다. 그리고 외로운 방랑객이 자기의 유일한 벗이던 하늘의 구름조차 푸른 산 위에 떠있음으로서 흰빛이 제대로 아름답고 비로소 자기의 한가로운 고향을 찾은 상 싶어 보였다.

(이 산동 땅을 나의 제 2의 고향으로 삼고 조래산에 들어가서 신선들과 더불어 평생을 보내자.)

그런 결심을 한 태백은 미산호(微山湖)의 북안(北岸)이며 태산과 조래산이 가까운 임성(任城)으로 갔다.

산동 땅에서 제 2의 고향을 삼고 살아 보자고 임성에 이른 그는 우선 방랑의 지팡이를 쉬고 정주(定住 : 안정되게 머물 곳을 정하다)의 방도를 구하여야 할 필요를 느꼈다. 정처 없는 나그네의 지팡이를 괭이로 갈아 잡고 땅을 파서 농사를 짓든지 그렇지 않

으면 아동들을 상대로 선생의 똥은 개도 안 먹는다는 훈장생
활로 속을 썩이든지 하지 않을 수가 없었다. 그러나 그가 곧
할 수 있는 입에 풀칠할 길은 훈장생활이었다.

그런데 다행히 그곳에는 태백의 선조 이광장군(李廣將軍)
의 후손이라고 행세하는 이씨일족(李氏一族)이 많이 살고 있
었다. 그는 물론 족보를 캐어서 촌수를 따질 사이도 못되는
같은 종씨의 어떤 집에서 마침 훈장으로 초빙을 받자 못이기
는 척하고 글 가르치는 채찍을 잡았다. 그가 천재 시인 이태
백이라는 이름은 오히려 이 산동에서의 훈장시대 부터였다.
그래서 얼마 뒤에 이 지방으로 역시 방랑해왔던 두보(杜甫)
조차도 그를 선배시인으로 평생을 존경하게 되는 인연을 맺
었으며 그로 하여금 태백의 본고향을 산동이라고까지 글로
써서 후세에 그릇 전하게 하였던 것이다.

『종씨.』

『족장.』

하고 부르던 이씨 문중에서도 그의 고향을 물으면 태백은 그
냥 껄껄 웃기만하고

『사는 곳이 고향이지 고향이 따로 있나요. 더구나 이곳에
는 한 조상의 일가가 이처럼 번창한데 집 없는 나하나 종중

양자로 삼으시오 그려. 나는 이곳이 정말 고향 같은 생각이
드는데요.』

『허허. 종씨께서 그렇게 생각해 주시면 우리도 도리어 영
광입네마는… 우리 문중에서 선생 같은 문장이 났다면 그
아니 자랑이겠습니까. 그러나 출생지라도 알고 싶어서요.』

『허허. 사람의 출생지야 하늘 밑 땅 위겠지 어디겠소. 산동
땅도 하늘 밑의 땅이니까 내 출생지래도 무관하지 않소. 정
말은 신선이 평생소원이니까 이 고장 조래산이 아마 전생
의 고향이었을 지도 모르지요. 이 땅을 찾은 것도 그 조래
산이 그리워서니까요.』

태백은 자기의 출생지를 묻는 사람에게는 언제나 우물쭈물
해 버렸던 것이다. 그가 오랑캐 땅에 귀양 갔던 조상의 불행
때문에 변성(變姓)까지 하고 두꺼비집 같은 막사(幕舍)에서
만풍(蠻風)의 탯줄을 잊었다는 것이 부끄러운 열등감(劣等
感)에서였다. 이것은 그의 운명적인 고민의 일종의 위선이었
다. 그러나 그는 그 사실을 묵비(默秘)에 붙이고 구외(口外)
하지 않는 비겁이었을지 모르나 다른 거짓말로 사람을 속이
지는 않았던 것이다. 그래 후배의 시인으로서 끝까지 사랑한
두보에 대해서도 그런 사실은 묵비에 붙였던 것이다. 그래서

역시 끝까지 선배시인으로 존경한 두보 조차 태백의 고향을 영영 산동으로만 알았던 것이다.

글 잘하는 이태백의 이름은 비단 이씨 문중의 훈장이라는 초라한 직분에 그치지 않고 어느덧 산동의 이태백으로 이름이 나기 시작하였다. 따라서 그가 지도하는 글방은 점점 번창하였다. 사방에서 학동들이 오고 선비들의 방문이 빈번해져서 처음에 시작한 어떤 사랑방으로서는 협잡하였다. 그래서 이태백과 같은 문장을 자기 종중의 자랑으로 삼는 이씨 일족은 따로 큼직한 학교를 세웠다. 또 그의 거처가 불편할 거라며 아담한 서재를 신축하고 조촐한 상사람(평민 출신의 사람.)의 젊은 과부를 그의 직속 가정부(家庭婦)로 고용해서 침식일체의 수발을 들게 하였다.

홀아비로 지내는 선생의 집에 이렇게 조촐한 젊은 과부를 보내서 밤낮으로 수발을 들게 한 학부형들의 본의는 비단 그의 음식과 의복 시중을 들어주려는 것이 아니요, 일종 비공식의 부부생활을 시켜서 그로 하여금 생리적인 고독감을 위로하자는 호의에서였다.

여자가 이름 없는 상사람의 과부요, 인물이 또한 반반하므로 태백과의 실질상의 부부생활 관계가 공연한 비밀로 세상

에 알려져도 일반의 사회상식으로 비난은 받지 않았기 때문
이다. 태백 자신으로 말하여도 남녀 간의 구구한 관계는 대
수롭게 여기지 않는 성격이라 좋아하는 술을 대하듯 여자의
몸도 다루는 대담한 자연아(自然兒)의 태도가 있었다. 그렇
다고 음일에 빠지는 방랑성도 아니요, 상대자가 자기를 싫어
하지 않는 경우에 자기가 또한 싫지 않은 상대자라면 산길을
가다가 목이 마르면 주인 없는 과실을 따먹고 주인 없는 샘
물을 아무런 양심의 가책 없이 퍼먹고, 그냥 지나가는 자연
스러운 방랑객의 습속과 같이 여자에게도 순리대로 대하는
그였다. 안륙에서의 정식 초혼부인 허씨에 대한 부부생활도
낙양에서의 기생 춘매와의 관계도 그에게는 산속을 지나다
따먹은 과실이나 떠먹은 샘물과 같이 여겼다. 유교의 도덕으
로는 죄악이었으나 그것이 또한 그의 표연한 선도(仙道)의
하나의 자연률(自然律)이기도 하였다. 인간적인 애착이나 도
덕까지도 그의 자연아의 방랑성을 막을 도리는 없었다.

『자네는 내가 정식 아내로 평생을 해로할 약속을 않더라도
나한테 몸을 허락하겠나? 내일 아침에 자네를 버리고 떠나
버려도 후회 않고 참아 주겠나?』

벌써부터 단둘이 지내는 집에서 추파를 던지던 여자에게

술이 거나하게 취한 태백은 자기의 자리를 펴주는, 말하자면 젊은 식모에게 애욕의 고민을 토설하였다. 그것을 일종의 책임회피의 예방책이기도 하였으나 여자에게는 비극이 될지 모르는 장래의 각오를 미리 물어야 할 또 하나의 솔직한 책임에서였다.

『제가 어찌 감히 선생님을 영감님으로 모실 염의나 먹겠어요. 하룻밤만 모셔도 제 몸은 그냥 신선이 될 텐데요.』

『그러나 내가 이 집에 있는 동안은 한 달이 될지 몇 해가 될지 모르지만 천하에서 오직 하나인 나의 사랑하는 아내로 대접해 줄 테야. 그러나 언제 이 집을 떠나갈지 모르는 것만 미리 알아 두란 말이야. 이 집 떠나는 날이 나로서는 신선의 길을 떠나는 날이니까.』

태백은 그러한 태도로 두 번째의 부부생활을 시작하였다. 그러나 이태백의 전기에는 그 여자의 성도 이름도 남아 있지 않다. 하룻밤만 그를 모셔도 자기 몸이 신선이 될 거라고 태백을 존경하고 사랑한 그 천한 지체(대대로 이어 내려오는 사회적 신분이나 지위.)의 여자는 그래도 하룻밤이 아니고 3년 동안이나 이 천하의 시선(詩仙)을 남편으로 섬긴 것을 영광과 행복으로 생각하였을 것이다.

그러나 비공식의 그들의 부부생활은 마침내 아들을 하나 낳음으로서 종막을 고하게 되고 말았다. 3년째 되던 봄에 이 식모의 몸에서 옥동자를 낳자마자 태백은 역시 아버지로서의 기쁨과 남편으로서의 책임을 느꼈다.

　(이제는 이 여자를 정식 부부로 삼아야겠구나.)

　내일 비록 구선(求仙)의 방랑의 길을 떠나서 이 처자를 또 버릴망정 우선 그런 각오를 하였다. 그러나 그보다도 더 양반종중의 체면을 걱정한 것은 이씨 일족이었다. 계집애 종을 몇 냥에 팔아먹거나 다섯째 여섯째 첩으로 삼기가 일쑤인 이씨 양반들은 자기네 일가로 자랑하는 이태백이가 상놈의 계집을 본처로 앉힌다는 것은 큰 문제였다.

　(그년 자식새끼는 왜 낳는거야. 한 이레(일곱날. 칠일.)나 지내면 어디로 싹도 모르게 보내 버려야지.)

　자기들이 태백에게 대접할 때는 한 개의 여자의 살덩이로 얻고 그들 사이에 새로운 인간의 생명이 창조되자 문중체면이 안되었다고 매장해 버리려는 인권말살의 악착한 태도를 취하였다.

　그래서 마침내 그 여자는 낳은 지 이레 만에 태백의 아들을 강보에 싸 안은 채 어디론지 사라져 버리고 말았다.

그제서야 그 내막을 안 태백은 자기도 이곳에 더 있지 못할 것을 자각하였다.

『가엾은 핏덩이 어린 것을 안겨서 내쫓은 내가 무슨 낯으로 이 고장에서 더 살 수 있소. 나는 산중으로 숨어 버려야겠소.』

자기의 후원자들을 가볍게 책하면서 자기의 고충을 말하였다.

『선생님을 오래 모시려고 그 여자를 살아갈 걱정없이 해서 보냈는데 그러시면 우리의 호의가 도리어 무색하지 않습니까. 그 여자도 여기 있으면 선생님 낯이 깎인다고 스스로 그렇게 했는데요.』

『자기가 스스로 취한 행동이라면 왜 나한테 한마디 인사도 없이 가버렸단 말이오?』

『선생님 마음이 상하실까 해서….』

『내 마음이 상할 줄 아시는 일이면 그게 어디 나한테 대한 호의라 하겠단 말이오?』

『그 여자는 눈 딱 감고 가겠다기에 그랬습니다.』

『그럼 나도 눈 딱 감고 떠나겠으니 말리지 마쇼. 그야 지금까지… 그 여자도 당신들 호의로 얻게 되어서… 신세 많이

졌지만 이 집에선 마음이 편치 못하니 용서해 주쇼.』

태백으로서도 그 여자와 평생을 이곳에서 살 생각은 없었다. 그보다도 더 환경이 좋은 초혼의 가정에서도 세 모녀를 버리고 나온 비정(非情)의 아버지요, 비정의 남편인 자기였기 때문이다. 그러나 자기가 신선을 구하는 방랑의 정열에서면 몰라도 세속적인 체면문제로 타인의 간섭에 의한 것이라면 불유쾌하였기 때문이다. 비록 경제적으로 후원을 받는 사람으로부터라도 자기의 자유를 조금이라도 구속 받는다는 것은 참을 수 없는 고통이었기 때문에 그는 그길로 많은 제자를 둔 학교를 뒤로 떠나고 말았다. 3년 살던 그 고장을 떠나서 조래산으로 향하는 산길을 걸어 올라가자 그전에 다닐 때보다도 다리가 가벼웠다.

인간 냄새가 없는 자연 속으로 그동안의 인간적인 생활을 청산하고 보니 신선에 더 가까워진 것만 같이 마음이 상쾌하였다. 또 하나 버린 처자 생각도 훈도하던 제자들 생각도 머릿속에서 시원히 사라져 버렸다. 그는 푸른 소나무 바람에 시를 읊어서 뜬구름으로 보내면서 고개 하나를 넘었다.

조래산(徂徠山)의 죽계(竹溪)에는 다섯 사람의 친구인 선도일사[9](仙道逸士)가 이태백의 탈속입산(脫俗入山)을 축복하면서 대대적인 환영잔치를 베풀었다.

[주(註) 9)] 逸士(일사) : 속세에 매이지 아니하고 유유자적하는 선비,
또는 세상에 나타나지 않고 숨어사는 사람.

『태백의 입산으로 이제 죽계육일(竹溪六逸)이 됐네 그려.
한 친구만 더 구하면 옛날의 죽림칠현(竹林七賢)이 부럽지
않겠는데!』

태백을 맞아서 육일(六逸)의 선객(仙客)을 공소부(孔巢父),
한준(韓準), 배정(裵政), 장숙명(張叔明), 도면(陶沔)이었다.
이 육일의 시주선풍(詩酒仙風)의 인물이 숨어서 사는 죽계는
조래산에서도 수석이 가장 아름다운 한가로운 계곡이었다.
그들은 이곳을 중심으로 북으로 태산(泰山)과 구산(龜山)등
태안현(泰安縣)일대의 산천을 백학(白鶴)을 탄 신선들로 자
부(自負)하면서 세사(世事)를 비웃고 흰 구름을 밟고 소요하
였다. 사시(四時)의 자연과 더불어 음풍소월(吟風嘯月)하며
유유자적하는 여섯 명의 청아(淸雅)한 풍류객들이었다.

태백은 이들 다섯 사람의 일사(逸士) 동지들과 조래산 죽계
를 중심으로 태산과 구산에 놀면서 유유자적한 선인(仙人)의
시(詩) 생활을 하였으나 그의 유명한 시인으로서의 명성은
반드시 산중에만 숨겨 두지는 않았다. 그래서 노(魯)나라의

고도(古都)이던 연주(兗州)에 항상 초청받아 내려갔다. 연주
는 전에 훈장노릇을 하던 임성(任城)에서 불과 백 리 거리 밖
에 북으로 떨어져 있지 않은 산동성의 문화 중심지였다. 그
러한 인연으로 태백은 결국 연주에 주저앉게 되었다. 거기서
가까운 조래산의 죽계에는 왕래하면서 여전히 육일의 한 동
지는 되었으나 말하자면 반속반선(半俗半仙)의 시인 생활을
하였다. 유명한 시는 그에게 시선(詩仙)의 이름을 붙이게 되
어서 이것은 육일의 자격인 선(仙)이 될 수 있었지만 또한 연
주의 세속적인 시단(詩壇)[10]이, 아니 그 연주의 산동시단(山東
詩壇)을 통한 천하의 시단이 태백으로 하여금 조래산 중에만
완전히 숨어 살지는 못하게 하는 속기(俗氣)의 유혹이었다.

　그래서 그는 연주에서 또다시 세 번째의 결혼으로서 유씨
(劉氏)를 아내로 맞이하였다. 그때는 태백의 나이도 이미 사
십을 바라보는 때였으며 그로서는 제법 가정생활에도 취미
를 붙이는 남편노릇을 하였다. 그래서 그 유씨와의 사이에
양평(陽平)이라는 첫딸을 낳았고 그 뒤에 백금(伯禽)이라는
아들을 낳았는데 그로서는 이 남매에게 제법 아버지의 인간
적인 사랑을 베풀었다.

【주(註)10】시단(詩壇) : 시인들의 사회.

그런데 이 연주시대에 태백에게는 그의 교우(交友) 관계에 있어서 큰 기념적인 인물이 나타났다. 그것은 태백과 함께 당나라 시단에 있어서 그와 함께 장래의 이대시성(二大詩聖)이 될 두보와 만나게 된 인연이었다.

연주는 노나라의 옛 도읍으로서 산동지방의 문화 중심지였을 뿐 아니라 수(隋)나라 시대에 이미 개척된 큰 운하(運河)로 말미암아 교통이 편리하였다. 천하의 명산 태산을 유람하고 곡부(曲阜)의 공자묘(孔子廟)를 참배하려고 해도 으레 연주를 거치지 않으면 안되었다.

개원 26년(開元 二十六年)에는 마침 두보의 부친 두한(杜閑)이 이 연주의 사마(司馬)로 부임하게 되었다. 두한은 자기의 부친이 유명한 시인 두심언(杜審言)이었던 관계도 있어서 그의 아들 두보의 시재(詩才)에 대성(大成)의 기대를 갖고 있었다. 당시 두보는 역시 시인이 으레 겪어야하는 수업과정으로서 천하를 방랑하던 시절이었다. 그의 방랑의 「코오스」도 마침 북상(北上)하던 때였으므로 부임한 지 얼마 안 되는 부친을 위해 연주로 찾아뵙게 되었다.

두보의 부친은 사마로 부임하자마자 그의 피로연 석상에서도 시인으로 이름 높은 이태백을 정중히 초청하고 그와의 교제를 기뻐하던 중이라.

『두보야, 너 연주에 왔으면 이 아비보다 반갑게 찾아 뵈일 대시인 선생님이 있다.』

하고 태백을 찾아보도록 권하였다. 아들의 시를 위하여 좋은 선배를 인도하는 권고였다.

『저도 이곳에 오면서 이 선생을 찾으려는 희망이 컸습니다.』

『저런 놈 봤나. 아비 보러 온 게 아니라 이태백한테 술 배우러 왔구나 허허허.』

『시도 배우고 겸해서 술도 좀 배우면 어때요. 아까 아버님보다 먼저 만날 선생님이라시더니….』

그러는 두보는 아직도 시인으로서 이름이 나지 못한 27세의 청년이었다.

『그러나 너 그동안 천하를 편력하는 동안에 글 좀 늘었느냐? 태백선생 만나기 전에 나한테 먼저 시험을 보고 가거라. 선생님한테 화운(和韻) 한 수 제대로 못했다간 아비 망신 할테니.』

『무슨 글을 해 볼까요?』

『산동 땅에 왔으면 우선 산으로 치면 태산이 아니겠느냐.』

젊은 시인은 태산을 읊으라는 부친의 글제를 받자 그 자리에서 당장 한 수 읊었다. 그에게는 장차 천하의 문장이 되려는 큰 뜻이 있었으므로 태산과 같은 높은 자기의 회포를 부친 앞에서 읊었다. 그 끝귀의

會當凌絶頂   나도 한번 태산의 꼭대기에 올라서서

一覽衆山小   천하의 모든 산들을 작다하고 내려 보리라

한 것을 본 부친은 고개를 끄덕대면서

『오냐, 네가 그만한 기개가 있으면 태백선생의 눈에 들지도 모른다.』

그 길로 두보는 스승의 예를 갖추어서 태백을 방문하였다. 태백은 당시 38세의 장년시인으로서 11살의 연장자였다. 그리고 이미 산동의 대표시인으로서 중앙문단에까지 명성이 들리고 있는 대선배였다.

그러나 선배시인 태백은 스승으로 대접하고 찾아온 두보를 한번 보고 그의 비범한 지능을 곧 발견하고 하나의 시우(詩友)의 대우를 하기에 인색치 않았다.

우선 자기가 좋아하는 술을 권하자

『선생님, 선생님 앞에서 초면에 감히 잔을 받자올 수 있습니까?』

『왜 술도 못 마시면서 시를 짓겠다는 건가?』

『……』

『대답 없는 것 보니까 속으론 싫지 않은 모양이군 그래. 허허허.』

『그렇지 않아도 제가 선생님 찾아뵙겠다니까, 술 배우려는 거냐구 놀리시던데요….』

『거 알고 한 말이군 그래. 태백시문(太白詩門)에 들어오려면 그 전에 태백주문(太白酒門)이 한 개 더 있다는 것을 알아야 하네. 자네도 말이야.』

그리고 태백은 청년 두보에게 잔을 부어 권한다. 그리고 결국은 술 한 병을 다 기울이도록 술친구를 삼아 버리고 글에 대해서는 입하나 떼지 않았다.

『오늘은 좋은 친구 만나서 술맛이 참 좋았네. 자네도 술맛 좋았거든 고맙게 여기고 돌아가게. 글 얘기 하려면 내일 다시 술 한 병 차구 오게나.』

태백은 두보를 취했거든 돌아가라고 한 뒤에 벌렁 누워 버렸다.

『실상은 오늘도 약주를 선물로 가져오려다가 도리어 실례가 될까 해서 그냥 왔습니다.』

『아닐세. 난 남의 공술 안 받으니까 그건 잘했네. 그러나 내일 가져 오는 건 공 것 아니니까 내 사양치 않음세.』

『선생님 그럼 내일 다시 와서 선생님 시론(詩論)을 경청하올까 합니다.』

『뭐 시론이랄 것 까지야 필요있나. 주담(酒談)이나 또 하세나.』

그러는 태백은 누운 채 두보의 인사를 받았다. 두보가 문을 열고 뜰을 나오자마자 방안에서는 태백의 코고는 소리가 드르렁 드르렁 들려 나왔다. 뜰에 깐 모래 위에는 쨍쨍한 봄볕이 황금 광채를 내려 깔고 있었다. 집안에 진동하는 향기에 놀랄 듯이 머리를 들어 보니 뜰 가에선 한 그루의 목련화가 한창 피어 있었다. 아까 그가 들어올 때는 고명한 선배를 찾는다는 긴장된 흥분으로 이 목련화 나무조차 잘 보지 못했던 것을 깨닫고 두보는 비로소 가벼운 미소를 지었다.

다음날 두보가 답례의 술병을 두 손에 받쳐 들고 태백을 다시 방문하자 마침 뜰에서 목련화 밑을 거닐던 태백은 반가워 하면서

『어서 오시오. 어제는 실례했소이다.』

『선생님 말씀 낮추십소서.』

『천만에요. 어제는 당신이 나를 선생으로 찾아 왔대서 그
호의를 그대로 받느라고 억지로 하게 했소이다마는 오늘은
같은 시도(詩道)의 친구로서 영접하겠소이다.』

두보는 황송하여서 술병을 보이며 그냥 웃기만 했다.

『좋은 벗에 좋은 술을 이 좋은 봄철에 집에서 먹을 수야 있
소. 우리 밖으로 나갑시다. 연주는 초행이라시니 내가 좀
구경시켜 드리죠.』

태백은 의관도 새로 바꾸지 않고 그냥 두보를 데리고 문을
나섰다. 그리고 연주성(兗州城)의 남루(南樓)로 끌고 올라갔
다. 그리고 어느새 가져왔는지도 모르는 표주박 잔을 소매
속에서 꺼내어 두보의 술병을 깡술로 기울이기 시작하였다.
그 잔을 주거니 받거니 한 뒤에

『여기서 보는 경치나 한 수 읊어 보시오.』

『예.』

옳지 이것이 선생의 시험이로구나 짐작한 두보는 그런 말
만이 고마워서 두말도 않고 오율(五律) 한 수를 읊어 보였다.

登兗州城樓 등연주성루

東郡趨庭日 한나라 때 동군이던 연주로 부친을 찾아
왔다가

南樓縱目初 처음 보는 성문 남루에 올라 사방을 바라보니

浮雲連海岱 높이 뜬 구름은 동해에서 태산까지 덮었고

平野入靑徐 넓은 평야는 청주(靑州)에서 서주(徐州)까지
아득하도다

孤嶂秦碑在 추역산(鄒嶧山)에는 진시황이 세운 비석이 있고

荒城魯殿餘 옛 도읍 성터에는 노나라의 영광전(靈光殿)이
남았도다

從來多古意 그처럼 오랜 역사의 그림자가 잠자는
이 풍물을

臨眺獨躊躇 보며 보며 생각하매 발 안 떨어지도다.

두보의 발이 안 떨어지고 주저하는 마음은 다만 역대의 흥
망성쇠에 대한 감개뿐이 아니라 이 사모하는 선배시인 태백

을 이 땅에서 이별하고 또다시 방랑의 길을 떠나기가 어려운 그의 심정이기도 하였다.

　그들 두 장래의 대시인(大詩人)은 한 반년 동안의 연주의 교유로서 친밀한 우정을 맺고 평생을 잊지 못하는 인연을 맺었다. 그들은 이때 아직 서로가 대성(大成)의 뜻을 이루지 못한 방랑의 몸이어서 서로 외로운 마음을 위로하고 싶었다. 태백은 이곳에서 또 처자를 거느리게 되었으나 도심(道心)은 선경(仙境)을 찾는 구도(求道)의 방랑 중이었고 시심(詩心)은 역시 중앙시단의 월계관을 꿈꾸는 구명(求名)의 방랑 중이었기 때문이다. 태백은 두보가 부친을 떠나서 편력의 길을 떠날 때 자기도 다시 방랑을 그리워하는 심정으로 동석문(東石門)까지 전송하고 또다시 만날 날이 없을까 두려워하는 이별주를 나누었다. 이때 그는 두보에게 한 수의 정다운 이별의 시를 읊어 주었다. 시절도 또한 슬픈 가을이었다.

　　醉別復幾日　오늘은 이 한잔 이별 술을 드는 날이 되었구나

　　登臨偏池臺　두보여 그대와 더불어 산천을 즐겨 소요했더니

　　何時石門路　아아 어느 날 또다시 이 동석문 길가에서

중 유 금 준 개
重有金樽開 　그대와 더불어 정다운 술을 나누어 본단 말이냐

추 파 락 사 수
秋波落泗水 　사수강 물결은 가을바람에 쓸쓸히 쏠리는데

해 색 명 조 래
海色明徂萊 　동해의 먼 바닷빛이 조래산 단풍 빛에 너무
　　　　　　　밝아 한이구나

비 봉 각 자 원
飛蓬各自遠 　그대도 나도 바람에 날리는 쑥봉오리 같은
　　　　　　　나그네 신세이매

차 진 수 중 배
且盡手中杯 　이 손에 든 마지막 술잔이나 달게 마시자.

　태백은 이때 두보를 전송할 때 건강이 자못 좋지 못하였다.
몸이 불편할 때면 한곳에서 정한하려는 것이 보통사람의 심
정이지만 태백은 그와는 반대였다. 그의 자유로운 방랑의 정
신을 구속하고 한곳에 정주(定住)하는 것이 마치 그의 육체
적 고장까지 내는 병의 원인으로 여겨지기만 하였다.

　그의 육신이 단조롭게 평범한 가정생활에 얽매어 있으면 정
신생활은 봉황의 날개를 묶은 듯이 시의 세계도 침체되고 위축
되는 것만 같았다. 그러나 가난한 가운데서 자기를 도와준 이
번 아내 유씨와 귀여운 남매를 아주 버릴 생각은 들지 않았다.

그러나 그는 정신상의 자유발전을 위해서도 또다시 천하의
바람을 쏘이고 싶어서 견디지 못하였다. 그는 기후가 따뜻한
남방으로 가서 건강을 회복하겠다는 이유로 방랑의 이유를
아내에게 설득시키며 그 기회를 엿보고 있었다.

처음 만났다 이별한 두보의 시와 학문에 대한 열심과 더욱
이 우국경세(憂國經世)의 젊은 기백에는 선배인 태백도 또한
적지 않은 감명을 받았다. 태백이 조래산에 선도(仙道) 일사
(逸士)들을 두보에게 소개함으로서 유교신자인 두보에게 태
백의 도교(道敎) 사상을 많이 영향 주었거니와 그 대신 태백
도 젊은 두보의 우국적 정치사상에는 다소의 영향을 받았다.

『남자가 시문(詩文)과 학문을 닦는 것은 도탄에 빠진 만민
을 구제하는 치국평천하의 뜻을 이루기 위함이지 어찌 개
인의 안일한 풍류를 위함이리오. 선생도 응당히 묘당현직
(廟堂顯職)을 꺼리지 마시고 선정치세(善政治世)로 세도국
심(世道國心)을 바로잡고 국가번영에 대재(大才)를 아끼지
말아 주소서.』

하던 말이 하나의 유혹을 남기고 갔던 것이다.

『그러나 내 어찌 스스로 허리를 굽혀서 구구한 벼슬자리를
구하리오. 군왕이 스스로 삼고(三顧)의 예방(禮訪)으로 한림

(翰林)으로 초빙하면 모르되….』

하는 정도의 관도(官途)에 대한 속기(俗氣)를 품게 되었다. 이것만 하여도 지금까지의 그의 고고(孤高)한 시선(詩仙)의 경지로 보면 크게 타락된 심경의 변화가 아닐 수 없었다. 그러나 그것도 실상은 두보와 같이 벼슬에 생각이 있는 것이 아니고 자기의 글재주의 실력으로 고관대작을 무색케 해 보고 싶은 문학적 자부심에서였다. 소위 정치가적 야심이나 애국가의 열성에서가 아니라 하나의 인도주의적 정의감에서 나라를 망치고 백성을 괴롭히는 간신역적과 탐관오리를 그들에 대한 불만을 품어 보겠다는—그것도 문학적인 흥미정도의 호기심에서였다.

만일 그에게 시인의 월계관을 벗고 왕관을 쓰라면 물리쳤을 것이다. 그래서 벼슬 중에서라도 한림학사로나 모셔 가면 해도 좋다는 심경이었다.

다음에 태백이 39세 때 봄에 관리이던 친구 두박화(竇薄華)가 장안(長安)으로 돌아갈 때 자기도 남방으로의 방랑여행을 떠날 결심을 하였다. 그는 연주의 서쪽 오십 리에 있는 요임금 사당(祠堂)에까지 전송하고 그 사당 앞의 술집에서 이별주를 나누었다. 전송하는 태백 또한 그길로 남으로 길 떠나는 나그네의 몸이었다. 그들이 이별주를 기울이는 동안에 해가 지고 달이 떠올랐다. 태백은 길게 읊은 전송의 시를 달월자로 끝막았다.

爾向西秦我東越
이 향 서 진 아 동 월

그대는 서쪽 진나라 땅으로 가고
나는 동쪽 월나라로 가노니

暫向瀛洲訪金闕
잠 향 영 주 방 금 궐

나는 동해바다 영주로 가서 신선 사는
궁전을 구경하려네.

藍田太白若可期
남 전 태 백 약 가 기

남전산아 태백산아 만일에 뜻이 있거든

爲餘掃灑石上月
위 여 소 쇄 석 상 월

내가 갈 앞길에 돌 위에 달빛이나
더욱 밝혀라

태백의 이번 여행은 어쩐지 즐거운 희망이 봄밤의 달빛처럼 몽롱하게 밝았다. 그가 가는 동월(東越)은 남방 천릿길 절강성(浙江省)의 양자강(揚子江) 방면이었다. 그는 그 이튿날 친구를 서쪽 장안으로 보내고 자기는 남으로 떠났다. 절강성으로 가서는 그는 3년 동안이나 염계(剡溪)에 은거(隱居)하면서 시도(詩道)와 선도(仙道)를 닦으면서 쇠약한 몸의 건강을 회복하려고 섭생에 힘썼다.

8. 한림학사(翰林學士)의 행운

산동 땅에 처자를 남겨두고 강남지방으로 방랑의 길을 떠나 외롭게 지내던 태백은 집생각이 간절해서 그로서는 많지 않은 사향가(思鄕歌)를 읊었다.

寄東魯二稚子 在金陵作 동로에 있는 두 자식에게

吳地桑葉綠 이 고장 오나라 땅에 뽕잎이 푸르러서

吳蠶已三眠 뉘에도 이미 세 잠을 곤하게 잔다.

我家寄東魯 동로 땅에 남기고 온 우리 집에선

誰種龜陰田 뉘 손이 귀산 북녘의 밭을 가꾸랴

春事已不及 올해도 봄 농사는 못하였으렸다마는

江行復茫然 강물만 멀리 흘러 아득하구나.

<ruby>南<rt>남</rt></ruby><ruby>風<rt>풍</rt></ruby><ruby>吹<rt>취</rt></ruby><ruby>歸<rt>귀</rt></ruby><ruby>心<rt>심</rt></ruby>	남풍은 공연히 집 생각을 불러서
<ruby>飛<rt>비</rt></ruby><ruby>墮<rt>타</rt></ruby><ruby>酒<rt>주</rt></ruby><ruby>樓<rt>루</rt></ruby><ruby>前<rt>전</rt></ruby>	타관 땅 술집 앞에 눈물 지운다.
<ruby>樓<rt>누</rt></ruby><ruby>東<rt>동</rt></ruby><ruby>一<rt>일</rt></ruby><ruby>株<rt>주</rt></ruby><ruby>桃<rt>도</rt></ruby>	술집 동편 뜰의 한그루 복사나무
<ruby>枝<rt>지</rt></ruby><ruby>葉<rt>엽</rt></ruby><ruby>拂<rt>불</rt></ruby><ruby>靑<rt>청</rt></ruby><ruby>煙<rt>연</rt></ruby>[11]	푸른 가지 잎에 연기조차 푸르다
<ruby>此<rt>차</rt></ruby><ruby>樹<rt>수</rt></ruby><ruby>我<rt>아</rt></ruby><ruby>所<rt>소</rt></ruby><ruby>種<rt>종</rt></ruby>	내가 집에서 심은 복사나무여
<ruby>別<rt>별</rt></ruby><ruby>來<rt>래</rt></ruby><ruby>向<rt>향</rt></ruby><ruby>三<rt>삼</rt></ruby><ruby>年<rt>년</rt></ruby>	너를 못 본 지도 벌써 삼 년 이구나
<ruby>桃<rt>도</rt></ruby><ruby>今<rt>금</rt></ruby><ruby>與<rt>여</rt></ruby><ruby>樓<rt>루</rt></ruby><ruby>齊<rt>제</rt></ruby>	너도 지금은 이처럼 꽃폈으련만
<ruby>我<rt>아</rt></ruby><ruby>行<rt>행</rt></ruby><ruby>尙<rt>상</rt></ruby><ruby>未<rt>미</rt></ruby><ruby>旋<rt>선</rt></ruby>	나는 아직 너를 보러 못 간다.
<ruby>嬌<rt>교</rt></ruby><ruby>女<rt>녀</rt></ruby><ruby>字<rt>자</rt></ruby><ruby>平<rt>평</rt></ruby><ruby>陽<rt>양</rt></ruby>	아아 귀여운 내 딸 평양아
<ruby>折<rt>절</rt></ruby><ruby>花<rt>화</rt></ruby><ruby>倚<rt>의</rt></ruby><ruby>桃<rt>도</rt></ruby><ruby>邊<rt>변</rt></ruby>	너는 지금 그 복사꽃을 꺾겠지
<ruby>折<rt>절</rt></ruby><ruby>花<rt>화</rt></ruby><ruby>不<rt>불</rt></ruby><ruby>見<rt>견</rt></ruby><ruby>我<rt>아</rt></ruby>	복사꽃 꺾어 들고 나 기다려도
<ruby>淚<rt>누</rt></ruby><ruby>下<rt>하</rt></ruby><ruby>如<rt>여</rt></ruby><ruby>流<rt>유</rt></ruby><ruby>泉<rt>천</rt></ruby>	내가 안온다고 눈물 흘리겠구나.

소 아 명 백 금
小兒名伯禽　　아아 귀여운 내 아들 백금아

여 저 역 제 견
與姐亦齊肩　　네 키도 아마 누나만큼 컸겠지

쌍 행 도 수 하
雙行桃樹下　　복사나무 밑에 누나하고 기대서

무 배 부 수 련
撫背復誰憐　　어깨동무 재롱을 뉘게 할거냐

염 차 실 차 제
念此失次第　　너희들을 생각하는 아버지는

간 장 일 우 전
肝腸日憂煎　　날마다 간장이 끊어질 듯만 하다

열 소 사 원 의
裂素寫遠意　　흰 명주 폭을 찢어 이 편지 써서

인 지 문 양 천
因之汶陽川　　문양천 배편으로 띄워 보낸다.

[주(註)11)] 煙(연기 연) : 본디 쓰여지기는 煙, 같은 뜻으로 烟(연기 연)
자도 쓴 판본도 있음.

　태백은 이런 사향(思鄕)의 시를 읊고, 술집의 술을 서너 되
마신 뒤에, 그 시를 편지대신으로 집에 보내려고 배편을 찾
아 나섰다. 이번 방랑에서도 어느덧 3년이 지나도록 집으로
돌아가지 않은 무정한 아버지였지만, 이런 지극한 사랑의 시
는 한집에서 날마다 안아 주고 귀여워하는 애정보다도 슬프

게까지 진실한 아버지 사랑이 아니었으랴.

천보원년(天寶元年)에도 태백은 역시 외로운 몸으로 강남 땅 절강성을 방황하고 있었다. 이때 그의 나이는 이미 42살이었다. 그가 회계(會稽)로부터 조아강(曹娥江)을 거슬러 올라가서 염계(剡溪)의 수려한 산수 속에 숨어 지낼 때는 옛날부터 도사(道士)로서 존경하던 오균(吳筠)과 함께 도를 닦기 위해서였다.

오균은 덕이 높은 유명한 도사였는데, 태백이 강남 땅에서 방랑하면서 외로운 생활로 지내는 것을 동정하고 일부러 멀리 찾아 주었던 것이다. 때는 마침 단풍이 붉고, 국화가 향기로운 산중의 가을이었다.

그런데, 이때 현종황제로부터 오균을 한림학사(翰林學士)로 징소(徵召)하는 분부가 내렸다. 그 당시 현종황제는 도교(道敎)에 많은 관심과 흥미를 가졌으므로, 일대의 도사이던 오균을 중용(重用)하려고 하였기 때문이다.

『오도사님, 상(上)께서 부르신 영광을 축하합니다. 그러나 도사님은 선계(仙界)를 떠나서 관계(官界)로 나아가시렵니까?』

『관사(官事)는 속무(俗務)지만, 도에만 통하면 시중(市中)

에서도 임중(林中)의 청풍(淸風)소리를 들을 수 있지 않소. 요즈음 당나라의 국운도, 오랜 태평시대로 잠을 잔 끝에, 마침내 부패해서 차차 어지러워져 가고 있으니 상의 성지(聖旨)에 보답하는 한편, 천하경륜에 도교(道敎)의 이상을 베풀도록 힘쓰는 것도 또한 도인(道人)의 임무가 아닐까 생각하오. 태백은 나의 이런 생각을 속세에의 타락이라고만 보시는지요?』

『도사님께서 그러신 포부라면, 더 할 말이 있습니까. 나도 두보(杜甫)의 그 젊은 애국정렬에 많은 감동을 받아서 그런지, 도사가 한림학사로 출사(出仕)하시는 것을 기쁘게 축하합니다.』

『고맙소. 정말로 그렇게 생각하오?』

오균은 태백의 얼굴을 물끄러미 쳐다보면서 빙그레 웃었다.

『내가 무슨 빈말을 하겠습니까. 도사님의 출사를 축사할 뿐 아니라, 오히려 부러울 지경인데요. 허허허.』

『정말, 내가 한림학사로 부르심 받는 게 부럽소?』

『허허허, 부럽고 말구요.』

당신 같은 공명한 도사가 벼슬을 한다면, 낸들 너무 결백하게 감투를 더럽다 하오리 하는 태도였다.

『다른 벼슬은 잘 못할지 모르지만 한림학사는 글만 잘 써
도 제구실하는 자리니까요.』

글에 대해서는 물론 오균이 보다도 자신이 있었다. 오균이
도 또한 글에 있어서는 태백이가 선생이라고 인정하고 있는
사이였다.

『물론 글재주만으론 안 되지만, 당신만한 수양과 학문과
경륜과 포부가 있으니까, 천자의 조서(詔書) 글 초안하는데
도 적임자요, 또 관기(官紀)를 바로 잡고 간신(奸臣)의 요운
(妖雲)을 조정에서 물리치시라는 직간(直諫)의 상소문에도
당신당할 한림학자가 없으리다.』

『도사님은 당신하실 일에, 내 칭찬만 하시는군요.』

『허허, 그러니까 이번에 나와 함께 장안으로 가서, 조정의
한림학사 일을 같이 하잔 말이 아뇨.』

『부르심도 못 받은 백수야인(白首野人)의 내가?』

『걱정 마쇼. 나하고 같이 상경만 합시다. 내가 천하의 이태
백은 시인으로만 유명한 게 아니라 당당한 중신(重臣)의 재
목이라고 상께 추천할 테니까.』

『그러지 마십쇼. 공연히 남의 웃음꺼리만 되게 하지 마시

고…』

『왜요?』

『추천하셨다 안 되면 그런 망신이 없으니까요.』

『하하하, 추천해서 안 된대도, 그건 추천한 사람의 무력인 탓이지, 망신은 내가 하지 왜 당신이 한단 말이오. 아무 말 말고 나하고 서울 갑시다.』

『글쎄요. 그냥 길동무로는 수행하겠습니다만…』

『우리 태백을 한림학사로 등용하지 않으면, 나도 그 자리를 사양하구 말 작정이오. 그러나 현종황제께서는 총명하시니까, 태백의 인물을 알아줄 것이오. 태백을 모르실 분이 나 같은 사람을 뽑아 올리시겠소.』

태백은 마침내 오균의 권고를 이기지 못해서 한림학사의 부르심이 있으면 응해도 좋다는 대답을 하였다. 그래서 오균은 그 다짐을 받고 먼저 부임하고 곧 태백을 한림학사로 추천해서, 마침내 윤허(允許)의 분부를 받고야 말았다.

『구당서(舊唐書)에는 천보(天寶)의 초(初), 회제에 객유(客遊)하며 도사 오균과 염중(剡中)에 은거하였다. 오균이 부르심을 받고 궁중에 가서 태백을 조정에 추천하였으므로, 오균과 함께 한림학사에 임명되었다.』

고 씌어 있다. 그러나 『신당서(新唐書)』에는 오균과 이태백이 동시에 한림학사로 징소(徵召) 받았다고 되어 있다. 이러한 두 개의 역사책의 차이로서 어느 편이 정확한지 모르나 그리 중대한 문제는 아니다.

그때 갑자기 조정으로부터 부름을 받은 태백은 갈 길이 바쁘고, 크게 감동하였으므로 빨리 장안으로 부임할 결심을 하였다. 따라서 그는 멀고 먼 산동의 집에까지 다녀갈 여유가 없었다. 그는 우선 고생만 시켜온 처자에게 편지를 띄웠다.

『3년 동안 이별하고 객지에서 지내는 무심한 나였지만 항상 집안 일만 꿈에 보면서 그리워하였소. 그러나 이제부터는 나에게도 부귀의 기회가 와서 비로소 처자에게 낙을 보여줄 수 있게 되었소. 뜻하지 않은 한림학사로 추천받아, 서울로 곧 가게 되어서 지금 준비에 분주하오. 이 기쁜 소식을 가지고 직접 집을 다녀서 상경하고 싶으나 그럴 시일의 여유가 없소. 일단 상경부임하고 남부끄럽지 않은 금의환향을 하겠으니 아이들을 잘 데리고 조금만 더 고생하시오…..』

하는 사연이었다. 그러나 태백이 이러한 편지를 띄웠을 때는 이미 그의 처자가 태백을 만나려고 강남 천 리 길을 찾아오고 있는 도중이었다. 하마터면 집도 없는 객지에서 그냥 방황하게 될지도 모를 그의 처자들을 다행히 남릉(南陵)에서 만나게 되었다.

그 때의 광경은 태백자신이 읊은 객중의 이별곡 —『남릉별아동입경(南陵別兒童入京)』과 『별내부징(別內赴徵)』의 시에서 엿볼 수 있다.

南陵別兒童入京
남릉별아동입경

남릉에서 아이들과 헤어져 장안에 가다

白酒新熱山中歸
백 주 신 열 산 중 귀
햇곡으로 빚은 술도 익은 산중에서

黃鷄[12]啄黍秋正肥
황 계 탁 서 추 정 비
닭도 좁쌀을 쪼는 가을 짙었다

呼童烹鷄酌白酒
호 동 팽 계 작 백 주
동자에게 닭을 잡히고 술잔을 들자

兒女嬉笑牽人衣
아 녀 희 소 견 인 의
아들놈 딸년이 기뻐라고 두 손에
매달린다

高歌取醉欲自慰
고 가 취 취 욕 자 위
노래 높이 불러서 내 스스로 위로하노니

起舞落日爭光輝
기 무 낙 일 쟁 광 휘
춤출 새에 지는 해도 노을 붉힌다

유　설　만　승　고　불　조
遊說萬乘苦不早　　만승천자께도 내 인제야 선정을 권할
　　　　　　　　　　　　날이 왔노니

　저　편　과　마　섭　원　도
著鞭跨馬涉遠道　　달리는 말에 채찍치며 먼 길을 떠나보자

　회　계　우　부　경　매　신
會稽愚婦輕買臣　　회계의 어리석은 아내가 주매신(朱買
　　　　　　　　　　　　臣)을 버린 이 땅에서

　여　역　사　가　서　입　진
余亦辭家西入秦　　나도 또한 집을 떠나 서쪽 장안으로
　　　　　　　　　　　　입조(入朝)를 한다

　앙　천　대　소　출　문　거
仰天大笑出門去　　하늘을 쳐다보고 껄껄 웃으며 처자와
　　　　　　　　　　　　이별하노니

　아　배　기　시　봉　호　인
我輩豈是蓬蒿人　　내 어찌 들어서만 썩을 방랑객이랴

[주(註) 12)] 鷄(닭 계는 雞와 同字로 쓰임.)

　태백은 오랫동안 고생만 시키던 처자에 대하여 감개무량한
회포를 읊었다.

　『여보 나도 이제는 만승천자 현종황제를 모시고 천하경륜
을 직접 권할 수 있는 몸이 되었으니 잠깐만 더 기다려요.
공연히 어리석은 주매신의 처와 같은 조급한 생각으로 모

처럼 온 복을 차 버리지 말구….』

그런 말로 아내를 타이른 끝이라, 주매신의 아내를 이 이
별곡에도 인용한 것이다.

『몰라요. 우리 3모자를 데리고 서울로 가세요. 여기서 또
우리를 떼어 버리실 작정이예요. 당신은 아무리 높은 벼슬
을 해도, 집안 식구 생각은 못하고, 술로만 세월을 보내다
또 언제 실패할지 모르지 않아요. 고생만 시키다가 이제 벼
슬깨나 하자, 또 식구를 떼어 버리고 혼자만 서울 가서 호
강할 생각이에요. 그런 야속한 아버지가 어디 있어요. 이
어린 것들이 불쌍하지 않아요.』

그런 원망으로 바가지를 긁는 아내였다. 아무리 하여도 이
번에는 남편을 따라 서울로 동행하고야 말자는 아내의 안타
까운 심정이었다.

『그리고, 암만해도 당신 혼자 가면 또 실패할 것만 같아요.
모처럼 얻은 한림학사 벼슬도 잘 지내실 것 같지 않아요.
당신의 술도 그렇고, 남과 타협 못하는 성미가 감투싸움에
서 옥쇄(玉碎)할 것만 같아서 걱정이예요.』

『허허, 그런 방정맞은 소리는 말아요.』

『안돼요. 혼자 가시려면 우리 3모자를 이 객지에서 다 죽

이고 가요!』

아내는 그런 악까지 썼다. 어린 남매도 모친의 이런 말에 후원하듯이 아버지의 옷자락을 부여잡고 놓으려 하지 않았다. 기쁜 부임의 길에 벌어진 슬픈 처자의 울음이었다.

그러나 태백이 아내에게 타이른 주매신의 이야기는 실상은 그리 상서로운 인례(引例)는 못되었다.

주매신은 한(漢)나라 때의 사람이었다. 그는 강소(江蘇)의 태생으로서 집이 가난하였으나 살림살이에는 뜻을 두지 않고 글공부에만 몰두하였다. 그래서 조강지처로부터 밤낮으로 구박만 받고 지냈다. 그러나 그도 역시 밥은 굶을 수가 없어서, 아내와 함께 산에서 나무를 해다 장에 팔아서 근근이 입에 풀칠을 하고 지냈다.

앞에서 나뭇짐을 지고 걸으면서도 책을 펴 들고 글 읽는데만 정신이 팔려서 산길에서 돌부리를 차고, 나뭇짐을 메어 치고 땅재주 넘기가 일쑤였다.

『하하하, 나뭇짐이 아니고 곡식짐 같으면, 쪽제비 치어죽듯 다리를 뻗을텐데… 하하하 학자님 주매신 꼴 좋은데… 하하하.』

무식한 나뭇꾼들은 주매신의 거동을 비웃었다. 그의 뒤에

서 역시 나뭇짐을 지고 따라 가던 아내는 화도 나고 창피도
해서 야단야단 하였다.

『글에만 미쳤으니까, 나무장사도 못해 먹을 위인이요. 밭
을 갈아도 나무를 해도 정신은 딴데가 있으니 될게 뭐예요.
빌어먹을 글공부가 무슨 소용이요!』

『여보 그러나 글 읽는 게 밥 먹는 것보다 더 좋은걸 어찌하
오. 내 글로 호강할 때도 있을테니까 좀 참아요.』

하고 그는 더욱 소리를 높여서 글만 읽었다.

『나중에 호강하려다 굶어 죽으란 말예요. 죽어 천당에 가
서 할 호강인가요.』

아내는 더욱 성만 내었다.

『대기는 만성이니까, 내가 오 십 될 때까지만 기다려요. 나
한테 와서 평생을 고생했으니까, 부귀공명을 누려서 고생
한 공을 갚아 줄 테니…』

그런 꿈같은 희망으로 아내를 위로하였다. 그러나 참다못
하던 아내는 마침내 주변 없는 남편을 버리고 집을 나가 버
렸다. 주매신은 그 후 몇 해 뒤에 그의 예언과 마찬가지로 장
안에서 부귀를 누리는 지위로 출세하였다.

그러나 흥망이 심한 관리생활의 운명에 휩쓸린 주매신은

회계태수(會稽太守)로 있을 때, 무제(武帝)에게 오해를 받고 사형을 받고야 말았다.

태백이가 지금 회계 땅에서 역시 남편의 자유를 구속하려는 아내에게, 주매신의 고사(古事)를 들어서 말렸지만 그 주매신의 말로가 이렇게 비참한 이야기를 든 것은 길조(吉兆)가 되지 못하였을 것이다.

애걸하는 처자가 장안 가는 태백을 의성(宜城)에까지 따라왔다. 마침내 망부산(望夫山) 밑에서야 헤어질 때도, 한림학사가 된 시인의 의기는 충천하였다. 『별내부징(別內赴徵)』의 삼수[三首]의 이별의 시에서 그는 또다시 아내를 위로하였다. 그러나 귀여운 처자를 떼치고 가는 아버지의 심정도 또한 슬프지 않을 리는 없었다.

別內赴徵 - 제1수

王命三徵去來還　임금께서 세 번이나 부르셔서 아니 갈 수 없는 몸

明朝離別出吳關　내일 아침에 처자와 이별하고 오나라 땅을 떠나는데

백 옥 고 루 간 불 견
白玉高樓看不見 　나가는 장안의 백옥고루가 보일 둥

　　　　　　　　　　　말 둥 하니

상 사 수 상 망 부 산
相思須上望夫山 　아내여, 저 망부산에 올라서 나올

　　　　　　　　　　　날을 기다리다

그러한 심정으로 처자를 위로하여도, 이 방랑시인의 남편
과 아버지를 홀로 보내려고는 하지 않았다.

별 내 부 징
別內赴徵 - 제2수

출 문 처 자 강 견 의
出門妻子强牽衣 　문을 나서려니까 처자가 내 옷을 잡고

　　　　　　　　　　　놓지 않으며

문 아 서 행 기 일 귀
問我西行幾日歸 　이번 서울로 가면 언제 오느냐고

　　　　　　　　　　　목멘 소리를 한다

귀 시 당 패 황 금 인
歸時儻佩黃金印 　이번 돌아올 때는 황금의 인수(印綬)를

　　　　　　　　　　　띠고 올 테니

막 학 소 진 불 하 기
莫學蘇秦不下機 　그대는 소진의 아내 모양으로 베틀에서

　　　　　　　　　　　안 내리지는 마라

태백은 자기가 소진과 같이 큰 성공을 하고 돌아올 테니,

그때 푸대접 말고 반갑게 맞아 달라는 부탁까지 하였다. 그
것은 자기가 감투의 공명심에 유혹당하여 가는 것을 속으로
는 좀 스스로 경멸하였기 때문이다. 그러나 소진에게 비유한
점은 굉장히 자신 있는 공명심이 아니고 무엇이랴.

그러나 아내는 서울 가서 호강을 하던 고생을 하던 이제는
남편과 떨어지기를 한사코 싫어 하였다. 태백은 아내의 그 정
성이 생활의 괴로움보다도 역시 자기에 대한 지극한 애정에
서 그러는 것을 잘 알았다. 그래서 자기를 기다리는 아내의
독수공방의 정경을 아내의 처지에서 읊는 시 한 수를 지었다.

別內赴徵 - 제3수

翡翠爲樓金作梯　　비취두각과 황금 증계 집일지라도

誰人獨宿倚門啼　　독수공방 잠 안 오는 밤에 울면은

夜坐寒燈連曉月　　가물대는 촛불로 새벽달을 맞으며

行行淚盡楚關西　　눈물도 줄기줄기 초나라 서쪽까지
　　　　　　　　　달려가겠노라.

고규(孤閨)에서 울며 밤을 새울 아내의 슬픔을 이렇게 상상

하고 동정하였다.

  그러나 실제로는 객중에서 처자를 떨치고 떠난 이태백은 장래의 무지개 같은 희망을 품고, 장강(長江;양자강)에서 장안행(長安行) 배에 올랐다.

  장강 천 리, 서북으로 물결을 거슬려 올라가다 또 한수(漢水)로 갈려 올라가는 그는 대륙적인 양안의 풍물과, 건축 및 지방색의 변화로 느끼는 감회에서 많은 시를 읊었다. 길고 긴 뱃길에서도 흉중에 거래하는 청운의 꿈과 시흥(詩興)은 그에게 지루한 뱃멀미도 내지 않게 하였다. 더욱이 그가 사랑하는 달빛을 하늘에 우러러보고, 또 강물 속을 굽어 볼 때그는 달을 머리에 쓰고, 또 밤에는 달을 신고서, 공중과 수상(水上)의 사이를 바람처럼 흐르는 선인(仙人)의 쾌감까지 느끼는 시인이었다.

  한수 상류에서 배를 내린 태백은 육로로 낙양(洛陽)을 거쳐서 신안(新安) 협주(陝州)를 지나고, 함곡관(函谷關) 동관(潼關)의 역대혈전(歷代血戰)의 고지(古址)를 지나면서 영웅호걸의 운명과, 국가흥망의 감개가 무량하였다. 그러나 그는 각지의 역사적인 고적을 보고 이번 여행 중에서는 다음과 같이 중얼거렸다.

  (나도 저 비각과 같이 천추에 빛날 선정(善政)을 베풀리라.)

하는 자신이 만만하였다. 그리고 욕되는 슬픈 전설을 남긴 기념물에 대하여는

(나는 저런 실수는 하지 않을 것이다.)

하는 스스로의 각성을 굳게 하였다. 그리고 장안이 차차 가까워지면서 동도낙양(東都洛陽)과 서도장안(西都長安)의 중간지대에는 명승고적의 영송(迎送 : 오는 이를 맞이하고 가는 이를 전송함.)에 겨를이 없었다. 화음현(華陰縣)에 접어들면 바른편으로는 위수(渭水)가 흐르고, 왼편으로는 오악(五嶽) 중의 하나인 유명한 화산(華山)이 솟아서 그를 반겨하였다. 서쪽의 여산(驪山)을 지나 신풍현(新豊縣) 동쪽으로 가면, 홍문파(鴻門坡)가 있다. 여기는 항우와 유방(劉邦)이 유명한 홍문회견(鴻門會見)을 한 곳이다. 그 근처에서 진시황(秦始皇)의 능도 찾아보고 감개무량하였다.

현성(縣城) 지대에 이르자 온청궁(溫泉宮)의 별명이 있는 화청궁(華淸宮)이 있는데 금색, 홍색, 청색의 기왓장이 울창한 송림사이로, 윤환(輪奐 : 집이 크고 아름다움.)의 미를 자랑하였다. 그리고 임동(臨潼)을 지나서 파교(灞橋)와 산교(滻橋)의 다리들을 건너면 당대(唐代) 황금시대(黃金時代)의 정치·문화가 꽃피는 수도(首都) 장안이었다.

태백은 자기를 계관시인(桂冠詩人)인 한림학사로 기다리는

─만승천자 현종황제를 모실 궁궐과 조정의, 문무백관과 천하문장이 운집(雲集)한 서울사회를 그려보고 가벼운 한숨을 쉬었다. 그것은 수륙 천 리의 멀고 먼 부임 여행이 그쳤다는 안도감인 동시에, 일개 포의시인(布衣詩人)으로서 뜻하지 않은 계관시인(桂冠詩人)으로 일약할 명예의 무대가 바로 눈앞에 전개될 직전의 흥분이었다.

산교다리 난간에 차를 세우고 거대한 장안의 성벽을 바라보았다. 그 성벽 너머로 보이는 북쪽의 궁전들, 남쪽의 대자은사(大慈恩寺)와 천복사(薦福寺)의 높은 탑들이 그의 눈을 놀라게 하였다.

태백의 초라한 마차는, 그러나 의기 충천하는 주인공을 태우고 장안성의 동대문(東大門)인 춘명문(春明門)을 뻐기고 들어갔다. 태백은 우선 보흥방(普興坊)의 옥진관(玉眞觀)이라는 도교(道敎)의 수도원(修道院)을 찾아갔다. 그 옥진관원에는 역시 한림학사로 추천받고 먼저 상경한 오균(吳筠) 도사(道士)가 그를 기다리고 있었기 때문이다.

이 옥진관의 주인인 여도사(女道士)는 옥진공주(玉眞公主)로서 선왕(先王) 예종(睿宗)의 10째 따님─금상황제(今上皇帝)인 현종(玄宗)의 매제로서, 그야말로 금지옥엽(金枝玉葉)

의 고귀한 수도여성(修道女性)이었다. 옥진공주는 도교에 신앙이 두터워서 태극원년(太極元年)에 출가(出家)하여 이곳에 도관(道觀)을 세우고 선녀(仙女)같은 종교생활을 하는 도사였다. 도교의 덕이 높은 오균을, 현종에게 한림학사로 추천한 것도 이 옥진공주였다. 그리고 오균이가 또다시 옥진공주와 비서감(秘書監)의 고관이요, 유명한 시인이던 하지장(賀知章)에게 이태백을 추천해서, 마침내 현종황제의 윤허를 얻었던 것이다.

『태백선생, 먼 길에 얼마나 수고했소. 인도할 차마도 못 보내서 미안하오.』

우선 오균도사가 그를 반갑게 맞으며 위로하였다.

『오도사님 추천으로 대임(大任)의 자리를 더럽히게 되어서 감격하오나, 앞으로의 중책이 두렵소이다.』

그때 선녀처럼 청초 고귀한 옥진공주가, 도관의 외정(外庭)까지 친히 나와 영접하였다.

『이 선생이 지금까지 산야(山野)에 숨어 지낸 유명한 시인 이태백공이 올시다.』

오균이가 공주에게 소개하자, 태백은 황족에 대한 공손한 예와 같은 교도(敎徒)로서의 친근감으로 읍하며

『천덕비재(淺德菲才)의 소인을 지존(至尊) 측근에 추천해 주셔서 황송하옵나이다.』

『천만에요. 덕으로는 오균도사께서 자자한 칭송이요, 시(詩)로서는 하지장 비서감이 감탄하셨는데, 그게 무슨 사양입니까.』

『자아, 어서 들어갑시다.』

오균이가 마치 자기의 집처럼 재촉하였다.

『후원, 조용한 별관을 선생의 사처로 정했으니 그리로…』

하며 옥진공주가 앞장서서 인도하였다. 정원에서는 진귀한 수목과 향기로운 화초까지 새로된 한림학사를 축복하는 상싶었다.

이 한정(閑靜=閒靜와 같이 쓰임. 한가하고 조용하다.)한 옥진관은 황성(皇城)의 안복문(安福門) 고지(高地)에 위치하여 있었으나, 앞에는 바로 큰 길이 나서 차마의 교통에도 편리하였다. 그리고 옥진관의 동쪽에도 금선관(金仙觀)이라는 도관이 나란히 있었는데 그곳의 주인도 역시 현종황제의 매제―옥진공주의 언니인 금선공주(金仙公主)였다. 이처럼 황족의 공주들이 도사로서 출가수도 하는 만큼, 귀족사회에는 도교(道敎)가 침투하여, 많은 선도가 국경에 참여하고 있었다.

이처럼 공주자매의 도관이 있는 보흥방(輔興坊)의 도교(道敎)의 구역과 인접한 남쪽에는 분정방(頒政坊)이라는 불교(佛敎)의 사원(寺院)들이 또한 즐비하여서, 이 일대는 도·불(道·佛)의 정지(淨地)로 되어 있었다. 용흥사(龍興寺), 증공니사(證空尼寺)가 아침저녁으로 범종(梵鐘)을 울리었다. 그리고 북쪽의 수덕방(修德坊)에서 유명한 현장삼장법사(玄莊三藏法師)가 천축(天竺 ; 印度)에서 불교를 연구하고 돌아와 포교하던 흥복사(興福寺)가 있었다. 그리고 서쪽의 상성방(祥成坊)에도 불교의 사원이 즐비하였다.

그때의 장안에서는 종교적으로도 도교와 불교가 자유롭게 병존성행(並存盛行)하였고, 조야(朝野)에 문학, 음악, 미술, 무용 등의 문화예술이 황금시대를 이루고 있었다. 그러한 문화가 집중 만발하는 현종치하(玄宗治下)의 장안에서, 이태백은 시인의 최고명예의 지위인 한림학사의 계관(桂冠 : 월계관(月桂冠)이라고도 하며 여기서는 남보다 앞선 사람이 차지하는 명예를 비유하여 이르는 말.)을 쓰게 된 것이었다.

그의 득의(得意)의 미소와 장래의 꿈이 얼마나 아름답고 컸을 것이냐.

『한림학사!』

하면 그 당시로서는 시인의 벼슬로서는 최고의 명예로운 자리였다.

『이태백이란 산동(山東)출신 시인이 한림학사가 됐다지!』

장안의 시단에서는 큰 화제꺼리로 일어났다.

『옥진공주와 비서감 하지장의 추천이래!』

부러워하는 사람들도 이러한 추천자의 이름을 듣고서는

『우리야 그런 연줄이 있어야지』

하고 한숨을 쉬었다. 그러나 이태백의 글 솜씨를 모르는 사람들은

『제 실력으로 됐을까. 엽관(獵官 : 관직을 얻으려고 동분서주 하며 나온 말로 연줄을 찾아서 엽관운동을 서로 다툰다는 뜻에서 한다는 뜻.)운동 덕분이지!』

하고 비웃기도 하였다.

『아닐세, 하지장 비서감이 태백을 적선인(謫仙人:①선계(仙界) ② 당나라 시인 이백 에서 벌을 받아 인간계로 귀양 온 선인(仙人) (李白)을 미화하여 이르는 표현임.)이라고 했다니까, 인품이 비상한 모양이야.』

『적선인 이라니?』

『하늘의 신선이 이 땅의 인간계(人間界)로 잘못 귀양왔다는 거야.』

『허허. 그럼 신선 같은 인물이로군!』

『역시 하지장이 태백의 시는 귀신도 울린다고 감탄했다네. 어디 그의 진작(眞作) 한 수가 보고 싶은데….』

그런 소문은 시단(詩壇), 관계(官界)에서 뿐 아니라 항간에까지 일종의 신비로운 존재로서 화제에 올랐다. 장안의 인기를 독점하였던 것이다.

그러나 태백은 현종황제에게 직접 만나기 전까지 옥진관에서 조용히 도경(道經)을 보고 있었다. 궁중시인(宮中詩人)의 계관이 씌워질 날만 기다리고 있었다. 도관에서도 그는 좋아하는 술잔을 높이 들고 도연한 기분으로 장안의 문단을 내려다보았다. 그리고 취하면 낮잠에 코도 골았다.

조정에 한림원(翰林院)이 생긴 것은 현종황제가 등극하면서 처음 만든 문화정치(文化政治)의 최고기관이었다. 현종황제는 당시에 유명하던 일류시인의 장열(張悅), 육견(陸堅), 장구령(張九齡), 서안정(徐安貞), 장박(張泊)들을 궁중에 불러다 두고, 한림대조(翰林待詔)라고 부르며 정무신기(政務宸機:정치나 궁궐에 보좌하는 행정에 관한 사무를 교묘한 술법 등.)의 자문(諮問)에 응하게 하였다. 그리고 그들의 중요한 일은 조서의 초고(草稿)를 쓰고, 그 내용을 검토하는 것이었다. 그래서 한림학사는 우선 천하를 명령, 지도하는 황제의 지상명령을 천의신운(天意神韻 : 황제의 뜻을 신비롭고 기품있는 운치) 그대로 표현하는 대문장(大文章)의 실력이 있어야 하고, 치국애민(治國愛民)하는 왕도정치(王道政治)의 대경륜(大經綸 : 나라를 다스리는데 계획하고 방책을 세우는데 일정한 포부를 가지고 일을 조직적으로 커다란 경험을 가진 것을 뜻함.)을 구비하여야 하였던 것이다.

이러한 신성하고 중대한 명예와 권한을 준 한림학사에 대한 황제의 대우가 또한 지극하였다. 단순히 사무적인 제왕의 비서가 아니고, 제왕의 고문이요, 스승의 지위이기도 하였던 것이다. 그러므로 그들은 마치 제왕의 그림자 같이 항상 용상의 지척에서 봉사하였다.

현종황제가 장안의 대명전(大明殿)에 계시면, 그들은 그 옆의 금란전(金鑾殿)에 있었다. 흥경궁(興慶宮)에 계시면 그들은 금명문(金明門) 안에 있었다. 그리고 서궁(西宮)에 행차하시면 그들은 현복문(顯福門) 안에 있었다. 또 멀리 동도낙양(東都洛陽)으로 행차하여 여산의 화청궁(華淸宮)에 계시면, 그들은 역시 그 옆에 따라 갔었다.

궁중에서 어전연회(御前宴會)가 있을 때면, 의례로 임금, 재상의 다음인 제삼석(第三席)으로서 일품(一品)의 윗자리에 배석하는 영광을 누리었다. 천하를 방랑하며 가난하고 외롭던 우리의 시인 이태백은 일약 이런 지위에 오르게 되었던 것이다.

9. 실의낙향(失意落鄕)

일개의 미천(微賤)한 신분의 방랑시인이었던 이태백이 일약 한림학사로서 현종황제로부터 현사(賢士)의 예우(禮遇)를 받을뿐더러 제일의 궁중시인(宮中詩人)으로서 장안의 인기를 독점하게 되자 세인들은 모두가 깜짝 놀라고 말았다.

그의 천재는 일시에 황금시대를 찬란히 장식하는 절호의 무대와 기회를 그에게 주었다. 그의 대붕부(大鵬賦)가 발표되자, 장안의 평판은 물 끓듯 해서 그 시폭(詩幅)을 엄청난 값으로 사서 집집마다 장식하였다.

그 당시에 태백의 득의절정(得意絶頂)의 감흥은 다음의 시구(詩句)로서도 능히 짐작할 수 있었다.

翰林秉筆回英眄   한림이 붓을 잡고 천자의 총애를 받는

麟閣崢嶸誰可見   높은 궁궐 위의 내 지위를 누가 감히
볼 거냐.

承思初入銀臺門 (승사초입은대문)
으리으리한 은장식 대궐문을 들어가서

著書獨在金鑾殿 (저서독재금란전)
황금종 울리는 궁중에서 내가 홀로 글
짓도다.

龍駒彫鐙白玉鞍 (용구조등백옥안)
훌륭한 말에 은등자 늘일 백옥안장에
몸을 싣고

象牀綺席黃金盤 (상상기석황금반)
상아책상 휘도록 금쟁반에 산해진미
받도다.

當時笑我微賤者 (당시소아미천자)
한때 나를 천한 사람이라 웃던 자들도

却來請謁爲交歡 (각래청알위교환)
굽실굽실 아첨하며 만나고자 애쓰도다.

이처럼 영광을 누리는 궁중시인의 생활도, 그러나 그의 자
연스러운 자유정신에는 어딘지 모르게 생리적으로 맞지 않
는 점도 있었다.

그는 그러한 자연에 대한 향수(鄕愁)를 홀로 느낄 때는,

『아아, 그리운 자연이여! 도연명(陶然明)의 귀거래사(歸去
來辭)여!』

하고, 송림(松林)에 누워 달빛을 바라보며, 친구와 더불어,

도연(陶然 : 술에 취
하여 거나하다.)한 주흥(酒興)을 즐기곤 하였다. 몸은 황제의 총애를 받는 궁중에 있으면서도 마음은 자유로운 자연 속을 소요하는 정경이었다.

長歌吟松風　　나무 바람에 짐짓 노래를 보내다가

曲盡河星稀　　노래도 그만둘 때는 은하수의 별도 희미하게
　　　　　　　　달만 밝도다.

我醉君復樂　　나도 취하고 자네도 또한 취해서

陶然共忘機　　세상을 잃고 도연한 이 즐거움이여.

이 시는 종남산(終南山) 밑에 사는 술친구를 찾아서 하룻밤을 즐겼을 때의 노래였다. 이것은 분명히 궁중의 한림학사의 생활과는 모순되는 시인 본연의 야취(野趣)였던 것이다.

『그런 심경은 마치, 공(公)보다 미미한 감투를 벗어 버리고 귀거래사를 읊고 자연으로 돌아간 도연명의 경지가 아닌가?』

친구는 반은 걱정하듯이 농을 하였다.

『그야 낸들 언제까지나 속된 정치적 궁중생활에만 구속되어 있겠나. 역시 탈속(脫俗)의 시경(詩境)으로 돌아가야 지!』

태백은 그런 흉중의 고민도 고백하였다. 그러나 금시로 그 영달의 자리를 스스로 차고 나올 결심이 있는 것도 아니었 다. 그는 역시 자기 운명을 스스로 개척하는 타입의 인간은 아니었다. 굳은 의지(意志)의 사람은 아니었고, 약한 감정의 사람이었다. 그래서 그는 영달도 몰락도 모두 운명의 흐름에 맡기는 종류의 성격 소유자였다.

그가 시정신(詩精神)에 있어서는 도연명처럼 자연을 도로 찾아가고 싶어 하면서도 그것을 도연명처럼 스스로 결행하 지 못하고 마침내 시기하는 간악한 정적(政敵)들의 음모로 실의(失意)의 고배(苦盃)를 마시고 낙향하지 않을 수 없었다.

灞陵行送別 파릉행송별

送君灞陵亭 灞水流浩浩 上有無花之古樹 下有傷心之春草

我向秦人問路岐 云是王粲南登之古道 古道連綿走西京

紫闕落日浮雲生 正當今夕斷腸處 驪歌愁絕不忍聽

자네를 보내는 파릉정의

호호탕탕 흐르는 파수의 강물이여.

정자 위에는 꽃도 없는 고목이 묵묵히 서 있고

정자 밑에는 마음 아프게 하는 봄풀이 푸르도다.

내 지나는 사람에게 자네 가는 길이 어딘고 물었더니

옛날 시인 왕찬 장안을 쫓겨가던 그 길이라고.

아아 옛날 그 길은 지금도 여전히 장안으로 통하는데

궁궐 위에 해가 지며 구름만 허공에 떠오르도다.

아아 오늘밤에 창자가 끊어지는 듯한 여기서

이별의 노래 처량하여 차마 듣지 못하노라.

　태백은 그때 친구를 떠나보내듯이 또 후한말기(後漢末期)의 시인 왕찬이가 동탁(董卓)의 난리로 장안을 슬프게 떠나듯이—태백 자신도 얼마 뒤에는 궁중에서 축출되어 마침내 장안을 떠나지 않을 수 없었던 것이다.

　그때에 한림학사로서 현종황제의 총애를 받던 그가 왜 궁중을 쫓겨서 또다시 고독한 낙향을 하지 않으면 안 되었던가. 그것은 역시 황족까지도 안중에 없던 그의 철저한 자유인(自由人)의 결백과 순진한 시인의 천성이, 부패한 정객(政客)들의 당파싸움에 견디지 못하고 패배(敗北)했기 때문이었다.

그러나 그의 자유사상은 또한 주호(酒豪)의 취흥(醉興) 때문에 안하무인의 행동을 서슴치 않았다.

현종황제의 형인 영왕(寧王)에게는 특히 총애하는 악기(樂妓)의 궁녀(宮女)가 있었다. 얼굴도 미인이거니와 노래도 명창이었다. 영왕은 빈객을 불러서 연회를 베풀 때도 다른 궁녀는 좌석에 나와서 노래를 부르게 하였으나, 그 여자만은 절대로 연회 석상에 내 보내지 않았다.

그런데 어떤 날 고관대작이 동석한 자리에서 태백은 거의 술주정 비슷하게 영왕에게 농조로 말을 건넸다.

『영왕 전하께서 사랑하시는 분이 천하의 일색이요, 천하의 명창이라고 들었사오니 그분의 노래를 한 번 들려 주십소서.』

『여보 한림, 말을 삼가시오.』

영왕 앞에서 술잔도 제대로 들지 못하고 황송해하던 신하들은 쉬쉬하면서 태백의 무례한 발언을 말리려고 소매를 당겼다.

『상하 동락인 이 자리에서, 저공(渚公)들은 술대접도 제대로 못 받으니 주인 되시는 전하께 도리어 무례가 아니요.

소인의 청으로 천하명창을 들려 줄 테니 귀나 씻고 근청하시오.』

황제의 형과도 술동무가 되어 버리려는 태백의 취태에 일동은 눈이 휘둥그레졌다.

『전하 소신(小臣)이 간청한 그 분의 노래를 꼭 들려주셔야겠습니다.』

영왕은 속으로 불경한 소행이라고 가증스럽게 여겼으나, 그 불쾌한 감정을 참고 하는 수 없이, 그 궁녀로 하여금 병풍 뒤에서 노래를 부르게 하였다.

이렇게 영왕에까지 권귀(權貴)를 두려워하지 않는 태백은, 기타의 장안 귀족의 자제에 대하여는 더욱 경멸하였다.

『그 문벌도 없는 놈이 발칙스럽기 짝이 없다!』

하는 정평이 귀족사회에 돌아서 미운 존재로 되고 말았다. 당고조(唐高祖)가 이 장안으로 도읍을 정한 뒤로 130년 동안, 대대로 내려온 왕후장상(王侯將相)의 귀족사회는 엄연한 특권계급으로서 장안을 활보하였다. 그들은 모두 현재 고관의 자리에 있으며, 장차는 일국의 정권을 좌우할 인물들이었다. 그러나 태백은 그들을 조롱하고 공박해서 싸움을 일으키기가 일쑤였다.

그럴 때에는 태백의 성격을 이해하는 육조(陸調)가 항상 중개자의 역할을 하여 왔었다. 취중에 귀공자들과 싸움을 하고 취후에 자기의 잘못을 깨닫고서는 그 육조의 호의를 감사히 여기곤 하였다. 그래서 나중에 육조에게 보낸 글 가운데에도

아 자 투 계 도	연 연 오 능 호	요 차 상 조 직	가 혁 래 전 오
我者鬪鷄徒	連延五陵豪	邀遮相組織	呵嚇來煎熬

군 개 만 총 인	안 마 개 벽 역	고 급 청 헌 대	탈 여 북 문 액
君開萬叢人	鞍馬皆辟易	古急淸憲臺	脫餘北門厄

(나도 그 시절에는 마치 쌈닭처럼 오동의 역대 호족(豪族)들과 언쟁 격투가 일쑤였다. 항용 북문거리 술자리에서 때리고 맞고 하는 일대 소동이 일어나면 싸움구경꾼이 와아 몰려서, 사람도 말도 눈들을 휘둥그렇게 바라보았다. 그래서 내가 몰매를 맞아 죽을 지경이 되면, 자네가 그 위급한 경우를 백방으로 위안을 해 주었다.)

두보(杜甫)도 그를 음중팔선(飮中八仙)의 한사람으로 노래하였거니와 실로 주란(酒亂)에 가까운 탈선 행동을 이 장안 시대에 수없이 연출하였다. 단순 결백한 시인의 눈에는 궁정(宮廷)에 아첨하며 파리 떼처럼 덤벼드는 속인배(俗人輩)들과 자연 견원(犬猿)의 사이가 되었다.

그러나 사속(邪俗)과 청탁(淸濁)을 가리지 않는 태백은 아

침에는 왕후귀현(王侯貴顯)의 연석에 참가하는가 하면, 밤에는 춘명문(春明門) 밖 색주가 집에서 통음하였다.

일대의 명군(明君)이던 현종황제도 30년 동안이나 국정(國政)을 보아온 뒤에는, 마침내 정치에 권태를 느끼고 양귀비(楊貴妃)와 같은 미색(美色)에 빠지게 되자, 국정은 전혀 우상(右相)인 이임보(李林甫)에게 맡기고 돌보지 않았다. 그런데 이 이임보는 간사한 소인(小人)으로서 모든 정직한 충신과 유능한 관리는 잔인하게도 비겁한 수단으로 숙청하고 자기의 일파로서 사리사욕만 채웠다.

이임보는 현종황제가 총애하는 양귀비의 친정일족인 양국충(楊國忠) 등과 결탁해서 일국의 정계(政界)를 완전히 그 일당의 손으로 요리하게끔 되었다. 그런데 그들의 악정(惡政)을 규탄하고 투쟁하는 정적으로는 태백과 의기투합하는 이적지(李適之)가 있을 뿐이었다.

그리고 이임보와 결탁한 환신(宦臣) 고력사와, 군벌(軍閥)의 안록산(安祿山) 가서한(哥舒翰) 등이 있어서 내외국정은 차차 위기에 봉착하게 되었다.

이러한 정파(政派)의 암투 속에서 태백과 같은 시와 술과 평화와 충직(忠直)과 자유밖에 모르는 시인은 도저히 견딜 수 없었다. 그런데 특히 궁중의 일대 세도가인 고력사에게 개인적인 미움까지 받게 되었다.

고력사는 현종황제가 황태자시대부터 깊은 관계에 있으며, 일찍이 우감문위장군(右監門衛將軍) 지내시성사(知內侍省事)로서 모든 상주문(上奏文)은 우선 그의 손을 거쳐서야 진상(進上) 되었다. 문무대관(文武大官)도 그의 환심을 사기에 급급한 존재였다.

그러나 태백의 안중에는 이 고력사도 간악한 소인으로 밖에 보이지 않아서 평소부터 경멸하였다. 그러던 차에 하루는 어전연회(御前宴會)에서 술에 만취한 태백이 거만스럽게도

『여보, 고장군! 취해서 신을 벗기 어려우니 좀 벗겨주시오!』

하고 발을 쑥 내밀고 명령조로 말하였다.

(이런 괘씸스러운 놈 같으니!)

속으로 분하였으나, 어전이고 해서

『허허 이 한림이 또 주정이시군….』

자기 체면상 대수롭지 않다는 듯이 태백의 신발을 벗겨 주었다.

(요놈, 네 얼마나 이런 버릇을 하고 있을지 두고 보자!)

속으로 앙심을 품고 별렀다. 그 뒤로 태백의 트집만 잡으려고 노리고 있었다. 그러던 차에 오월(五月)이 되어 흥경지(興慶池) 동쪽 심향정(沈香亭) 뜰에 심은 모란꽃이 홍색 자색 천홍색(淺紅色) 통백색(通百色)으로 만발하였다.

현종황제는 조야백(照夜白)의 애마(愛馬)를 타고 양귀비는 보련(步輦: 임금이 타는 가마로 위를 꾸미지 아니함.)을 타고 그 꽃구경을 나왔다.

이때 이원(梨園)의 명창가희(名唱歌姬)들을 거느린 당대의 명창 이구년(李龜年)이 악인(樂人)을 지휘하면서 십육(十六) 부악을 불러서 어전봉창(御前奉唱)을 하려고 하였다.

『너희들 잠깐 참아라!』

별안간 현종의 어명이 내렸다. 손에 단판(檀板)을 만들고 있던 이구년이가 무슨 실수나 하였나하고 황급히 부동의 자세로 중지하였다.

『이 좋은 꽃을 비자(妃子)와 애상(愛賞)하는데, 꽃과 같이 새로운 노래가 있어야 할 텐데, 듣던 구악시(舊樂詩)야 재미있겠느냐?』

현종은 매우 새로운 취흥(趣興)을 느낀 모양이었다.

『상감마마 어떤 새로운 가곡을 하오리까?』

『한림공봉 이백(翰林供奉 李白)으로 하여금 청평조사(淸平

調辭)를 즉흥(即興)으로 짓게 해서, 그것을 노래로 부르게
하라.』

『한림공봉 분부대로 하시오.』

이구년이가 금화전(金花箋) 종이에 지필을 갖다 태백의 앞
에 놓았다.

아직도 술기운으로 두 눈이 몽롱하던 태백은 어명을 받고
붓을 잡는 순간 당장 세 수의 시를 슬슬 내려 썼다.

清平調詞 청평조사 - 제1수

雲想衣裳花相容　　구름도 님의 옷단장인가,
　　　　　　　　　　모란꽃도 님 얼굴인가

春風拂檻露華濃　　봄바람이 한번 불어 무르녹는
　　　　　　　　　　모란꽃이여,

若非群玉山頭見　　선녀 같은 우리 님 군옥산에 못 보이면

會向瑤臺月下逢　　달 밝은 요대에선 꼭 만나오리.

현종이 사랑하는 아름다운 양귀비의 모습을 모란꽃에 비유
해서 찬양한 뒤에, 선녀 서왕모(西王母) 있는 선경(仙境)의

군옥산이나 요대의 궁전에서 두 분이 만나신 듯 하외다—현종과 양귀비의 영광스러운 애정을 찬송한 한 수였다.

『과연!』

현종은 만족해서 양귀비를 보고 빙긋 웃었다.

『또 한 수!』

『예.』

태백은 또 붓을 흘렸다.

淸平調詞 청평조사 - 제2수

一枝濃艶露凝香　한떨기 농염한 꽃이슬이 향기를 얽혔으매

雲雨巫山枉斷腸　비구름 조화 피우는 무산신녀(巫山神女)도
　　　　　　　　부러워서 죽을 듯.

借問漢宮誰得似　아아 옛날 한나라 궁중에서 누가
　　　　　　　　이만하리오.

可憐飛燕倚新粧　저 아름다운 조비련(趙飛燕)이가 새로
　　　　　　　　살아 오신 듯.

『음!』

현종은 또 태백의 글재주에 감탄하였다.

한 떨기 모란꽃 같이 농염히 아름다운 양귀비의 모습에는 신녀(神女)도 무색하고, 다만 한나라 궁중에서 비교할 미인을 찾는다면 조비련이나 따를가 하나이다.

『술도 석 잔 이라니, 시도 세 수를 채우시오.』

현종은 또 한 수를 명하였다.

淸平調詞 청평조사 - 제3수

名花傾國兩相歡　　좋은 꽃과 미인이 둘 다 고와서

長得君王帶笑看　　우리 임금 기쁘심을 길이 받으며

解釋春風無限恨　　지화자, 봄바람에 수심 활활 풀고서

沈香亭北倚闌干　　심향정 북쪽 난간에 기대어 꿈꾸소서.

태백이 세 수를 써 놓자 이구년은 악대를 지휘하며 가희들과 노래로 불렀다. 양귀비는 자기의 아름다운 모습을 모란꽃에 비유하여, 왕과의 사랑을 찬양하였으므로 여간 기뻐하지 않았다. 칠보잔(七寶盞)에 포도주를 마시면서 저절로 미소가 터지는 입술을 빨았다.

『음, 짐도 한 곡조 불러 볼까?』

흥에 겨운 현종은 스스로 곡통수를 불다가, 양귀비를 옆 눈질하면서 곡조를 늦추었다. 그 피리소리는 마치 현종의 눈에서 흐르는 추파와 같이 가늘고 달콤한 선율로 사라질듯 하였다.

태백은 이 세 수의 시로서 더욱 현종의 총애를 느끼게 하였다.

옆에서 역시 듣고 있던 고력사는 태백의 글재주에 놀라지 않을 수 없었다. 그리고 현종과 양귀비가 그 시에 도취한 듯이 기뻐하는 모양을 보자 시기심이 가슴에 타오르기 시작하였다. 그날 밤에 고력사는 태백을 모함할 궁리를 곰곰이 한 끝에, 좋은 생각이 나지 않자 다시 글을 뜯어보았다.

『옳다!』

하고 무릎을 탁 치고 벌떡 일어서서 혼자 춤추다시피 날뛰었다.

그 이튿날 고력사는 양귀비한테 가서 태백의 시를 곡해(曲解)해서 엉뚱한 모략을 하였다.

『귀비님, 어제 꽃구경하실 때 지은 이 한림의 시는 실로 교묘한 방법으로 귀비님을 욕하였습니다.』

『고장군, 그게 무슨 말이요?』

양귀비도 무슨 뜻인지 몰랐다.

『저도 영락없이 속을 뻔 했습니다. 가련비련의신장(可憐飛燕倚新粧)이란 망칙한 시가 어디 있겠습니까? 글쎄 귀비님을 그 조비련한테 비유하다니, 이게 무슨 외람된 욕입니까?』

고력사는 얼굴을 붉히면서 자못 분격한 어조로 말하였다.

『한나라 때, 한무제(漢武帝)가 총애한 조씨 비련 왕후는 황후로 입내(入內)하기 전에 이미 천한 사냥꾼과 간통한 여자로서 황후가 된 뒤에도 여러 신하와 간통한 유명한 음녀(淫女)가 아닙니까? 이런 말씀은 황송해서 차마 입에도 못 올리겠습니다만… 귀비님도 그런 분이라고 은밀히 욕한 것이 분명하지 않습니까?』

『어쩜 그놈이 나한테 그런 불경(不敬)의 욕을 할까?』

천박한 여자인 양귀비는 이 고력사의 교묘한 중상모략에 화가 발끈하였다. 곧 현종에게 그런 말을 고하고

『그런 놈을 곧 한림원에서 파면하여 궁중에서 쫓아내세요!』

짜증짜증, 현종에게 화풀이를 하였다. 그러나 태연한 태도

로

『허허, 비자가 너무 아름다운 게 죄지 그 시가 무슨 그런 뜻에서 쓴 거겠소. 비련왕후가 미인이었다는 사실만 취해서 비자를 그같이 칭찬한 걸로 나는 생각하는데… 시인은 아름다운 점을 초점으로 표현할 경우에는 그 아름다운 점에만 비교하는 법이니까 그랬지, 그 배후의 도덕상 결점은 생각할 여유조차 없었던 거요.』

하고 강경히 부인하였다. 그 말은 태백의 시적심리(詩的心理)를 정확히 판단한 것이었다.

『아녜요, 역시 중신(重臣) 고장군의 말이 옳습니다. 그것은 이 한림의 평소의 방탕하고 불충한 태도를 근거로 한 것이니까, 틀림없는 관찰입니다.』

양귀비는 고집이 세고 소견이 옹색하므로 그 뒤에도 두 번, 전후 세 번이나 태백의 파면추방을 현종에게 강경히 요구하였다. 현종도 총애하는 양귀비의 마음을 따라 고력사와 이임보, 양국충, 안록산 등의 중상에 결국 지고야 말았다.

『아까운 신하, 귀중한 시인을 잃는 것은 짐의 잊지 못할 슬픔이지만….』

하는 한탄에 그치고 말았다. 그러한 공기를 안 태백은 현종의 지우(知遇)를 감격하면서 결국 사의를 표명하였다. 현종은 아무 말도 않고 적지 않은 사금(賜金)을 주고 그의 사표를 받았던 것이다. 태백이가 한림학사로서 장안에 온 것이 42세였고, 지금 억울하게 쫓겨 나온 것이 44세, 겨우 햇수로 3년밖에 되지 못하였다.

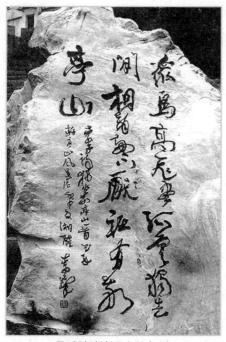

독좌경정산(獨坐敬亭山)

그러나 그 3년의 궁정생활에서 그는 배운 것이 적지 않았다. 특히 그에게 실망을 준 것은 자기 개인의 불우보다도, 궁중에 간신들이 국정을 농락하고 사리사욕으로 부패하여 충신과 유능한 관리를 숙청하는 악덕이었다. 당나라의 찬란한 문화시기도 병들기 시작하였구나 하는 전도에 대한 암담한 실망이 그의 낙향의 발걸음을 무겁게 하였다.

태백의 개인으로는 흰 구름 뜬 푸른 산이, 잃었던 자기의 진정한 노래를 소생시키며 반겨주었기 때문에 자유로운 해방감(解放感)으로 오히려 신생(新生)의 상쾌함을 주었다.

그러나 또다시 방랑의 외로운 몸의 뒤에서는 궁중 문화와 도회잡음이, 무력한 시인을 홍진만장(紅塵萬丈)으로 조소하였다. 그것이 분하기도 하였으나, 길가의 이름 없는 잡초의 꽃이 심향정 뜰의 독기까지 품은 듯한 요염한 모란꽃보다 깨끗하게 아름답고 정다웠다. 그 요염한 모란 잎은 요부의 독소(毒笑)로 물든 양귀비의 입술 같기만 하였다. 그러나 아무도 없는 산길가의 잡초의 꽃은, 이름 없는 산새의 순진 결백한 마음과 같이 신선한 미(美)를 느끼게 하였다.

『간신과 속인은 더러운 도시에 남아서 썩을 대로 썩어라. 시인과 선객(仙客)은 영원히 새로운 생명의 길을 자연 속으로 찾아가리라!』

이것이 홍진만장의 3년간 장안생활과 하직하는 시원섭섭
한 군소리였다.

夫天地者萬物之逆旅光陰者百代之過客而浮生若夢為歡幾何古人秉燭夜遊良有以也況陽春召我以煙景大塊假我以文章會桃李之芳園序天倫之樂事群季俊秀皆為惠連吾人詠歌獨慚康樂幽賞未已高談轉清開瓊筵以坐花飛羽觴而醉月不有佳作何伸雅懷如詩不成罰依金谷酒數

이태백(李太白)의 춘야연도이원서(春夜宴桃李園序)

10. 표박[13]십년(漂泊十年)

한림학사의 궁중시인으로서 천하에 명예를 떨치고 몸에 영화를 누리던 태백도 또다시 포의(布衣 : 벼슬이 없는 선비를 이르는 말.)의 야인(野人), 가난한 방랑시인으로 되돌아갔다.

장안의 부패한 정계(政界)의 간신들은 이 술과 시 밖에 모르는 양심적인 시인을 간악한 중상모략으로 현종황제의 측근에서 쫓아내고야 말았다. 냉랭한 가을바람과 같이 서쪽 장안의 반대파들은 그의 등을 무자비하게 밀어내고 통쾌한 웃음을 웃었다. 그러나 그의 앞에서는 밝은 달빛이 비친 산골 강물이 동남쪽으로 흘러서 잃었던 그의 자연의 시혼(詩魂)을 돋우며 반겨 주었다.

(인생은 괴롭고 자연은 즐겁구나.)

태백은 꿈결 같은 3년 동안의 장안의 정치적인 궁중생활보다도, 단순청정(單純淸淨)한 산수(山水)의 풍월(風月)이 정말 자기의 생명의 반려(伴侶)처럼 느꼈다.

【주(註)13】 표박(漂泊) : 흘려 떠돎, 정처없이 떠돌아 다니며 지냄.

그러나 그에게도 역시 인생은 괴로웠고 특히 중앙정계(中央政界)에서 직접 경험한 간신들의 부패상이 당나라의 장래의 운명을 통탄하게 하는 불안을 금하지 못하게 하였다. 태백은 본디 노장(老莊)에 경도하고 신선을 그리워하면서 시주(詩酒)만을 일삼는 그였지만, 현세(現世)의 영화에 대한 애착과 미련이 전연 없지도 않은 인간적인 또 하나의 모순된 고민이 없지도 않았다.

(그러나 내 어찌 되지도 않은 애국자로서의 주제넘은 비분강개를 하랴. 치국평천하(治國平天下)의 정치수완도 없고 한낱 썩은 간신들과도 싸우지 못하고 쫓겨난 위인이 아니냐. 그러나 평범한 백성의 한사람으로서 국가의 장래가 슬플 따름이다.)

장안의 성을 나서서 벌써 사흘째, 산길을 홀로 걷는 그의 앞에는, 등 뒤의 서산(西山)의 석양이 그의 그림자를 길게 길 위에 떨어뜨리게 하고, 그가 걷는 동작대로 움직였으나, 그것은 엷고 힘없는 그림자였다. 어느덧 해가 져서 황혼이 되고 밤이 되면, 그의 석양의 그림자도 암흑 속에 삼켜져 버리고 말 것이 아닌가. 인생 일생의 흔적도 자기의 석양의 그림자처럼 영원한 음양(陰陽)속에 한번 지나가는 것만 같이 허무하였다.

해는 지고, 황혼은 짙고, 다음에는 산속의 밤이 왔다. 그러나 동쪽 산마루에서 가을달이 떠올랐다.

달은 태백이 가장 사랑하는 그의 시신(詩神)이었다. 석양에 비치던 자기 앞의 희미한 그림자는, 이번에는 자기 발뒤꿈치에 붙어서 진한 윤곽으로 따라오고 있었다.

인간의 악착하고 추악한 쟁투(爭鬪)의 무대인 장안보다도, 고요한 산속이 그의 마음을 편하게 휴식시켜 주었다. 쟁투와 욕망의 상징(象徵)같은 햇빛보다도, 안식과 사색의 상징 같은 달빛이 그를 신선의 경지로 인도하는 듯 싶어서 즐겁기까지 하였다.

달 한 개, 술 한 잔, 시 한 수로 이 밤을 산속에서 홀로 보내면 그는 그냥 신선의 존재로 지낼 수 있었다. 그는 길가의 바위에 앉아서 등을 소나무에 기대고 가을 밤하늘의 달을 바라보며 한 수 읊으려고 할 때, 산 밑에서 달이 또 하나 떠오르고 있다. 그가 자리 잡고 쉬는 산고랑에서는 밑으로 흐르는 강물이 연기 빛으로 깔려있었다. 강가에는 인가도 드문드문 있는 듯, 두서너 개의 불빛도 눈에 띄었다.

『아, 저기 주막이 있구나.』

그는 혼자 반겨하면서 벌떡 일어서서 비탈길을 구르듯이 내려갔다. 시장한 배의 밥 생각보다도, 컬컬한 목의 술 생각이 간절했기 때문이다.

　단풍은 버드나무 정자 밑, 억새짚으로 지붕을 이은 다릿가 주막 마루에 걸터앉자, 태백은 우선 청하였다.

『술 한 잔 합시다.』

　수수한 옷차림에, 밉지 않게 생긴 중년아낙네가, 얼굴이 훤한 태백을 맞으면서

『서울 손님 같으신데, 마침 탁주 밖에 없는데 어쩔가요?』

하며 약간 일부러 당황하는 척하고 애교를 피운다.

『술이면 됐지. 청탁(淸濁)이야 상관있소. 어서 한 잔 주쇼.』

『안주도 변변치 않은데 생선이나 지질까요.』

『안주야 파뿌리 한 개면 좋소.』

『그래도 주막 체면이 되나요. 잠깐만 기다리세요. 막 강에서 낚아온 손님 생선이 있으니까요.』

『아, 술친구가 없어서 서운하더니 마침 잘 됐군.』

　시골 선비가 낚은 버들가지 꿰기의 고기를 통으로 내 주면서 웃는다.

『그럼 이걸 다 낚어줘.』

『채선생님 그 대신 술 값 안내시게요. 호호호.』

『고기야 강에서 얻은 공것인데 뭐….』

『술도 강물로 담근 공 것 아닌가요. 핫핫핫.』

태백이, 주막여인과 채선생이라는 선비에게 농을 하였다.

『그렇고말고요. 주막 아주머니도 과부니까 주인 없는 공것
이구.』

『공것 중에서도 저 강 속의 숨은 달님이 제일 소중한 공것
이겠죠.』

태백은 강 속에 비친 달을 깊이 응시하면서, 가벼운 한숨같
이 중얼대었다. 채선생이라는 시골 선비는 처음만난 태백과
인사를 한 뒤에 술상을 같이 하였다.

『선생은 어디서 오셨습니까?』

『왜 그런 우문(愚問)을 하십니까? 어디로 가느냐고 물으실
게지….』

태백은 채선생의 질문을 이렇게 받아넘기고 빙그레 웃기만
한다.

『그럼 어디로 가십니까?』

『선생 가시는 대로 나도 가겠지요.』

시골 선비는 술잔을 마시려다가 상위에 놓고 태백의 농이

처음부터 좀 수상했더니 만큼, 보통사람이 아니라는 듯이

『선생은 도인 같은데, 혹? 아니 어떤 분이신지요!』

『도인이 못된 속인이라, 아직도 갈 곳이 있는 모양 아닙니까. 나도 모르는 앞길이지만…』

『아니, 아까 나 가는 데로 가신다더니?』

『인생의 마지막 길은 선생이나 나나 다 같이 청산(靑山)의 흙속이니까요.』

『허허. 그건 그렇지만 오늘밤 이 길은 어디로 향하시는데요?』

『그것도, 잘 곳이 없으니까, 아마 선생 댁으로 같이 가서 신셀 져야겠지요. 그러니까 한 말입니다. 하하하.』

『하하하, 오늘은 강으로 고기 낚으러 왔다가 웬 바람둥이 한 분을 낚은 셈이군요.』

그런 우연한 자리에서 만난 그들은 서로 신분도 이야기하고 물속의 달이 강을 다 건너갈 때까지 술을 마시며 친해졌다.

『이백선생(李白先生), 오늘 우연히 만난 이 좋은 달밤을 기념해서 글 한 수를 읊어주시오. 이렇게 술이나 하면 세상만사의 근심도 없지만, 우리 당나라의 국운도 차차 심상치 않

을 모양이 아닐까요. 안록산 같은 놈은 아무래도 위험한 인물 같구요. 세상이 차차 어수선해 질 것 같아서 나도 이 장안 가까운 이곳에서 떠나 멀리 피난해야 할 것만 같아서요.』

『오랜 태평세상은 웅덩이 물처럼 썩었으니까, 무슨 풍파가 있을걸요. 십 년이 못가서 큰 변이 생길 것만 같군요. 내가 지금 마흔넷이니까, 쉰 살을 넘어 살면 그런 난세(亂世)를 겪을 것만 같군요.』

『나라의 그런 변을 미리 막을 도리는 없을까요?』

태백은 채선생의 그런 말을 듣자, 술맛이 좀 쓰다는 듯이 입맛을 다시고 나서

『그러니까 시끄러운 세상은 아주 버리는 것이 상책이죠. 충성도 공명을 노리는 위인들이 할 일이요, 결국 피를 흘리며 싸울 사람들이 할 일이니까, 우리 같은 영원의 평화의 시를 찾는 사람에겐, 인생만사가 저 강가의 갈대꽃에 비친 달빛이나 마찬가지로 허무하기만 한 게 아니겠소. 자아, 달이 지기 전에 술이나 더 듭시다.』

그리고 나서 태백은 글 한 수를 읊었다.

만 경 창 파 욕 모 천
萬頃蒼波欲暮天 만경창파 강물 위에 오늘 해도 저물었네

穿魚換酒柳橋邊 낚은 고기 술과 바꿔 다릿가에 취했을 때
<small>천 어 환 주 유 교 변</small>

客來問我興亡事 천하의 흥망사를 나한테 왜 묻느냐
<small>객 래 문 아 흥 망 사</small>

笑指蘆花月一船 저 갈대꽃과 저 조각배의 흰 달빛에
<small>소 지 노 화 월 일 선</small> 물으라.

　태백은 그 채선비에게 이러한 시로써 현실의 흥망사를 가을밤 갈대꽃에 달빛까지 희게 비친 것과 같이 쓸쓸하고 허무하다는 회포를 읊어 줌으로써 자기의 낙향(落鄕)의 실의(失意)와 더불어 구선(求仙) 사상을 단적으로 표현하였다. 달빛에 비친 갈대꽃은 멀리서 보는 사람의 밤눈에는 허깨비같이도 착각하기 쉬운 허무한 공포감이기도 하다. 태백의 그때 나이는 44세였는데 인생의 고비를 넘는 그의 앞길에 대한 하나의 불안을 예감(豫感)한 자신의 그림자를 그 월화노화(月花蘆花)에서 느낀 것 인지도 몰랐다.

　술에 취한 태백은 이 글 한 수를 읊어서 초면인 채선비에게 주고 그냥 자리에서 일어섰다.

『아, 좋은 친구를 만나서 맛있는 술을 먹었소이다. 나는 그만 가겠소이다.』

『아니, 이 밤중에. 왜 우리 집으로 가서 쉬시겠다더니? 이 선생 초면이지만 식언(食言)은 용서하지 않겠습니다. 우리 집 가시기가 귀찮으면 이 주막에서라도 쉬고 가시지요.』

채선비는 태백을 만류하였다.

『아니올시다. 저 강을 건너는 달을 따라서 이길로 건너가야겠소. 강 건너 언덕에도 주막이 있겠지요. 주막이 없으면 더 좋구요. 갈대꽃 밭에서 자면 더 편한 꿈을 꿀테구요.』

태백은 고집도 아니고, 그 말과 같이 활달한 동작으로 옷자락을 너울대면서 나룻가로 와서 이미 나룻배에서 내린 사공에게 배를 대라고 재촉하였다.

『이 선생! 그럼 안녕히 가시오. 뱃전에 걸터앉으면 위태로워요.』

『물에 빠지면 용궁의 달 마중 가죠. 채선생 이강의 물고기나 다 낚지 마시오. 요다음에 또 오면 안주감이 있어야 할 테니까요.』

태백을 태운 배는 저편으로 옮겨간 물속의 달을 쫓으려는 듯이 처량한 밤중에 노젓는 소리를 남기고 떠나갔다.

笑指蘆花月一船 소지노화월일선

채선비는 달의 넋을 실은 듯이 태백의 취객(醉客)을 싣고 강위에 사라지는 작은 나룻배를 우두커니 서서 전송하였다. 배가 보이지 않자, 강가의 갈대꽃이 태백의 그림자처럼 바람도 없는데 흐늘대는 것만 같았다.

장안을 떠난 태백은 천생의 자유를 자연과 술 속에서 찾으며 천하를 방랑하였다. 그러나 그의 방랑생활은 일종의 걸식(乞食) 좋은 경우에도 친지(親知)에게 신세진 식객(食客)생활로서 구차하였다. 그러나 그런데 대해서는 조금도 개의치 않는 호탕한 자존심을 잃지도 않는 그였다.

그의 이번 방랑은 당시의 북부 중국지방을 오랜 시일과 넓은 지역에 걸쳐서 행해졌는데 특히 유주(幽州) ― 현재의 북경(北京)에 가서 그때 마침 그 지방의 군벌(軍閥)로 군림하고 있던 안록산(安祿山)과의 교섭이 또한 운명적이었다.

천보삼년(天寶三年) 태백이 유주로 여행하다가, 범양절도사(范陽節度使)로 세력이 굉장한 안록산과 만나 볼 생각이 들었다. 태백은 장안시대에 궁중에서 추방한 것이 고력사(高力士)의 악당들이며, 안록산도 그 고력사의 일당이었지마는, 그도 또한 지방에서 자기 자신의 야망을 품고 세력을 확대하는 중이라, 그에게 군국(君國)을 위한 충의(忠義)의 길을 권해 보려는 약간의 희망이 있었기 때문이었다.

그러나 후일의 반역을 위한 흉악한 음모를 계획 중이던 안록산은 태백의 충고를 안들을 뿐 아니라 백안냉대(白眼冷待)하였다.

(아아! 내가 안록산 같은 흉악한 군인에게 천하경륜을 권하려던 것을 도리어 부끄러워한다. 그가 내 충고를 들어서 좋은 일을 하게 되면 천하백성을 구하는 것 보다, 나 자신이 그의 비호로 또 다시 출세하려는 생각에서가 아니었던가. 좌우간 내가 망령이었다. 그에게 가까이 하려던 나의 태도 자체가 비굴한 아부가 아니고 무엇이었던가.)

그러한 후회는 일편으로는 그의 실망이었고 일편으로는 또 다시 자기의 속세(俗世)에 대한 유혹을 자조(自嘲)하는 고민의 고백이었다. 그래서 그는 결국 후일의 역적이 될 안록산에게 나쁜 감정을 품고 그와의 교섭하려던 생각을 깨끗이 포기하였다. 그래서 그는 유주호마객가(幽州胡馬客歌)라는 글로서 안록산을 비웃고 욕해서 그가 역적 되기 이전에 이미 통쾌한 필주(筆誅)를 가하였던 것이다. 유주의 오랑캐 말을 탄 안록산은, 눈동자부터 푸른 오랑캐 쌍통으로서 짐승 같은 털옷을 입고 있었다. 그래서 그는 그 글의 첫머리에서 그의 모습부터 그렸던 것이다.

유주호마객　　녹안호피관　　소불우척전　　만인불가간
幽州胡馬客　　綠眼虎皮冠　　笑拂雨隻箭　　萬人不可干

· · · · · · · · · · · · · · ·

유주의 호마 탄 궐자, 파랑 눈에 호피 관을 쓰고서

능글맞게 웃으며 활 쏘면, 아무도 당할 수 없다.

· · · · · · · · · · · · · · ·

백인쇄적혈
白刃灑赤血　　허연 칼날로 붉은 피 흘려

유사위지단
流沙爲之丹　　사막은 온통 피바다로다

명은고수시
名憶古誰是　　아아 옛날 명장을 그리워하며

피병양가탄
疲兵良可嘆　　피로한 병정들이 탄식하노니

하시천랑멸
何時天狼滅　　어느 때 하늘이 이놈을 망케해서

부자득한안
父子得閑安　　고향의 어버이를 안심시킬고

태백은 장차 역적질을 할 것만 같은 안록산의 벽방에서의
폭군행세를 보고 몸에 소름이 끼쳤다. 그래서 유주를 떠나서
발주(魃州 ; 현재의 河北省)의 친구 위량재(韋良宰)를 찾고 안

록산을 경계하여야 한다는 밀담을 하였다.

『자네도 이런 지방의 태수(太守)로 있지만, 유주의 안록산
은 아무리 보아도 위험인물이야. 머지않아서 군국(君國)에
활을 겨눌 역적의 살기가 엿보이네.』

『세상이 차차 어수선해 지니까, 안록산 같은 자가 반란을
일으킬 지도 모르지. 나도 군록을 먹고 있지만, 자네처럼
어서 야인으로 돌아가야 제명이라도 보존할 것 같네.』

위량재도 그런 약한 소리를 하며 세상을 한탄하였다.

『나야, 칼로도 붓으로도 나라에 충성을 못했지만 자네만은
그런 간신악당들을 물리쳐서 사직을 보존하구 백성을 도탄
에서 건져야 하지 않겠나. 안록산의 수상한 거동을 보고,
우선 충신과 명장 생각이 간절해서 자네를 찾았으니 용기
를 내서 장차의 변란에 대비해 주게.』

태백은 자기는 비록 무력한 일개 방랑의 시객(詩客)이지만,
그의 직책으로 악당을 소탕해야 한다고 친구를 격려하였다.

『그러나 일개 지방의 미관(微官)이니 무슨 힘이 있겠나. 나
두 어서 관(官)을 버리고 고향의 야학(野鶴)의 벗이 되고 싶
어. 자네의 하야(下野)가 부럽네.』

『내나 자네가 역부족(力不足) 운미도(運未到)로 국사(國事)

에 도움 못되는 것은 할 수 없으나 세상이 망할 징조를 보고 그냥 있을 수야 있나!』

태백도 정신상으로는 역시 시대와 백성의 행복을 우려하는 충성을 금하지 못하고, 자기의 무력을 안타까워하였다.

『나도 힘 자라는데 까지는 간신 역적과 싸우겠네만 가서한 장군(哥舒翰將軍)에게 자네가 직접 권해 보면 어떤가?』

『글쎄. 그러나 만나는 것보다 내가 편지대신 글을 지어 줄 테니 자네가 전해주게.』

하고 태백은 안록산에 대한 경계와 국운만회를 호소하는 글을 지었다. 제목은 「술덕겸진정상가서대부(述德兼陳情上哥舒大夫)」라 하고, 그의 공덕을 찬양한 뒤에 우국(憂國)의 사실을 진정하였다. 그러나 이 서북군벌(西北軍閥)의 가서한도 일신의 안온을 지키려고 적극적인 태도를 보여주지는 않았다.

『세상에 충신 용장(勇將)을 바라기란 어려운 일야. 나라도 개인 운명모양 한번 성한 뒤엔, 의례 망하는 법인 모양이지.』

태백은 자기가 행동으로 못하는 치국경륜(治國經綸)을 유세(流說)로 꾀하려고도 한때 하였으나 그것도 허사가 되자 또다시 식객생활(食客生活)로 각지를 전전유랑 하였다.

그러나 그의 몸이 객고(客苦)의 병까지 들었을 때는, 그의 유명한 글—선인의 이름도 여지없이 학대를 받기도 하였다. 이것이 또한 세상 인심이었다.

그렇게 실망한 태백은 그의 일가 종제(從弟) 이심(李深)에게 단부(單父) 동루(東樓)에서의 장시(長詩) 중에서도 자기의 신세를 비참히 한탄한 구절이 있었다.

<ruby>孤<rt>고</rt></ruby><ruby>飛<rt>비</rt></ruby><ruby>一<rt>일</rt></ruby><ruby>雁<rt>안</rt></ruby><ruby>秦<rt>진</rt></ruby><ruby>雲<rt>운</rt></ruby><ruby>秋<rt>추</rt></ruby>　　<ruby>坐<rt>좌</rt></ruby><ruby>來<rt>래</rt></ruby><ruby>黃<rt>황</rt></ruby><ruby>葉<rt>엽</rt></ruby><ruby>落<rt>락</rt></ruby><ruby>四<rt>사</rt></ruby><ruby>五<rt>오</rt></ruby>

· · · · · · · · · · · · · · ·

외로운 기러기만 슬피 울며 진나라 쪽 구름으로 가는 가을에

발밑에는 우수수 낙엽이 네 다섯 잎 지누나.

· · · · · · · · · · · · · · ·

<ruby>一<rt>일</rt></ruby><ruby>朝<rt>조</rt></ruby><ruby>復<rt>복</rt></ruby><ruby>一<rt>일</rt></ruby><ruby>朝<rt>조</rt></ruby>　　<ruby>髮<rt>발</rt></ruby><ruby>白<rt>백</rt></ruby><ruby>心<rt>심</rt></ruby><ruby>不<rt>불</rt></ruby><ruby>改<rt>개</rt></ruby>

· · · · · · · · · · · · · · ·

자고나면 아침마다 흰머리는 늙건만,

마음은 왜 야속하게 젊은고

· · · · · · · · · · · · · · ·

또 다른 시에서도 그는 더 비참한 자기 모습을 읊어서 종제의 동정을 사려고 초초하였다.

일 조 사 병 유 강 해
一朝謝病遊江海

주 수 상 지 기 인 재
疇首相知幾人在

전 문 장 읍 후 문 관
前門長揖後門關

금 일 결 교 명 일 개
今日結交明日改

. . . .

병을 핑계로 조정을 물러나서 내 홀로 세상을 방랑하매,
옛날에 정답던 친구도 드물고녀

앞문에 내가 절하고 빌면, 뒷문도 닫고 피하는 인심이여

오늘 사귄 친구의 정도, 내일이면 원수로 변한단 말인가.

. . . .

이런 정경이, 한때 한림학사로서 현종황제와 양귀비에게
총애를 받던 천하시인 이태백의 낙백한 현실이었다.

그러나 그렇게 불우한 동안에도 두보(杜甫)만은 항상 선배
시인으로서 태백을 존경하고 사모하였다. 그 동년배의 시인
고적(高適)과 잠삼(岑參) 등이 시인으로서의 우정을 끝까지
변하지 않았다.

장안을 쫓겨난 태백은 거의 10년 동안이나 산동(山東) 북
관(北關)을 방랑한 끝에 천보 11년 봄에 강남(江南)지방으로
향하였다. 그런데 강남에서 그는 의성 광릉(廣陵) 금릉(金
陵-南京)을 왕래하며 오십이 넘은 객고(客苦)의 위안을 아쉽
게도 찾았다.

그런데 이때 태백은 한 명의 숭배자인 후배시인의 후원을 받았다. 위호(魏顥)라는 시인은 태백을 스승으로 섬기려고 그가 있다는 곳을 각지로 찾아다닌 끝에 광릉에서야 처음 만났던 것이다.

『선생님 제 이름은 만(萬)이라 하였고 다음에 염(炎)으로 고쳤습니다. 아직 만이라고 할 시절부터 선생님을 뵙고자 강동(江東)의 천대산(天大山)까지 갔었으나 그때는 이미 거기 계시지 않아서 못 뵈었습니다.』

『호오. 나를 그렇게 생각해 줬다니 고맙소, 그런데 글 얘기로? 혹 다른 일로?』

『그저 선생님 얼굴 뵙고, 목소리를 직접 듣고 싶어서죠. 물론 글 지도도 받을겸…』

『허. 글 잘하면 고생이야. 고생길을 배우겠단 말인가?』

『생전 고생보다는 사후명예를 위해서 문장의 길을 배우려 합니다.』

위호는 글도 제법 하였거니와, 술도 잘하였다. 남한테 지지 않는 자부심이 너무 강해서 광인(狂人)이라는 별명까지 듣는 위인이었으나, 태백과는 아주 의기투합해서 사제지교(師弟之交)를 맺었다. 그래서 위호는 태백을 위해서는 자기의 재산도 아끼지 않고 물 쓰듯 하였다. 그것은 물론 모두 기생타령에 탕진한 것인데 태백으로 하여금 오래간만의 호유(豪遊)의 기회를 주었던 것이다.

소양(昭陽)기생, 금릉기생을 거느리고 주흥 시흥에 호유하는 태백의 모습은 옛날 멋쟁이 사안(謝安)과 같았다. 그래서 사안이 놀던 동산(東山) 기루(妓樓)의 이름을 따서, 태백의 별명을 이동산(李東山)이라고 까지 불렀다. 그것도 태백에게 기생첩을 권해 준 위호가 퍼뜨린 별명이었다.

그러나 위호의 호의로 호강한 세월도 일 년 밖에 계속되지는 못되었다. 다음해에는 안록산의 반란이 일어나서 가무음곡의 태평세월은 사라지고 천하가 유혈공포에 싸여서 피난에 허둥지둥하였기 때문이다.

위호는 태백에게 「금릉에서 한림 적선 자에게 대답하는 시(金陵酬翰林嫡仙子)」라는 시를 후일까지 스스로 자랑하면서 태백의 아들 명월노(明月奴)까지 그곳에 데려다 돌보아 주었다.

후배시인 위호의 이 같은 호의로 일 년 동안 잘 지내는 동안에도 태백은 술만 취하면 서울 손님을 만난 자리에서 옛날 궁중에서 입던 한림학사의 예복을 입고 뽐내었다. 그것은 불우하게 늙은 방랑시인의 운명을 표현하는 비극적인 희극으로서 좌중의 동정과, 때로는 조롱을 샀다. 그러나 그럴 때마다 태백은 조정의 안위와 국가의 장래를 가장 걱정하는 애국 시인이기도 하였다.

그가 천보 3년 가을에 장안을 떠난 뒤의 조정소식은, 언제나 그의 가장 큰 관심으로 되어있어서 대강 알고 있었다. 태백이 알고 있는 조정의 소식만으로도 그의 불길한 예감은 점점 현실의 위기를 재촉하고 있었다.

천보 4년에는 양씨가 정식으로 귀비(貴妃)로 봉해졌고, 현종은 이 요화(妖花)같은 계집에 사로잡혀서 음란에 빠져서 국사를 돌보지 않게 되었다. 이 틈을 타서 고력사와, 안록산 등의 당파가 조정에서 충신을 모조리 모함해서 축출하고 일국의 정권을 그들의 사욕의 제물로 농단 하였다. 천보 7년에는 노자(老子)가 화청궁(華淸宮) 조원각(朝元閣)에 나타났으므로 각명(閣名)을 강성각(降聖閣)이라 고치고 도교(道敎)를 더욱 숭상하게 되었다. 천보 8년에는 태백산인(太白山人)이라는 이혼(李渾)이란 자가 태백산 금성동(金星洞)에서 영부(靈符)라는 것을 발견했다고 현종에게 헌상하여, 가짜로 황제를 속였다는 유언이 퍼졌다. 조정에서는 위견(韋堅)과 황보유명(皇甫惟明)과 같은 중신(重臣)까지 간신들에 몰려서 좌천되었다. 위견으로 말하면 황태자(다음 임금―예종(睿宗))의 처남이었는데, 간신들의 행패는 귀척(貴戚)에까지 이르렀던 것이다. 일단 좌천된 위견은 그해 사월에 사형을 당했으며, 태백과 친하던 좌상(左相) 이적지(李適之)도 좌천 끝에 자살하였다. 이러한 대옥(大獄)사건은 쉴 새 없이 계속되었다. 그런데 그 중에서도 북해태수(北海太守)로 있던 이옹(李邕)의 사형은 가장 비극적이었다.

이옹은 태백과 두보와도 친하던 유명한 시인이었다.

『아아, 이옹이 모함으로 사형을 당하였다니 내가 더 조정에 있었으면 벌써 목이 달아났겠구나!』

태백은 이옹의 사형소식을 듣고 몸서리가 났다. 이옹은 의(義)를 소중히 하고, 선비를 사랑하며 상부에 아첨하지 않는 강직한 인물이었다. 그런데 그가 직접 권신(權臣) 이임보(李林甫)의 미움을 받은 것은 두보(杜甫) 때문이었다. 두보는 태백과도 가까운 시인인데 그를 이옹이 그의 임지(任地)로 초청해서 환대한 것이 반정부적(反政府的)인 음모였다는 모함이었다. 그들은 서로 시인의 정의에서 만나고 싶었을 따름이며 다만 두보의 우국(憂國) 시인의 한탄이 그때 읊은 팔애시(八哀詩)가 무슨 불온하다는 내용이라고 뒤집어 씌웠던 것이다. 그러나 직접적으로는 이옹이가 지방인민으로부터 뇌물을 받았다는 죄명으로 사형에 처했었다.

그처럼 조정을 농단하던 이임보가 천보 11년에 죽자 양귀비의 오빠벌 되는 양국충이가 그의 뒤를 이어 더욱 사당(私黨)정치를 하였다.

대저 무질서한 당쟁(黨爭)에 있어서는 반대당에 대한 탄압은 남형(濫刑 : 마구잡이로 벌음 줌. 이유없이 마구 벌음 줌.)으로 나타나고, 자당(自黨)에 대한 것은 남상(濫賞 : 어떠한 기준도 없이 마구 상(賞)을 줌.)으로 나타나는 법이다. 무능력한 자에게 고관대작의 자리가 제공되었고 이임보, 진희렬(陳希烈) 같은 자의 초상화는 장안의 태청궁(太淸宮)의 노자(老子)의 초상 옆에 달기까지 하였다. 그런데 이 진희렬은 안록산이 반란군을 이끌고 장안을 점령하고 임금을 몰아내자 안록산 임시정부의 재상이 된 자였다.

그러한 사당(私黨)의 발호(跋扈 : 함부로 세력을 휘두르거나 제멋대로 날뜀.)는 마침내 국가재정도 파탄시켜서 백성은 중세(重稅)와 토구(土寇 : 시골에서 일어난 도둑의 떼.)질에 쪼들려서 도탄에 빠지고야 말았다.

그와 때를 같이 하여 하늘도 미워하듯이 천재(天災)가 연발(連發)하였다. 운송선(運送船)의 실화(失火)로 미선(米船) 이백 척이 탔고, 광릉에서는 태풍으로 미선 수천 척이 침몰해서 쌀값이 폭등해서 아사자가 속출하였다.

이러한 천보말년(天寶末年)의 내환(內患)이 극심함에도 불구하고 현종은 운남(雲南)과 티베트 지방에 대병(大兵)을 파견해서 마침내 당조(唐朝) 자멸의 전쟁을 일으켰다. 이러한 무모한 전쟁감행은 내정(內政)의 부패에 대한 백성의 불만을 전쟁으로써 눈속임으로 본디 모습을 속이고 그리고 민심을 유도전환 시키려는 양국충의 간악한 정치적 장난이었다. 그러나 무도한 대량징병과 전사자의 격증은 군수품 징발과 더불어 더 큰 민원(民怨)을 사고야 말았다. 이때의 내환외우(內患外憂)의 실감(實感)은 실로 두보의 병차행(兵車行)이라는 처참한 전쟁시(戰爭詩)에서 볼 수 있다.

그러나 태백은 그러한 장안에서의 정계(政界)의 혼란과 자멸과정을 멀리 근심하면서 역시 자연과 우정을 그리워하는 낭만적인 시를 읊으며 스스로 위로하였다. 그리고 그의 인류적(人類的)인 시인의 우정은 일본(日本)에서 칙명(勅命)으로 중국에 유학하였던 시인 나까노마로(仲麻呂)가 본국으로 돌아가다 해중에서 풍파로 조난한 소식을 듣고 애도시(哀悼詩)를 읊었다. 그는 나까노마로와는 장안에 있을 때 사귄 이국시인(異國詩人)이었건만 그가 해중의 고혼이 되었으려니 하고 슬퍼하는, 국경을 넘은 눈물을 흘렸다.

哭晁卿衡[14] 조경형을 곡한다

日本晁御辟帝都　일본의 그대가 우리 서울을 떠나

征帆一片遶蓬壺　한 조각 돛을 달고 봉래로 돌아가다

明月不歸波碧海　명월이 지듯 벽해에 빠졌으매

白雲愁色滿蒼格　백운도 슬퍼하듯 창오선도(蒼梧仙島)에
　　　　　　　　　자욱하리

[주(註)14] 조경형(晁卿衡) : 日本人 승려 阿倍仲麻呂(698~770年)
의 中國 唐名.

이때가 바로 천보 13년 초
가을이었다. 그러나 외국시
인의 해중조난을 슬퍼한 태
백은 곧 이어서 자기 나라에
일어난 안록산 모반(謀叛)으
로 마침내 평화의 시를 읊을
겨를이 없게 되었다.

당 한림 이태백 문집
(唐 翰林 李太白 文集)

11. 안록산란중(安祿山亂中)

『역적이 반란을 일으켰다!』

『전쟁이라지!』

『어떤 놈이 반란을 일으켰어?』

『안록산이래!』

『그 오랑캐 출신 놈이 그새 그런 흉악한 짓을 했군!』

천보십사년(天寶十四年) 동짓달에 서울 장안에는, 이런 놀라운 소문이 퍼져서 시민의 민심이 흉흉해졌다.

『그놈이, 높은 벼슬을 하고 군대를 기르며 세도를 하더니 마침내 그런 역적질을 하려고 덤비는군!』

임금의 자리를 노리는 역적 안록산의 반란군은, 관군(官軍)이 이를 막아서 무찌르지 못할 경우에는 수도 장안의 운명이 조만간 위태로웠다. 그래서 어느 지방보다도 서울 장안의 질서는 극도로 혼란되고 민심은 불안과 공포 속에 휩쓸어 버렸다.

동북지방(東北地方)의 최대군벌(最大軍閥)로 있던 안록산은 당시 평로(平盧) 범양(范陽) 하동(河東)의 세 군데 절도사(節度使)를 겸하였으며, 동평군왕(東平郡王)이라는 작(爵)까지 받고 있는 군벌(軍閥)이었다.

『안록산 놈은 본디 오랑캐라지?』

그때서야 사람들은 그의 조상까지 캐며 욕하는 재료로 삼는 자유를 얻었다. 그러나 그런 자유도 아직, 그의 무력에 점령당하지 않은 관군치하(官軍治下)에 있어서만 통용되는 자유에 지나지 못하였다.

안록산의 부친은 이란계(系)요, 모친은 터키족(族)의 혈통이었다. 그래서 그런 부모의 안록산은 한민족(漢民族)과는 아주 판이한 혼혈아(混血兒)의 야만인이었다. 당시의 이란이나 터키는 문명된 당나라에 비하면 야만의 나라였기 때문이다. 그는 영주(營州) ─ 현재의 만주(滿洲) 조양(朝陽)에 살고 있었는데, 범양절도사(范陽節度使)였던 장수규(張守珪)에게 그 용기와 재주를 인정받고 양자(養子)가 되었던 것이다. 이것이 출세의 동기가 되어서 개원(開元) 중년(中年)에 비로소 당군(唐軍)의 비장(裨將 : 부장 군(副將軍))으로 등용되었다. 그러다가 개원 29년에는 범양절도사로 임명되었고, 그 후에 점점 벼슬을 높이 하였던 것이다.

그의 몸집이 비대(肥大)하고, 풍신에는 일종의 애교까지 있었다. 그러한 체신으로도 상부에 아첨하는 교언영색(巧言令色)의 솜씨가 또한 놀라웠다. 그래서 당대의 세도가였던 간신 고력사(高力士) 이임보(李林甫)의 호감을 샀고, 그로 말미암아 현종황제의 신임도 두텁게 받았다. 양귀비가 황제의 마음을 좌우하는 기색을 보자, 양자되기를 원해서 허락되었다.

천보육년(天寶六年) 이래로 어사대부(御史大夫)의 관에까지 오르자, 그는 이미 내심으로 지존(至尊)의 옥좌(玉座)까지 노릴 야망을 은근히 품게 되었다. 그래서 지방에서 대군(大軍)을 거느리고 주둔군사령관(駐屯軍司令官)으로 있는 것을 의심받을까 두려워서, 장안 친인방(親仁坊) 본집에 처자를 두고 타의(他意)없다는 것을 가장(假裝)하였다.

그리고 임지(任地)인 동북지방에서는 정규(正規)의 관병(官兵) 이외에 사병(私兵)을 기르고 경제력을 비축하기 위하여 각처에서 무역을 하여 사부(私富)를 꾀하였다. 그래서 군사적으로도 경제적으로도 자신이 생기자 마침내 교만한 본색을 나타내고, 군왕(君王)에게 활을 쏘는 이심(異心)을 품게 되었다. 특히 이임보가 죽은 뒤에 양귀비의 친정 족형(族兄) 양국충(楊國忠)이가 재상이 되자, 서북지방의 군벌이었던 가서한(哥舒翰)과 더불어 은근히 안록산의 지나친 세력팽창을 경계해서 압력을 가하였으므로, 안록산에게 이것이 또한 못마땅하였다. 그래서 모반(謀叛)의 결심을 빨리하게 되었다.

그 당시에 그가 통설하던 세 개의 절도사 휘하의 관병은 12만명이었다. 거기에 사병(私兵) 8만을 합하면 20만의 대군이었다. 그런데 20만의 군대에 대하여는 원대한 계획 아래, 다년간 후대한 정의로, 마침내 부자군(父子軍)이라고 부를 만큼 심복의 단결을 이루고 있었다. 그래서 그 군대는 양으로 질로 보아서, 당시의 국내에서 가장 강대한 군사력이었다. 막료의 장교는 한인(漢人) 출신을 후대하여 심복으로 만들었고, 병졸은 대개 만인(蠻人) 출신으로서 포악무도하게까지 용감하였다.

그와 반대로 관군(官軍)은 실로 유명무실한 형식적 병제(兵制)에 지나지 못하였다. 안일한 태평시대에 문란하고 부패한 군부(軍部)에서는, 군량 무기의 경상비까지 간부들이 부정착복해서, 형편이 못되는 열세의 군대에 지나지 못하였다. 장교급의 사치 음탕한 풍조는 사병들 사이에까지 미만해서 전투기술이나 사기(士氣)보다도 난약한 가무(歌舞)에만 도취해서 싸울 수 있는 군대라고는 말할 수 없었다. 그래서 조정에서 겨우 희망을 붙일 수 있는 군대라고는 가서한, 고선지(高

仙芝), 봉상청(封常淸), 이광필(李光弼-한국출신), 곽자의(郭子儀) 등의 서북군벌 뿐이었다. 그러나 기선(機先)을 제(制)하고 중앙을 향하여 돌진한 안록산의 반란군은 그 싸울 수 있는 서북군이 동원되어 전선에 도착하기 이전에, 이미 하북 지방(河北地方)의 모든 지점을 파죽지세로 점령해 버렸다. 안록산 반란군이 출발한 것은 12월 9일이었는데, 박릉(博陵) 거록(鉅鹿) 영창(靈昌)의 제군(諸郡)을 함락시키고, 황하(黃河)를 건너서 남으로 내려온 것이 12월 2일이었다. 약 한달 동안에 그 군대가 남침(南侵)한 거리는 직선(直線)으로 보아도 실로 오백 키로나 되었으므로, 그 진격의 속도는 놀라운 바가 있었다.

물밀듯 남으로 진격하는 안록산 군대는 거의 무인지경을 가는 감이 있는데, 12월 8일 낙양(洛陽) 함락을 목전에 두었을 때야, 보상청의 관군이 겨우 도착해서 11일에 성과(成果)에서 전투하였으나, 전멸을 당하고 말았다. 그래서 다음 12일에는 벌써 당나라의 동도(東都) 낙양이 함락되고 말았다.

『낙양이 함락 됐다!』

관군의 사기는 극도로 하락되고 국민의 희망은 여지없이 사라지고 말았다.

『장안의 운명도 풍전등화다!』

드디어 공포의 천하가 떨게 되었다. 그러나 안록산의 반란 군은 낙양점령과 동시에 한동안 진격을 중지하였다. 그것은 이 부유한 문화도시에서 약탈과 강간으로써 사병의 사기를 돋구며, 그들의 공로를 위로하였다. 그러나 안록산은 이 물 자공급의 중심지를 확보하고 있으면 장안의 사명(死命)은 싸우지 않고도 가능하다는 것과 후방의 불안을 방지하기 위하여, 만전의 태세를 갖추려는 전략에서였다.

안록산의 반란 통보가 일주일 만에 화청궁(華淸宮)에 있던 현종황제에게 이르렀을 때, 조정의 고관들은 당황실색하고 아무런 대책도 세우지 못하고 낙망할 뿐이었다. 그러나 양국 충만이

『폐하께서는 안심하옵소서. 적군(賊軍)은 반드시 멸망시킬
  자신이 있으며 그날도 그리 멀지는 않습니다.』

하고 장담하였다. 그러더니 불과 며칠만에 낙양까지 함락되자, 현종황제는

『아아, 하북 이십사군(二十四軍)에 어찌 한 명의 충신도 없
  었단 말이냐!』

하고 탄식하였다.

안록산도 처음에 행동을 개시할 때는 자기 군대의 통일과 국민의 여론을 위하여

『조정에서 간신 양국충이가 재상의 권세로 황제의 성지(聖旨)를 무시하고 망국정치를 하므로 그놈을 처단하고 황제의 위엄과 국민의 안락을 회복하여야 한다. 우리의 군대야말로 충의(忠義)의 군대며, 이번 거사(擧事)야말로 구국(救國)의 운동이다!』

하는 기만선전을 하였다. 그러나 일단 낙양까지 함락시키고, 천하의 대세가 거의 결정되자 마침내 모반의 본의를 밝히고 말았다. 즉 천보 15년 정월 초하룻날을 택해서 안록산은 제위(帝位)에 등극(登極)하고 국명(國名)을 대연(大燕)이라 고치고 연호(年號)를 성무원년(聖武元年)이라고 내세웠다.

이러한 반란군의 참월(僭越 : 분수에 맞지 않게 지나친 데가 있다.)한 행동이 노골화하고 그 세력이 강화될 무렵에, 조정에서는 가서한의 군대 21만 6천으로 하여금 낙양을 공격시키고, 또 이광필, 곽자의의 군대로 하여금 산서방면에서, 이수(李隨)의 군대로 산동방면서 적의 후방을 차단하고, 이때 포위섬멸전을 계획하였다. 그러나 가서한군은 동관(潼關)에서 전진을 중지하고 있다가, 조정의 누차 명령으로 그해 6월 8일에야 영보(靈寶)의

서쪽벌(西原)에서 안록산군과 접전하다가 대패하고, 도로 동관으로 후퇴하였다.

그런데 그 다음날에 가서한의 부하인 장수 화발귀인(火拔歸仁)은, 안록산과 내통하고 가서한을 잡아다 안록산에게 바치고 항복하는 비극을 연출하였다. 그래서 장안의 방비는 완전히 진공상태로 돌아가고 말았다.

『가서한장군이 잡히고, 그 대군이 전부 항복하고 말았다지. 이제는 장안을 거저 걸어오게 되고 말았다. 당나라는 망하고 말았다!』

국민들은 그러한 절망의 판단을 내리고 당나라의 국운을 슬퍼하였다.

『아아, 사직의 장래를 장차 어찌할 것인고?』

현종황제는 가서한 군이 불행한 항복을 하고 말았다는 소문을 듣고, 12일에 긴급어전회의(緊急御前會議)를 열고 탄식하였다. 그러나 각의(閣議)에서는 당연히 장안철거(長安撤去)의 비통한 결의를 하고야 말았다. 그리고 그 이튿날인 6월 13일에는 현종황제 자신이 사천으로 순수(巡狩 : 지난날 임금이 두루 돌아다니며 나라 안을 살피던 일.)의 길을 떠났다. 말로는 순수라 하였지만은, 실상은 비참한 만승천자(萬乘天子)의 황겁한 피난에 지나지 못하였다. 그러자 안록산 군은 그 뒤를 따르듯이 17일에는 장안에 수월한 입성(入城)을 하였다.

아직 피난 못하고 남아있던 황족(皇族)과 고관의 가정은 물론이요, 일반시민의 재물을 약탈하고, 살육과 강간 등을 자행하였다. 그래서 꽃동산처럼 화려하던 장안대도(長安大都)는 홀연히 호병(胡兵)의 소굴로 변하였다.

그러나 가장 비참한 운명에 빠진 것은 서쪽으로 피난한 현종황제의 일행이었다, 현종이 장안을 버리고 떠나던 날은 하늘도 울어 주듯이 차디찬 가랑비가 내렸으며, 그날 정오가 되도록 황급히 도망가는 바람에 조반도 먹지 못하였다. 그래서 도중의 백성이 대접하는 수제비 국으로 겨우 시장을 면하였다. 그날 밤에는 도중의 망현궁(望賢宮)에서 공포의 밤을 지냈는데, 이 별궁(別宮)의 이름에서도 국운을 바로잡을 현신(賢臣)이 그리워서 눈물을 흘렸다. 다음날 아침에 길을 떠나서 겨우 마외파(馬嵬坡)에 이르렀을 때 일행에 따르던 거마(車馬)는 일체 움직이지 않고 불온한 공기를 자아내었다.

용무대장(龍武大將) 진현례(陳玄禮)는 현종에게,

『나라를 그르친 재상 양국충을 처벌하라는 여론이 비등해서, 이 급한 행차조차 못하겠으니 그를 처벌해야 옳을까 하나이다.』

하고 아뢰고, 양국충을 군중의 면전에서 베어 버렸다. 그러나

『그보다도 나라를 망친 요망스러운 양귀비를 없애라!』

하고 일행의 군대는 함성을 지르며 더욱 소란스러웠다. 현종
도 하는 수없이 그렇게 총애하던 경국미인(傾國美人)을 그들
의 요구에 맡길 수 밖에 도리가 없었다. 그래서 고력사(高力
士)에게 비단을 말없이 주었다. 그 뜻을 안 고력사는 그 비단
으로 양귀비의 목을 졸라매어 죽였다.

『아아, 모든 것이 짐의 불찰이다!』

아직도 미색(美色)이 한창이던 양귀비는 38세로 피난진중
(避亂陣中)에서 목숨을 끊기고 말았다. 현종황제는 눈물만
주르르 흘렸다.

양귀비의 일족을 희생시킨 뒤에야 진중(陣中)이 수습되어
서, 다음날인 6월 13일에야 일행은 마외파를 떠났다. 그러나
백성들은

『황태자만은 이곳에 머무르게 하여 주소서. 저희들이 잘
받들겠습니다.』

하고 호소하였다. 현종은 이를 또한 허락하지 않을 수 없었
다. 그래서 현종은 이틀 동안에 애비(愛妃)와 애자(愛子)도

사별(死別) 또 생별(生別)해서 그 비통한 인간적 감정을 걷잡을 수 없었다. 그 뒤로 거의 한달 가까운 피난의 고통을 겪은 뒤에야 촉(蜀)의 성도(成都)에 도착하였다. 이날이 바로 7월 10일이었다. 이 천연요새지대에서 피난의 노독을 풀고 임시수도(臨時首都)로 정하게 되었다.

이와 같은 안록산의 반란과, 현종황제가 성도로 피난하였다는 놀라운 소식이 강남에도 이르러서 인심을 소란케 하였다. 그때 의성(宜城)에 있던 태백은 마침 옛날에 정들었던 염계(剡溪)로 향하려던 참이었다. 그는 염계로 피난가려는 자기의 심정을 의성태수(宜城太守) 최씨(崔氏)에게 보내는 시로 읊었다. 이 장시(長詩)에서 당시 안록산의 반란군이 얼마나 목불인견의 만행을 하였으며, 이에 대하여 태백의 비분이 얼마나 컸던 가를 능히 짐작할 수 있었다.

최선성(崔宣城)에게 보내는 시(詩)에는

避地剡中留贈崔宣城

雙鵝飛洛陽　　쌍 거위가 낙양에 날고

五馬渡江徼　　다섯 마리 말이 강을 건너매

何意上東門
하 의 상 동 문

아아 동상문에 천하가 어지러울 징조로

胡鷄更長嘯
호 계 경 장 소

오랑캐의 닭까지 울도다.

中原走豺虎
중 원 주 시 호

중원에 이리 떼가 달리고

烈火焚宗廟
열 화 분 종 묘

열화가 종묘를 태우도다.

太白晝經天
태 백 주 경 천

태백성은 낮에 번쩍이고

頹陽掩餘照
퇴 양 엄 여 조

기우는 해에 저녁노을 흐리도다.

王城皆蕩覆
왕 성 개 탕 복

왕성은 모두 멸망하여서

世路成奔峭
세 로 성 분 초

세상이 길 잃고 방황하도다.

四海望長安
사 해 망 장 안

온 천하가 장안을 바라보건만

嚬眉寡西笑
빈 미 과 서 소

서쪽하늘은 슬프기만 하고녀.

蒼生疑落葉
창 생 의 낙 엽

창생은 낙엽 같은 운명으로

白骨空相弔
백 골 공 상 조

백골만 헛되이 통곡 하도다.

連兵似雪山 천병만마가 눈 덮인 산과 같건만

破敵誰能料 누가 능히 적을 물리치리오.

我垂北溟翼 나만은 북명을 나는 새가 되고

且學南山豹 또 남산 표범처럼 조화부리리라.

崔子賢主人 좋은 주인 최선생과는

歡娛每相召 서로서로 즐겁게 지날 적에

胡床紫玉笛 옥통수 맑은 곡조

却坐靑雲叫 천운 높이 불어 보내며

楊花滿州城 꽃 버들 고운 경치를

置酒同臨眺 술잔 들어 함께 즐겼노라.

忽思剡溪去 염계 땅으로 나는 피신하려 하노니

水石遠淸妙 아아 수석이 아름다운

설 주 천 지 명
雪晝天地明　그곳에는 한가로운 눈빛이 밝고

풍 개 호 산 모
風開湖山貌　바람도 호산의 모습을 자랑하리라.

민 위 낙 생 영
悶爲洛生詠　나는 낙양 선비를 소리 높여서

취 발 오 월 조
醉發吳越調　술김에 오월의 감회를 읊을지니

적 하 동 금 광
赤霞動金光　금빛으로 빛날 아침안개며

월 족 삼 해 교
月足森海嶠　낮에도 바다처럼 깊은 숲속이여.

독 산 만 고 의
獨散萬古意　내 홀로 만고의 흥망을 잊고

한 수 일 계 조
閑垂一溪釣　고요히 낚싯줄 한 개 느리리로다.

원 근 천 상 제
猿近天上啼　원숭이가 하늘 높은 산 위에 울면

인 이 월 변 도
人移月邊棹　나는 달뜬 강 위에 배를 저으리로다.

무 이 묵 수 고
無以墨綬苦　아아 최선생도 하찮은 벼슬로

내 구 단 사 요
來求丹砂要　이 난세에 고생을 말고

^{화 발 장 절 요}
華髮長折腰   닷말 쌀 관록에 허리 굽히지 않는

^{장 이 도 공 초}
將貽陶公誚   저 도연명처럼 전원으로 갑시다.

단계로 같이 가자고 친구 최씨의 사직을 권하였으나, 결국 태백 혼자 구유추억(舊遊追憶)의 땅 염계로 피난 겸해 숨었다. 그러나 염계에서도 오래 살지 않은 태백은 또다시 금릉(金陵)으로 갔다. 그는 그 월(越)나라 땅이었던 옛 도읍의 고적(古跡 : 옛날에 건물이나 성곽같은 것이 있었던 터, 역사상의 유적.)에서, 또는 오(吳)나라 고적에서 역사의 흥망성쇠를 조상하고, 안록산의 반란으로 비운에 빠진 당(唐)나라의 현실을 통곡하였다.

금릉에서도 그는 지방 관리로 있는 여러 친구가 있었으나 여기서도 오래 머무르지는 않았다. 어느 곳에서나 그는 마음 편하게 머무를 기분이 나지 않았다. 그는 자기 마음으로 연실 피난처를 찾아서 방랑하였다. 차라리 그는 자기의 그림자를 쫓듯이 자꾸만 고독한 경지로 가려고 하였다. 그것은 자기도 모를 불안과 초조에 휩쓸리는 쑥봉오리와 같은 시인의 표박성(漂泊性 : 홀로 떠돎, 정처없이 떠돌아 다니며 지내는 성격.)이었다.

금릉에서 강을 거슬러 올라간 태백의 모습은 구강(九江)의

남쪽에 솟은 유명한 여산(廬山)에 나타났다. 여산은 북으로는 양자강을 내려다보고 남으로는 파양호(鄱陽湖)에 그 수려한 그림자를 비취고 있는 천하절경이었다. 이 여산은 전에도 놀던 곳으로서, 「망여산폭포(望廬山瀑布)」의 의시은하락구천(疑是銀河落九天)의 명구(名句)를 이미 남겼던 곳이다.

태백은 이번 이 여산으로 온 것은 그곳에서 숨어 버리려고 생각한 바에서도 그랬지만, 실상은 일찍이 장안에서 자기를 쫓아낸 정적(政敵) 이임보(李林甫)의 딸과 만나려는 은근한 생각에서 그랬던 것이다.

이임보의 딸 이등공(李騰空)은, 자기 부친과는 전연 다른 도교(道敎)의 여도사(女道士)로서 여산의 오로봉(五老峰) 밑 병풍첩(屛風疊) 북쪽의 조촐한 도관(道觀)에서 수도하고 있었다. 태백은 그 여자도우(女子道友)와 만나서 정신적 위로를 받으며 피난하려 했던 것이다.

그러나 거기서 태백은 실로 우연히 최초의 아내 허씨(許氏)를 만났다. 아내도 이 여도사 이등공을 찾아 와서 치성을 드리고, 행여나 남편 태백의 소식이나 들을까 하는 희망에서였던 것이다.

거의 20년 동안이나 버렸던 제일부인 허씨는, 그동안 두

번, 세 번이나 다른 여자와 중혼(重婚)을 하고도 역시 방랑하는 이 시인을 잊지 못하고, 이곳 여산의 여도사한테까지 수소문하러 왔던 것이다.

역시 정에 약한 태백은 이미 청춘이 다 가도록 수절을 하면서 바람 같은 자기를 남편이라고 믿고 수절하는 허씨의 심정이 고맙고 또 죄스러웠다.

『선생을, 죽기 전에 여기서 다시 만났으니, 이것도 역시 옥황상제의 인도인가 합니다.』

아내는 이미 반백이 된 이 낙백한 시인을 선생이라고 불렀다. 태백은 벼슬로도 한림학사를 지냈으며, 시인으로 천하에 이름이 높았으므로, 선생이라고 부른 허씨도 자연스러웠다.

『선생이 한림학사까지 지내시고, 또 시인으로서 이름을 떨치게 되었으니까, 젊은 시절에 저보다 글공부에 열중하셨고, 결국 집까지 버리고 나가신 것을 원망하지는 않습니다. 그러나 벼슬도 그만 두셨고, 연세도 많아지시고, 또 세상도 이렇게 난리 중이니, 장차 어찌 하시겠습니까?』

마치 존경하는 스승에게 대하는 태도로 공손히 물었다.

『아아, 인생은 저 달을 지나가는 구름과 같소. 지난 일도, 또 앞으로 지날 일도… 나는 이미 출가(出家)해서 선도(仙

道)에 들어간 사람으로 여기고, 아니 천하의 방랑시인으로 용서하고 집으로 돌아가 주시오.』

『선생님 뜻대로 물론 하겠습니다. 여기서 뵌 것만으로도 선도(仙道)의 인연을 감사히 여기겠습니다. 이등공님의 은혜로 감사히 여기겠습니다.』

옛날 재상의 딸인 만큼 교양범절이 단정해서 조금도 태백의 체면을 손상하지 않으려는 갸륵한 태도였다. 그래서 도리어 태백이가 먼저 글성대는 눈물을 감추기에 괴로웠다.

『그러나 이 난중에 객중에서만 지내시는 게 얼마나 괴로우실지 그것만이 걱정입니다.』

『나야 가는 곳이 고향이요, 자는 곳이 내 집이니까 걱정 말아요. 시 한 자 글 한 수면 지옥도 천당이니까 핫핫핫.』

태백은 일부러 웃어 보였다.

그러나 자기는 금남(禁男)의 수도생활을 각근(恪謹 : 조심함,
삼감.)히 지키는 이등공은, 그 금남의 도장의 방 한 칸을 치워주고, 그들 기구한 해우의 부부에게 정다운 하룻밤을 마련해 주었다.

이튿날, 태백은 거의 애원하는 어조로 아내 허씨에게 또다시 이별을 권하였다.

『나는 당분간 여기서 도경(道經) 공부나 하며, 태평세월을 기다릴 테니 당신은 고향으로 기시오.』

『네. 부디 몸조심 하세요.』

『먼 길을 조심해 가오.』

『등공도사님, 도사님 덕택으로 선생을 만나서 이 은공을
뭐라고 말씀 올릴지 모르겠습니다. 그리고 우리 선생님 잘
보아 주세요.』

하고 거의 담담한 태도로 작별을 고하고 산길을 돌아서서 내
려갔다. 태백은 그러나 한동안 따라가 산모퉁이에서 발을 멈
추고, 허씨가 보이지 않을 때까지 우두커니 서서 눈으로 전
송하였다.

다시 도관으로 돌아온 태백은 이등공에게

『아아, 금욕(禁慾)의 신성한 도장(道場)을 인간의 속정(俗
情)으로 범해서 미안했군요.』

『인정이 도심(道心)인데 무슨 말씀이세요.』

역시 해탈한 여도사의 대승적(大乘的 : 부분적인 것이나 개인적인 것
에 얽매이지 않고 전체를 생각하는것.)
인 미소로 대답하였다. 태백의 눈에는 등공 여도사가 천상의
선녀같이 보였다. 그리고

『그러나, 때가 오면 이 불우한 시인도 이 불행한 시운(時
運)을 구할 희망과 자신이 있어요.』

하고 딴소리를 하였다. 그러나 그것이 또한 태백의 일면의
고민이었다. 여도사처럼 완전히 속세를 떠나지 못한 정치적
고민을 숨기지는 못하는 그이기도 하였던 것이다. 자기 일개
인의 안일보다도 태백의 고난을 잊을 수는 없었던 그였기 때
문이었다.

그래서 그는 그러한 심정을 친구 왕판관에게 보내는 시로서
하소연하기까지 하였다. 여산의 가을도 소조(蕭條 : 풍경 따위가
호젓하고 쓸쓸하다.)
하였다.

贈王判官時余歸隱居盧山屏風疊
증 왕 판 관 시 여 귀 은 거 노 산 병 풍 첩

尋陽(심양)

昔別黃鶴樓 석 별 황 학 루	아아 황학루에 이별한 그대와도
蹉跎淮海秋 차 타 회 해 추	서로 아득한 회해의 가을이여.
俱飄零落葉 구 표 령 낙 엽	서로가 바람에 날리는 낙엽처럼
各散洞庭流 각 산 동 정 류	각각 동정호에 흐르는 신세로다.
中年不相見 중 년 불 상 견	중년에 서로 헤어진 채
蹭蹬遊吳越 준 등 유 오 월	오월에 방랑하며 한탄하도다.

何處我思君
そ하처아사군
何處我思君 그대를 못내 그리워 했으며

천대록라월
天臺綠蘿月 천대산 푸른 넝쿨, 달에 매달려서도

회계풍월호
會稽風月好 회계의 좋은 경치도 쓸쓸히 보고

각요염계회
却遶剡溪廻 염계를 지나 여산으로 왔노라.

운산해상출
雲山海上出 산 같은 구름떼가 바다에 솟을 때도

인물경중래
人物鏡中來 그대 모습이 선연히 떠오르도다.

일도절강북
一度浙江北 내 한번 절강을 북으로 건너

십년취초대
十年醉楚臺 십 년이라 초나라 고적에 헤맸노라.

형문도굴송
荊門倒屈宋 형주의 굴원(屈原)과 송옥(宋玉)처럼

양원경추매
梁苑傾鄒枚 양나라의 추양(鄒陽)과 매승(枚乘)처럼

고소아과탄
苦笑我誇誕 그렇게 홀로 뽐내도 보았건만

지음안재재
知音安在哉 그대 밖에 이 심정을 알아주리오.

大盜割鴻溝 아아 이제 역적이 천하를 뒤흔들매
대 도 할 홍 구

如風掃秋葉 광풍이 낙엽을 휩쓸어 대듯.
여 풍 소 추 엽

吾非濟代人 그러나 내 세상을 건질 위인 못되매
오 비 제 대 인

且隱屏風疊 또다시 여산 병풍 첩에 숨었노라.
차 은 병 풍 첩

中夜天中望 밤중에 푸른 하늘만 바라보면서
중 야 천 중 망

憶君思見君 그대와 만날 별만 점치도다.
억 군 사 견 군

明朝拂衣去 아서라 내일 아침에 훨훨 날아서
명 조 불 의 거

永與海鷗群 영원히 갈매기 떼의 벗이 될까 하노라.
영 여 해 구 군

옛 친구를 그리워하며, 세상의 비운(悲運)을 저주하고, 또 자기 자신을 「세상을 구할 위인이 못된다.」고 스스로 탄식한 것은, 그 이면에 자기에게도 적당한 기회만 있으면 붓을 칼로 바꾸어 들고 나설 용의(用意 : 어떤 일을 할 마음을 먹음, 또는 그 마음. 마음의 준비를 함.)도 없지 않다는, 비분강개가 없지도 않다는 암시였다.

태백이 그러한 기회를 엿보며 여산 산속에 은거하는 동안에 태백에게도, 그의 운명에 다채로운 변화를 가져오는 의외의 바람이 불어 왔다. 그러나 그것이 또한 광풍과 같은 전란(戰亂)의 하나의 여파(餘波)였던 만큼, 이 불행한 시인에게 더욱 비참한 결과를 약속하는 역사의 희롱이었던 것이다.

현종황제가 안록산의 반란을 피해서 사천의 성도(成都)로 도망하는 몽진(蒙塵 : (먼지를 뒤집어쓴다는) 뜻으로 임금이 난리를 피하여 다른 곳으로 자리를 옮김.)의 도중에서 황태자와 이별한 것은 큰 비극의 동기를 남겼었다. 이러한 황가(皇家)의 비극동기로 말미암아 그 후에 일어난 사변은, 마침내, 여산에 깊이 숨었던 태백의 한가로운 꿈까지 깨뜨리고 말게 되었던 것이다.

시선 이태백(詩仙 李太白)

12. 옥중비가(獄中悲歌)

　안록산의 반란군이 장안을 향하여 맹렬히 공격해 오므로
현종황제는 제도(帝都)를 버리고 사천(泗川) 방면으로 피난
하였다. 그 혼란한 몽진(蒙塵) 도중에 황태자(皇太子)를 남기
고 갔다. 황태자는 길을 달리하여 영무(靈武) 방면으로 피난
하였는데, 군신(群臣)들은 그 황태자를 황제로 즉위(卽位)시
키고, 현종을 상황(上皇)으로 삼아버렸다. 물론 현종의 승인
도 없이 한 일이라 현종이 노하였으나, 이미 자기의 권세가
무력해진 때라 자신의 복위(復位)도 단념하지 않을 수 없었
다. 때는 천보(天寶) 15년 7월 12일이었고 새로운 황호(皇號)
는 숙종(肅宗)이라고 하였다.

　현종은 영무에서 자기의 맏아들이 자기의 승낙도 없이 숙
종황제가 된 줄도 모르고, 신황(新皇)이 즉위한 지 사흘 뒤인
7월 15일에 황태자를 천하병마원수(天下兵馬元帥)로 명하였
다. 다른 황태자 세 명을 각 지방의 병마통수(兵馬統帥)로 삼
아서 안록산의 적군(賊軍)을 토벌할 계획을 세웠다.

그때 숙종의 아우 인(璘)은 영왕(永王)이라 일컬었으며, 직책은 강릉부도독(江陵府都督) 남동로(南東路) 및 서로(西路) 절도대사(節都大使)로서 소부감(少府監)의 두소(竇昭)라는 자를 거느리고 있었다.

영왕(永王)은 곽씨(郭氏)의 소생이었으나, 그 모친을 일찍 여의고 형 숙종 밑에서 장성하였다. 머리는 총명하여 학문도 좋아하였으나 용모가 지극히 못나서 황족의 위신을 유지 못할 정도의 추물이었다. 영왕은 현종의 명으로 강릉(江陵)지방으로 가서 병사를 모집해서 수만 명을 얻어서 군단을 조직하였다.

그런데 이 영왕은 종래에 보던 황하유역(黃河流域)보다도, 그 양자강유역(楊子江流域)의 비옥한 토지와, 거기서 생산되는 산물의 풍부함을 보고 놀랐다. 가는 곳마다 조정에 바칠 조세(租稅)가 산더미같이 쌓여 있는 것을 보고, 그는 마침내
『이만한 군대와 군량이 있으면, 나도 능히 안록산 반란군을 막을 수 있고, 또 부황(父皇) 현종마마의 위(位)를 멋대로 빼앗은 형 숙종의 황위를 물리칠 수도 있겠다….』
하는 자만심을 일으키기까지 하였다. 그런데 영왕의 막료로 있던 설유(薛鎦) 이태경(李台卿) 위자춘(韋子春) 유거린(劉巨

鱗) 채경(蔡駉) 등이 영왕의 그러한 자만심을 선동하여 마침내 큰 이심(異心)을 일으키게 하였다.

한편 영왕의 그러한 이심의 계획과는 관계없이, 태백은 영왕의 안록산 토벌군으로부터 초청을 받고 종군(從軍)하게 되었다. 그는 막료의 한사람으로 참가해서, 그의 특기(特技)인 문장의 힘을 발휘하였다. 그의 사명은 국민과 군대에게 역적 안록산을 토벌 멸망시키자는 선전 계몽의 격문(檄文)을 써서 사기(士氣)를 고무하고, 군중(軍中)의 무료(無聊 : 탐탁하게 어울리는 맛이 없음./(흥미가 없어) 지루하고 심심함.)를 위로하는 시(詩)를 쓰는 일이 그의 임무였다. 그때의 그는 천하제일의 정훈참모(政訓參謀)였다. 그래서 진중(陣中)에서도 하는 일이 좋아하는 시를 짓고 술을 먹는 일이라, 능히 시인의 생활을 유지하였던 것이다.

「영왕동순가(永王東巡歌)」 11수는 그러한 목적에서 지은 시였는데 그 제1수(第一首)에서

永王東巡歌 영왕동순가 – 제1수

永王正月東出師   영왕께서 정월에 동에서 군사를 내매

天子遙分龍虎旗   천자의 위엄이 용과 범의 쌍 깃발에 떨치다.

누 선 일 거 풍 파 정
樓船一擧風波靜　　군선(軍船)이 출동하매 풍파도 고요해서

강 한 번 위 안 목 지
江漢翻爲雁鶩鶩　　만리장강도 한가로운 물새 놀이터로다.

　이 시는 영왕의 군대가 역적 안록산의 반란군을 무찌르고 필승할 자신을 힘차게 부른 것이며 또 천자에게 충성을 맹세한 왕사(王師)의 한 개 군단이라는 것을 여실히 표명한 시였다. 뒤에 영왕이, 자기 군대의 힘으로 황위(皇位)를 빼앗으려는 모반(謀叛)을 일으켰으나, 이 시로 보아도 이태백은 그런 음모도 몰랐으며, 그 음모에 공명한 것도 아닌 것이 분명하다.

　사기가 충천한 영왕의 장병은, 수천 척의 군선(軍船)에 나누어 타고 양자강을 동하(東下)하였는데, 그 위풍은 당당해서 필승의 사기로 도취하였다.

　『천하무적! 필승의 사기!』

　선중에서는 장병이 모두 주연을 베풀고, 막료의 배에는 강남의 미기(美妓)가 권주가로 출정을 경축하였다. 밤을 새워서 술과 노래는 그치지 않고, 유유히 흐르는 양자강의 달빛도 그들의 승리를 축복하는 상만 싶었다.

　달과 술, 그리고 흥겨워 읊는 시만 있으면 태백에게는 전쟁

도 죽음도 잊어 버리는 시인의 모습 그대로였다. 그러나 그
도 모를 불행한 운명은 밤중의 물귀신처럼 이 시인과 함께
영왕의 군단(軍團)을 노리고 있었다. 양자강 물은 동으로 흐
르기만 하였고 수천 척의 군선은 그 물에 흘러서 운명의 수
상행군(水上行軍)을 계속하였다.

　태백이 취해서 뱃전을 두드리며 시를 읊다가 잠이든 사이에,
이 영왕의 군대는 이미 반군(叛軍)의 낙인이 찍히고 말았다.

　이때 영왕의 대군이 양자강으로 동하(東下)하는 정보를 들
은 숙종은, 이 아우의 영왕이 자기의 즉위에 반감을 품고 황
위를 다시 빼앗으려는 음모를 재빨리 간파하고,

『영왕은 군대를 거느리고 곧 사천으로 귀환하라!』

는 칙명을 내렸다. 그러나 영왕은

『내 군대를 막는 자가 누구냐. 내 군대를 막는 자는 숙종이
　건 안록산이건 쳐 부술 뿐이다!』

하고 숙종의 명령을 듣지 않고 군선을 몰아 동쪽으로 내려갔
다. 그때 영왕은 노골적으로 숙종과의 싸움을 행동으로 나타
내기 시작하였다. 숙종이 비록 현종으로부터 합법적인 승인
하에 받은 양위(讓位)가 아니었지만은 현종이 숙종을 옹호하
는 세력에 하여튼 묵인하고 상황(上皇)으로 물러앉은 이상,

영왕의 이러한 행동은 그야말로 안록산과 똑같은 반란군이 아닐 수 없었다.

영왕의 군대가 숙종의 명령에 복종치 않고, 반역의 진군을 그치지 않으므로 오군(吳郡)에 주둔하던 탐방사(探訪使) 이희언(李希言)을 단양(丹陽)에 보내서 영왕의 군대를 맞아 싸웠다. 그러나 영왕은 이를 쳐서 항복받고 말았다.

『황군(皇軍)을 공격해서 항복시켰다!』

이 사실만으로 영왕의 반역행동은 천하에 폭로되어서 결정되고 말았다. 한편엔 안록산, 한편엔 영왕의 반란군으로 천하의 형세는 실로 삼분(三分)되었다. 상황으로 퇴위당한 현종의 정치적 불만까지 합하면 이때 당나라의 형세는 사분(四分)된 혼란기에 빠지고 말았다.

『아아, 정권의 야망이 이처럼 골육상쟁의 형제싸움이래서 야 될 말인가?』

이태백은 자기가 반란군 영왕의 군대에 몸을 두고 있다는 뜻하지 않은 불행보다도 황위쟁탈로 백성의 피를 흘리게하여, 형제끼리 목을 베이려는 사실을 슬퍼하였다. 태백은 비록 뜻하지 않은 반란군 ─ 영왕의 군대의 종군시인(從軍詩人)이었지만, 골육상쟁하는 숙종과 영왕이 모두 불쌍한 권력의 노예같이 보였다. 그래서 그는 「상유전(上留田)」이라는 진중의 시로써 이 형제의 불화(不和)를 은근히 풍자해서 비웃었던 것이다.

上留田 상유전

行至上留田
상류전이란 땅에 와 본즉

孤墳河崢嶸
외로운 무덤이 참담히 황폐해서

積此萬古恨
만고의 원한을 품은 채

春草不復生
봄에도 풀 하나 못 자라고

悲風四邊來
슬픈 바람만 쓸쓸히 불어

腸斷白楊聲
버들가지도 창자 끊는 소릴세.

借問誰家地
이 땅에 묻힌 것이 누구의 무덤인고,

埋沒蒿里塋
쑥대풀 속에 묻혀있는 무덤이다.

古老向余[15]言
노인이 나한테 물은즉

言是上留田
이것이 바로 상류전의 무덤이라네.

蓬科馬鬣今已平
뗏장도 없이 봉분은 무너져서

昔之弟死兄不葬
아우가 죽어도 형이 안 묻어 준

他人於此擧銘旌
이 무정한 땅을 뭇사람이 짓밟네.

一鳥死百鳥鳴
새도 벗이 죽으면 모두 슬퍼하고

一獸走百獸驚
짐승도 하나가 놀라면 모두 놀라는데

桓山之禽別離苦
환산의 새는 이별이 괴로워서 날아가지 못하네

欲去回翔不能征
날개를 치고 앞으로 날아가려 해도
날아가지 못하네

田氏倉卒骨肉分
전진(田眞)이란 형제는 골육상잔했다니

靑天白日摧紫荊[16]
대낮에 박태기나무를 꺾어 버렸다.

交柯之木本同形
아아 한 나무 형제같은 두 가지도

東枝顦顇西枝榮
동쪽가지는 시드는데 서쪽가지는 잘피어
나누나.

무 심 지 물 상 여 차
無心之物尙如此 욕심없이 자연을 따르는 것은 이와 같거늘

삼 상 호 내 심 천 병
參商胡乃尋天兵[17] 서로 떨어져 버렸는데 천병을 찾으리오.

고 죽 연 릉 호 국 양 명
孤竹延陵護國揚名 고죽군(孤竹君)의 두 아들 백이·숙제와 오나라의 연릉군(延陵君)의 두 아들은 나라를 서로 사양해서 이름을 빛냈건만.

고 풍 면 막 퇴 파 격 청
高風緬邈頹波激淸 거센바람은 세차게 불어 거센파도가 일고 있다는 것은

척 포 지 요 새 이 불 능 청
尺布之謠塞耳不能聽 한문제(漢文帝)가 아우 회남왕(淮南王)을 악착하게 죽여버린 욕된 이야기로 두 귀를 막고 차마 들을 수가 없고녀.

【주(註) 15)】 여(余) ; 나(我) 子(나 여)로 쓴 판본도 있음. 같은 뜻임.

【주(註) 16)】 자형(紫荊) ; 박태기나무—중국 원산의 관상용 식물로 콩과의 낙엽 활엽관목.

【주(註) 17)】 천병(天兵) ; 고대 중국의 제후국에서 황제의 군사를 이르던 말

    태백은 상류전에서 어떤 참담한 무덤을 보고서, 이러한 형제들이 골육상잔(骨肉相殘 : 부자(父子)나 형제등 혈연관계에 있는 사람끼리 서로 해치며 싸우는 일. 골육상쟁(骨肉相爭)과 같은 뜻임.)한 역사적 사실을 회상하였다. 그리고 금수(禽獸 : 날짐 승과 길짐승.)도 자기 새끼를 아끼고 사랑하는데, 지금 국가흥망의 위기에 있어서, 숙종과 영왕의 형제가 유혈의 전쟁을 하는 추태를 경멸하였다.

영왕의 반란군은 단양 싸움에서 이기고, 지덕(至德) 2년 2월에는 광릉(廣陵)에 육박하였다. 그러나 이때 관군(官軍)의 위력에 공포심을 품은 영왕의 부장(部將)들이 슬슬 병정을 거느리고 도망하기 시작하였다. 신풍(新豊) 싸움에서 영왕의 아들이 부상하고 전쟁에 패했으므로 영왕은 파양(鄱陽)으로 후퇴하였다. 다시 영남(嶺南)으로 도망하려다가 관군에게 추격당해서, 영왕 부자는 잡혀서 죽고 말았다.

영왕의 모반은 실로 새벽녘의 물결처럼 싱겁게 끝나고 말았다. 그래서 이태백이 처음에 뜻한 역적 안록산을 무찌르고 나라에 공을 세우려던 희망도 수포로 돌아가고 말았다.

처음부터 영왕이 관군과 싸울 기색을 모르고 수군(水軍)에 동행하였으나, 단양접전에서 반란군의 본색을 나타냈을 때, 비로소 놀랐다. 그래서 그도 스스로 진중을 떠나서 도망치고 말았다. 태백이 영왕의 군대에 참가한 동기는 친구 이태경(李台卿)의 권고에 의한 것이었는데 이때의 탈주도 이태경과 함께 단행하였다.

단양에서 반란군 영왕의 진을 빠져서 남쪽으로 도망할 때에, 태백은 자기의 뜻하지 않은 반란군 참가를 고민하면서 그 회포를 읊었는데, 그것이 남분서회(南奔書懷)의 시였다.

遙夜何漫漫　空歌白石爛　寧戚未匡齊　陳平終佐漢

檿槍掃河洛　直割鴻溝半　曆數方未遷　雲雷屢多難

天人秉旄鉞　虎竹光藩翰　侍筆黃金臺　傳觴靑玉案

不因秋風起　白有思歸嘆　主將動讒疑　王師忽離叛

自來白沙上　鼓譟丹陽岸　賓御如浮雲　從風各消散

舟中指可掬　城上骸爭爨　草草出近關　行行昧前算

南奔劇星火　北寇無涯畔　顧乏七寶鞭　留連道傍翫

太白夜食昴　長虹日中貫　秦趙興天兵　茫茫九州亂

感遇明主恩　頗高祖逖言　過江誓流水　志在淸中原

拔劍擊前柱　悲歌難重論

(이 장탄식(長嘆息)한 태백의 고민의 노래는 번역은 약하거
니와)

이 시로 보더라도 단양에서 영왕의 반란전항이 얼마나 비참한 말로를 고하기 시작하였는지 상상할 수 있다. 맨 끝 귀의『칼을 뽑아 눈앞의 기둥을 치며, 슬픈 노래를 불러 본들 아무 소용없구나.』한 것만으로도, 그는「흐르는 물에 맹세」하듯이 한없이 슬프기만 하였던 것이다.

태백은 이런 탄식을 하면서 외롭게 심양(尋陽)까지 도망하였다. 그러나 그가 반란군에 가담하였다는 사실은 세상이, 아니 조정의 법이 용서하지 않았다. 그는 심양에서 잡혀서 마침내 감옥에 갇힌 몸이 되고 말았다.

『태백이 반란군에서 장수 노릇하다가 잡혀서 투옥되었다지?』

아무리 난세(亂世)의 일이라 할지라도 달을 사랑하고 술을 좋아하는 시인 이태백에게 이러한 돌변이 꿈결에 생긴 것은 실로 싱겁고 야릇한 운명의 장난이라 아니할 수 없었다.

감옥에 갇힌 태백을 구출하려고 그의 아내가 멀리 면회를 와서 위로하고, 백방으로 석방운동을 하였다. 태백은 이에 감사한 시를 읊었다. 이 시에서도 정신적으로 시인다운 애처가(愛妻家)였다는 것을 여실히 보여 주는 규원(閨怨)의 애시(哀詩)였다.

^{문 난 지 통 곡}
聞難知慟哭　나의 불행을 듣자 그대 놀라서

^{행 제 입 부 중}
行啼入府中　나를 구하려고 구강(九江)에 와서

^{다 군 동 채 염}
多君同蔡琰　동사(董祀)의 아내 채담(蔡淡)이

^{유 루 청 조 공}
流淚請曹公　눈물 흘리며 조조(曹操)에게 청하듯

^{지 등 오 장 령}
知登吳章嶺　여산(廬山)의 오장령을 타고

^{석 여 사 무 분}
昔與死無分　그 험한 산길, 죽을 고생을 해서

^{기 구 행 석 도}
崎嶇行石道　기구한 돌길을 올제

^{외 절 입 청 운}
外折入靑雲　하늘 끝의 구름인들 무심했으랴.

^{상 견 약 수 탄}
相見若愁歎　아아 그대와 손잡고 서로 울면은

^{애 성 나 가 문}
哀聲那可聞　그대의 슬픈 울음 어찌 참아 들으랴.

　후한(後漢) 때의 열녀(烈女) 채담이 그의 남편 동사의 죄를 용서해 달라고 조조에게 빌어서 보람 있었듯이, 태백의 아내도 그 험한 산길 천 리를 넘어서 구강(九江)으로 가서 당시의 지방장관에게 억울한 태백의 석방을 애원하였던 것이다. 그 아내의 정성에 대하여 이러한 글로 고마워하였다.

태백은 평생을 구름처럼 천하의 자연 속을 소요 방랑하여, 신선 같은 시인으로 남도 자기도 인정하였다. 그런데 정치와 전쟁이라는 세상의 가장 속된 폭풍에 휩쓸려서, 역적의 죄명을 쓰고, 옥중에서 신음하였다. 그의 마음과 몸이 자유만을 유난히 즐겨 하였던 만큼, 옥중에서의 부자유가 더욱 견딜 수 없는 고통이었다. 그는 차라리 죽음으로 눈을 딱 감아 버릴망정, 감옥의 좁은 울 안에서 절벽 같은 담벼락만을 바라볼 수가 없었다.

그의 자유를 그리워하는 초조한 마음, 또 생에 대한 애착은, 차라리 속인보다도 더 보기에 딱할 정도였다. 뜻하지 않은 역적에 가담했다는 누명이 그의 양심을 괴롭혔다. 결국 그는 보통 사람보다도 마음이 약한 시인이었다.

태백은 자기의 억울한 불행을 구해줄 친구들을 생각하면서, 그들에게 호소하는 편지와 시를 썼다. 친구 장맹웅(張孟熊)으로 하여금 시우(詩友) 고적(高適)에게 시를 전하였다. 고적은 역시 동시대(同時代)의 일류시인으로서 태백과는 장안에서 친히 사귄 사이였다. 고적은 그 당시 태백이 참가하였던 영왕의 군대를 토벌하려고 어사대부(御史大夫) 겸 회남절도사(淮南節都使)로서 안주(安州)까지 출정 도중, 영왕이 패해서 반란이 평정되었으므로, 그의 임지(任地)인 광릉(廣陵)으로 가 있었다. 광릉은 양주(揚州) 땅으로서 그는 양주대도독부장사(揚州大都督府長史)의 직에 있었다.

태백이 장안에서 한림학사의 궁중시인(宮中詩人)으로서 영화와 명성을 천하에 떨칠 때는 고적도 그의 지위를 부러워하지 않을 처지가 아니었다. 그러나 현재의 형편으로는 고적은 득의(得意)의 지방장관이요, 태백은 실의(失意)의 옥수(獄囚)로서 그에게 구명운동(救命運動)을 해야 할 운명이었다.

심양옥중에서 태백이 쓴 석방호소의 시는 그밖에도 많았는데 그는 어쩐지 자기의 억울한 죄가 용서 받을 것만 같아서 이러한 시로서의 청원을 거의 일과로 삼았다. 그것이 또한 그의 옥중의 고독과 우수(憂愁)를 스스로 위로하는 소일감이 되었다.

『재상 최환도 설마 나의 딱한 사정을 모른 척 하지는 않겠지.』

하고 재상 최환(崔渙)에게도 옥중의 백우초(百憂草) 등 여덟 편이나 되는 시를 연거푸 보내서 동정을 구하였다. 최환은 역시 태백의 장안시대에 사귄 인물이었다. 그도 또한 양국충(楊國忠)에게 몰려서 검주자사(劍州刺史)로 좌천을 당하고만 태백과 같은 정치적 입장에서 불우하였다. 그러나 양국충이 죽고, 현종이 사천으로 피난할 때, 도중에 가서 충성을 바쳤으므로 난중(亂中)에 재상이 되었다. 그는 소년시대부터 사행(士行)이 높았고 경서(經書)에 능통하고 담론(談論)을 잘하는 정객(政客)이었다. 그런데 반란 통에 유능한 선비를 추려서 인재등용을 하려고 그때 구강(九江)지방에 와 있었다.

그러나 그때 태백의 재주를 존경하고 또 억울한 죄를 잘 아는 직접적인 동정자가 나타났다. 그가 바로 어사중승(御史中丞) 송약사(宋若思)였다. 그는 마침내 병대 삼천 명을 거느리고 하남(河南)으로 향하다가 심양에 임시 주둔하였다.

『아니, 이태백이 이곳 옥에 갇혀있다지!』

송약사는 의외의 사건을 알고 놀랐으나, 한편 기뻐하였다. 그는 곧 지방수령(地方守令)에 명령적인 교섭을 해서 출옥시켜, 우선 자기 군중(軍中)에 두고 참모로 삼는 한편, 조정에 상주(上奏)하여 태백의 원죄(冤罪 : 억울하게 뒤집어 쓴 죄.)를 사면하도록 청하였다. 송약사는 시인으로서 이름 높은 이태백을 자기 막료로 둔 것을 자랑삼았다.

『송중승, 나의 억울한 죄를 구해주고 이처럼 후대해 주니, 이 은혜를 어떻게 갚을지…』

하고 감사의 뜻을 표하자, 송중승(宋中丞)은 유쾌히 웃으면서 위로한다.

『천만에요, 그런 걱정 마시요. 시나 읊고 술이나 하면서 편히 쉬십시오.』

태백의 일이라면 역시 송약사의 비서 겸 정훈참모 격이었지만, 실제로는 그의 글벗 술벗으로 후대 받는 호강이었다.

『송중승, 숙종께서 새로 즉위한 이때 조야(朝野)의 공기를 일신하기 위하여 금릉(金陵－南京)으로 도읍을 옮기면 어떻습니까?』

『글쎄. 금릉은 도읍이 될 만 하지만…』

『그러면 천도를 위한 상소를 해 보시지요.』

『그럼 그 상소문을 써 주시오.』

제안한 태백이 상소문도 지어, 송중승의 명의로 조정에 올렸다. 그런데 그보다도 흥미있는 것은 태백의 억울한 죄를 우선 구한 뒤에, 다시 관에 등용하고자 주청(奏請)한 상표문(上表文)까지도 태백 자신의 붓으로 썼다. 그는 송중승의 비서였기 때문이다. 그래서 이 흥미 있는 글은 결국 태백의 자천표(自薦表)라고 불리워졌다.

『신(臣)이 엎드려 생각하옵건대, 전의 한림공봉(翰林供奉) 이백(李白)은 당년 57세 올시다. 천보초(天寶初)에 오부(五府)가 모두 그를 추천하였으나 자신의 영달을 구하지 않은 청사(淸士)였나이다. 상황(上皇)께서 그를 사랑하시와 금액(禁掖 : 궁중)에 들었나이다. 때때로 칙어(勅語)를 초(草)하였나이다. 그리하여 특히 총애를 받았사오나 적신(賊臣)의 모함 때문에 마침내 산야(山野)에 쫓겨나가, 한가롭게 지내며 시문을 지었는데 그 저술이 자못 많습니다. 오랑캐의 반란을 당하자 여산(廬山)으로 피난하던 중, 우연히 영왕(永王)의 동순(東巡)을 만나, 본인도 모르게 유혹과 협박으로 동행(同行)하였으나, 그 그릇됨을 알고 미리 도망하여, 자기의 억울한 잘못을 스스로 고백하고 사죄하였나이다. 이러한 분명한 사건은 선위대사(宣慰大使) 최환(崔渙)과 더불어 신(臣)이 그의 절개를 보증하옵고 추천하오니…』

하여 극력 자기의 청백함을 주장하였다. 그리고도 초조한 태백은 지덕(至德) 2년 8월에 도독회남제군사(都督淮南諸軍事)의 사령관으로 그 지방에 왔던 재상 장호(張鎬)에게도 그의 시를 보내서 관계(官界) 재등용(再登用)을 의뢰하였다. 너무도 쑥스러운 자천운동이었으나 일신의 불행을— 특히 반란군 참여의 누명을 벗기 위하여 고민한 그에게 동정하지 않을 수 없었다.

그러나 그러한 동정자들의 운동도, 자신의 안타까운 호소도 별 효과를 거두지는 못했다.

『아아, 야속한 세상…』

태백은 또다시 인생의 무상(無常)을 한탄하면서 송약사의 진중(陣中)을 떠나서, 또다시 자연 속으로 방랑을 시작하였다.

불행한 시인이 이러한 험난한 세로(世路)를 방랑할 시기에, 당나라의 국운도 또한 참담하였다. 즉 안록산은 장안을 함락시킨 뒤에도 역시 낙양(洛陽)에 있으면서, 장안은 장통유(張統儒) 안수충(安守忠)을 파견 점령시키고 있었다. 이 적군은 장안을 점령하자 모든 재산과 문화와 미인들을 약탈하였다.

현종과 양귀비에게 총애를 받던 악인(樂人)·가희(歌姬)들도 적장(賊將)을 위하여 가무(歌舞)하며 놀이갯감이 되었다. 여러 옛날의 문무관(文武官)도 생명을 유지하기 위하여 항복 변절하여 위관(僞官) 노릇을 하였다. 그 중에서도 태백의 가슴을 아프게 한 것은 유명한 시인이며 화가이던 왕유(王維)까지가 역적의 위협에 못 이겨서 위관의 감투를 받은 사실이었다.

『그러나 왕유의 양심이 설마 역적 안록산에게 종노릇을 할
리가 있을까?』
하고 동정하였다. 태백의 그러한 동정과 같이 왕유 자신도
심중의 고민을 이기지 못하여 비닐로 시를 읊어서 스스로 위
로하였던 것이다.

萬戶傷公生野烟　　온 세상이 수심에 잠겨 암담한데
(만 호 상 공 생 야 연)

百官何日更朝天　　백관은 어느 때나 임금님을 맞으리오.
(백 관 하 일 경 조 천)

秋槐葉落空宮裏　　느티나무 낙엽지는 빈 대궐 안에
(추 괴 엽 락 공 궁 이)

凝碧池頭奏管絃　　역적을 위한 못가의 음악소리 한이로다.
(응 벽 지 두 주 관 현)

　왕유는 이처럼 황위(皇位)의 광복(光復)을 빌며 슬퍼하였
다. 그 뒤에 안록산의 반란이 평정되고 장안과 낙양의 두 서
울이 탈환되었을 때, 적에 항복하여 부역(附逆)한 백관(百官)
이 처벌받았으나 왕유만은 이 시 한 수로 그의 충성과 절개
가 증명되었으므로, 간신히 죄를 면하게 되었다. 세상에는
시화(詩禍)도 있으나, 왕유는 시덕(詩德)을 본 셈이었다. 두
보(杜甫)도 이때 피난해 있었는데 그의 우국지성(憂國至誠)

은 「애왕손(哀王孫)」이라는 시로써 목불인견의 참상을 슬퍼하였다.

그러나 영무(靈武)에서 숙종(肅宗)을 옹립(擁立)한 조정에서는 장안의 회복을 계획하고 있었다. 그런데 천만다행으로 안록산이 그의 아들 안경서(安慶緖)의 손에 살해된 의외의 사건이었다.

『임금에게 활을 쏘는 불충(不忠)의 집에는 아비를 죽이는 불효의 자식이 생긴다더니, 역적 안록산 부자를 두고 한 말이었구나!』

세상 사람들은 역적 안록산의 집안소동을 환영하듯이 비웃었다. 그것은 또한 안록산 군대에 큰 분열을 일으켰다. 그와 반대로 관군(官軍)의 사기는 갑자기 회복되기 시작하였다. 그러나 이 기회에 장안회복을 단행하려 하였으나 그렇게 쉬운 일은 못되었다. 관군의 당시 형편으로는 태백이 북유(北遊)시절에 태원(太原) 진중에서 만났던 곽자의(郭子儀)와 이광필(李光弼) 두 장수만이 믿을 수 있는 인물이었다.

숙종은 하남방면에 출동 중이던 곽자의와 이광필을 영무로 불렀다. 그들이 오만 명의 군대를 거느리고 중앙으로 왔을 때야 관군은 비로소 반격의 기초세력을 갖게 되었다.

『곽장군, 이 장군이 왔으니까 이제는 관군의 승리가 가까워 왔다!』

조정과 백성들은 비로소 용기를 얻었다.

『적군의 멸망도 시간문제다!』

그러나 곽장군 이장군의 군대 힘으로도 강대한 적을 물리칠 수는 없었다. 그래서 조정에서는 몽고(蒙古)지방의 회흘(回紇)의 추장(酋長) 갈륵가한(葛勒可汗)에게 화친원군(和親援軍)을 청하였다. 이것은 외부(外部) 야만민족의 힘을 빌어서 동족내란을 해결하는 이이제이(以夷制夷 : 오랑캐로서 오랑캐를 제압한다는 뜻으로 이 나라의 힘을 빌리어 저 나라를 침.)의 전통적 전략이었다. 여러 가지 조건을 제공하고 원병을 얻은 관군은 안록산의 아들 안경서의 대군을 반격해서 승리하였다. 그래서 현종과 숙종도 장안의 옛 궁성으로 귀환하였다. 이때가 지덕(至德) 2년 10월로서 1년 남짓한 뒤에 국권회복(國權回復)을 하였다.

국권회복한 뒤에 부역자에 대한 처벌은, 그 정도의 경중에 따라서 참형(斬刑), 자결령(自決令), 귀양 등으로 각각 나누어 일단락을 지었다.

이것이 끝난 뒤에, 또 하나의 반역사건이었던 영왕사건(永王事件)의 수습문제가 일어났다. 여기서 이태백의 운명도 또

한 그 모반죄명(謀叛罪名)을 면할 도리가 없었다. 송약사와 최환의 진력도 국법의 대의명분 앞에는 어쩔 수 없었다.

『이태백도 역시 모반죄다!』

모반죄면 사형의 벌로 정해 있었다. 안록산을 치는 관군인 줄만 알고 영왕의 군대에 참가했다가, 스스로 도망하였던 변명도 용납되지 않는 절대절명의 위기였다.

『아아, 천하의 시인 이태백도 억울한 죄명으로 목이 잘릴 것인가?』

이런 화제는 일반 서민(庶民)사이에까지 유포되었다.

『아아, 불행한 시인의 말로…』

그의 시와 인품을 사랑하는 사람들은 모두 동정하였다. 그러한 관민의 동정은 죄일등(罪一等)을 탕감받게 되어서 야랑(夜郞)으로 귀양 가게 되었다.

『죽이면 죽이지, 귀양이 뭐냐. 애국행동인 줄만 알고 잠깐 참가했을 뿐, 잘못을 알고선 곧 도망해 버렸는데… 귀양도 역시 반역죄가 아니냐!』

태백은 그런 불만과 함께 고민하였다.

13. 귀양 가는 천 리 길

『야랑(夜郎)으로 귀양 가게 되었소. 사형을 면한 것 만으로
도 다행입죠.』

태백의 고생을 동정하여 오던 옥리(獄吏)도 기뻐하면서 무
죄석방이 아닌 귀양 갈 장래를 위로하였다.

『그동안 신세 많이졌는데, 수중에 푼돈이 없으니 떠나는
날도 인사 못할게 미안하오.』

태백은 옥리에게 고마웠다는 인사를 하고도, 또다시 귀양
갈 야랑 땅까지의 천 리 길의 고생이 아득하였다. 그리고 옥
중에서 자기의 불행을 스스로 위로삼아 독수공상(獨愁空想)
하던 옛날사람의 비참한 최후를 다시 생각하였다.

『오자서(伍子胥)도 오왕(吳王)의 공신(功臣)이였지만 억울
한 누명을 쓰고 자살의 명을 받고 죽은 뒤에, 말가죽에 싸
여서 강물에 던져 버림을 받지 않았던가. 한고조(漢高祖)를
위하여 충성을 다한 팽월(彭越)도 마침내 사형을 받은 뒤
에, 그 시체는 소금에 절여서 제후(諸侯)에게 술안주 감이

되지 않았던가. 귀양도 억울하지만 그들과 같이 시체까지 욕보지 않은 것만도 다행으로 여겨야 하죠.』

태백은 옥리에게 이런 말을 하고 쓴웃음을 지워 보았다.

『봄이 됐어도 풀 한포기 꽃 한 송이 못 보는 이 감옥을 벗어나면, 아무리 귀양살이래도 강산풍월은 자유로 읊을 테니까 좋지 않은가요.』

『그야 그렇고말고요. 귀양가는 길이 아니고 당신하고 같이 강산유람이나 훨훨 다니고 싶은데요. 허허허.』

그런 웃음의 소리를 억지로 하는 태백의 가슴속은 여전히 허전하였다.

『그런데 야랑이란 어떤 땅일까?』

태백은 옥리에게 묻고자 하느니 보다는 혼자 중얼대는 탄식을 하였다.

야랑은 귀주성(貴州省)에서도 북쪽 끝으로서 사천성(泗川省)에 접한 아주 험난한 변방이었다. 그 당시는 남소국(南詔國)과 으르렁대는 적대(敵對)의 일선진지(一線陣地)였다. 남소국은 당나라에게 조공을 바치던 신하(臣下)의 나라였으나 천보(天寶) 7년에는 당나라를 배반하고 토번(吐蕃-티베트)과 동맹하고 있었다. 그래서 당나라는 두 번이나 그 나라를 토벌하려고 원정군(遠征軍)을 출동시켰으나 모두 실패하고 말았다. 그래서 그 국경에 가까운 야랑은 위험지대로서 원주민도 싫어하는 지방이었다.

백낙천(白樂天)의 유명한 시 「신풍절비옹(新豊折臂翁)」은 이 전쟁 때 징발된 노병(老兵)이 전쟁을 피하려고 스스로 팔을 분지르고, 제대되어 고향으로 돌아간 비화(悲話)를 읊은 작품이었다. 태백 자신도 전에 왕창령(王昌齡)이 야랑에 가까운 용표(龍標)땅으로 좌천된 소식을 듣고 다음과 같은 시를 보내서 위로 하였던 것이다.

문 왕 창 령 좌 천 용 표 위　　요 유 차 기
聞王昌齡左遷龍標尉, 遙有此寄
왕창령이 용표위로 좌천됨을 듣고 멀리서 보내는 시

양 화 낙 진 자 규 제
楊花落盡子規啼　　버들 꽃도 다 지고 두견새만 우는데,

문 도 용 표 과 오 계
聞道龍標過五溪　　용표까지 가자면 오계 땅도 지난다지,

아 기 수 심 여 명 월
我寄愁心與明月　　내 슬픈 마음을 달에 실려 보내면

수 풍 직 도 야 랑 서
隨風直到夜郎西　　야랑의 서쪽까지 바람이 전하련만.

그렇게 친구가 야랑 근처로 좌천한 것을 동정하였는데 지

금은 이태백 자신이 그 야랑으로 귀양을 가게 되었다.

　그는 자기의 귀양을 슬퍼해 주는 친구의 시를 받을 겨를도
없이 친구 신판관(辛判官)에게 신세한탄의 시를 써 보냈다.

流夜郎贈辛判官 야랑으로 귀양가면서 신판관에게

昔在長安醉花柳　　옛날 장안에선 화류지에 놀면서

五候七貴同杯酒　　내노라 하는 귀족들과 술잔 나눌제

氣岸遙凌豪士前　　어떤 호걸에도 뽐내어 봤고

風流肯落他人後　　풍류도 남에게 뒤지려고 했으랴.

夫子紅顔我少年　　그 시절에 그이와 나는 새파란 청춘

章臺走馬著金鞭　　장안이 좁다고 은안백마를 달리고

文章獻納麒麟殿　　문장을 갈겨서 궁중에 바치면서

歌舞淹留玗瑂筵　　어전 잔치에서 놀이 춤출젠

與君自謂長如此　　언제까지도 그럴 줄만 알았더니만

영 지 초 동 풍 진 기
寧知草動風塵起   아아 즐거운 동산에 홀연히 풍진이 일며

함 곡 홀 경 호 마 래
函谷忽驚胡馬來   오랑캐 군마가 몰려온 뒤로

진 궁   도 리 향 명 개
秦宮[18]桃李向明開   장안 궁궐에 꽃들도 빛을 잃으니

아 수 원 적 야 랑 거
我愁遠謫夜郎去   나는 지금 멀리 야랑으로 귀양가는 몸

하 일 금 계   방 사 회
何日金鷄[19]放赦回   언제나 용서받아 돌아올 수 있을지

[주(註)18)] 秦宮(진궁) : 장안(長安)의 궁전(宮殿).

[주(註)19)] 金鷄(금계) : 중국의 원산지인 새. 당(唐)나라 때 대사시(大赦時 : 죄수들의 죄를 용서해줄 때)에 용서받은 죄수들을 황금의 금계를 앞에 단 깃발을 들고는 대사면령(令)을 읽고 정식으로 죄수들을 석방해 주었다고 함.

이러한 외롭고 슬픈 회포를 품은 태백은 구강(九江)에서 배를 타고 쓸쓸한 귀양을 떠났다. 흐르는 강물은 무심히 그의 배를 빨리 몰아서 서쪽의 무창(武昌)에 이르렀다. 여기서 태백은 비로소 지면(知面)있는 그 지방 관리들과 만나서 위로의 잔치대접을 받고 적지 않은 시를 남겼다. 서새역(西塞驛)에서 친구 배은(裵隱)을 만나려고 하였으나 태백의 배가 너무도 빨라서 예정의 날자보다 앞서서 그곳을 지났으므로 태

백이 지나간 뒤에야 마중을 나온 탓으로 만나지 못하였다.
그때 태백은 만나지 못한 친구를 안타깝게 그리워하며 시 한
편을 읊어서 강바람에 띄워 보냈다.

揚帆借天風   순풍에 돛단 배가

水驛苦不緩   나루를 빨리 지나서 한이로다

平明及西塞   아침에 일찍 서새나루에 닿아서

已先投沙伴   한동안 모래언덕에 쉬고 기다렸노라.

廻巒引群峰   높은 봉의 산은 겹쳐 둘러서

橫蹙楚山斷   초산도 기를 못 펴서 작게 보이고

砅衝萬壑會   골짝마다 폭포수가 우렁차도다

震沓百川滿   그 소리 거듭 진동하여 백천에 가득하다

龍怪潛溟波   용은 검푸른 물속에 숨었다가

俟時救炎旱   가물 때는 한재도 구해 주노니

我行欲雷雨 나 가는 귀양길에도 그런 비를 만나서

安得占沽散 말라 죽으려는 운수를 소생 못시킬 건고.

鳥去天路長 나 가는 앞의 하늘 끝은 길건만

人悲春光短 아아 인생의 봄빛은 짧고나.

空將澤畔吟 나는 그대도 못보고 이 글만 보내면서

寄爾江南管 강남 피리에 맞추어 하염없이 시를 읊노라

이처럼 만나려던 배은은 만나지 못하였으나 무창에서 양자
강을 건너서 맞은편에 있는 한양(漢陽)으로 가서 상서랑(尙
書郎) 장위(張謂)를 비롯한 친구들을 만나 놀았다.

『한림, 지금은 귀양가는 몸이지만 금시 사면되어 자유로운
　날이 올 테니 아무 걱정말게. 자아 자네가 이곳에 온 기념
　으로 이 호수의 이름이나 지어 놓고 가게.』

장위는 태백을 그전의 고관대접으로 한림이라고 부르고,
역시 천하의 문장으로 환대하였다. 성남(城南)의 호수에서
뱃놀이까지 시켜 주면서 청하였던 것이다.

『호수의 이름을 낭관호(郎官湖)라고 하게.』

그래서 그대로 부르게 되었다. 그때가 마침 가을 8월이라 밤에는 밝은 달이 태백의 시흥을 더욱 처량하게 돋아 주었다. 태백은 귀양가는 고난의 여행이었으나 여기까지 오는 동안에 도중에서 여러 친구들과 만나면서, 더운 여름 한철을 우정의 술로 지내왔던 것이다.

그것은 단순히 친구를 만나서 구정을 풀 생각에서만은 아니었다. 지방 관리들로서 중앙의 연줄을 가진 그들 힘으로서 덕을 보려는 끊임없는 사면운동(赦免運動)을 겸한 역방(歷訪)이기도 하였다. 그러나 조정에서는 쉽게 허락하지 않았다.

태백은 하는 수 없이 또다시 야랑을 향하여 서쪽으로 가지 않을 수는 없었다.

『귀양을 몇 해 살든지 돌아오는 길에 또다시 만나세.』

곳곳마다의 친구와 헤어질 때는 이런 서글픈 인사를 되풀이 하였다. 친구들은 태백에게 노자 돈도 주고 옷도 선사하고 하였다. 그럴 때마다 태백은 우정에 감격한 눈물을 흘렸다.

눈물을 흘리면서 야랑을 향하여 가는 길─ 강릉(江陵) 의창(宜昌)을 거쳐서 파동(巴東)부터는 사천성이었다. 성경(省境)을 지나면 무산(巫山)의 심산유곡이요, 강은 유명한 삼협(三峽)의 험소(險所)였다.

마침내 햇수로 3년이나 걸려서 무산에 이르렀을 때였다. 안록산의 반란이 평정되고 난, 건원(乾元) 2년 봄에야 태백은 사면의 기쁜 소식을, 아직도 귀양가는 도중에서 들었다.

때는 이미 봄이 짙어가는 남국의 산중에서 태백은 연한 햇고사리 나물을 안주로 자축의 술에 도취하여 복사꽃 핀 나무 밑에서 코를 골고 잤다. 그가 비로소 사랑하는 자연 속에서 자유로운 시인의 네 활개를 펴고 낮잠의 코를 골았던 것이다.

술이 깨서야 잠이 깬 태백은 누워서 쳐다보는 하늘에 복사꽃이 만발하였으므로 옛날 추포(秋浦)에서 복사꽃 놀이하던 추억을 시로 읊었다.

桃花春水生　　봄이 또다시 오매 오랑캐 땅에도

自石今出沒　　추포(秋浦)에서 보던 복사꽃이 피었네.

搖蕩女蘿枝　　봄물이 흘러서 옥 같은 돌이 출몰하고

半桂靑天月　　여라수 나무도 흔들려서 달이 보였다 말다.

不知舊行徑　　추포의 그 산길은 아득하건만

初拳幾枝蕨　　여기서도 햇고사리 야들하고나.

^{삼 재 야 랑 환}
三載夜郎還　귀양살이 삼 년을 야랑에 살고

^{어 자 연 금 골}
於玆鍊金骨　가거든 추포에서 선약이나 만들자.

추포는 경치도 좋고 선도(仙道)를 수양하던 여산(廬山)에
가까운 곳이었다. 이제 야랑에서 자유의 몸으로 돌아가던 추
포에 가서 신선의 생활이나 하겠다는 고요한 안도의 한숨을
지우는 태백이었다.

돌아가려는 마음이 살과 같은 태백은 가벼운 마음으로 백
제성(白帝城)에서 동하(東下)하는 강물에 배를 띄웠다.

^{조 사 백 재 채 운 간}
朝辭白宰彩雲間　아침에 백제성의 구름과 하직하면

^{천 리 강 릉 일 일 환}
千里江陵一日還　천리 길 강릉까지 하루에 가리로다.

^{양 안 원 성 제 불 주}
兩岸猿聲啼不住　양쪽 강 언덕에선 원숭이가 울면서 살고 있고

^{경 주 이 과 만 중 산}
輕舟已過萬重山　나 태운 배는 살갈이 산간을 지나간다.

야랑의 귀양길을 서쪽으로 향하여 올라가던 때의 수심과
고생은 얼마나 뱃머리로 무거웠으랴만, 이제 방면된 자유의
몸을 급류(急流)의 배에 싣고 동쪽으로 내려오는 귀로(歸路)

는 배까지도 태백의 심신과 더불어 가벼웠던 것이다. 태백은 강릉과 무창에서 시주(詩酒)를 좋아하는 옛 친구들과 오래 묵으며 즐겁게 놀았다. 그는 이미 귀양가는 죄인이 아니고, 간곳마다의 자연과 사랑을 주고받는 자연의 시인이었다.

그는 늦은 매화꽃이 지는 오월에 친구들과 술병을 들고 황학루(黃鶴樓)에 올라가서 피리를 불며 놀았다.

여 사 랑 중 흠 청 황 학 루 취 적
與史郎中欽聽黃鶴樓吹笛
사흠과 함께 황학루의 피리소리 들으며

일 위 천 객 거 장 사
一爲遷客去長沙　　귀양가던 객으로 장사를 떠난 몸이

서 망 장 안 불 견 가
西望長安不見家　　서쪽하늘의 장안 길을 바라만 보고

황 학 루 중 취 옥 적
黃鶴樓中吹玉笛　　황학루에 올라서 피리를 불면

강 성 오 월 낙 매 화
江城五月落梅花　　강가의 옛 성터에는 매화꽃이 지누나.

태백은 낙매화(落梅花)라는 곡을 피리로 불면서, 마침 늦은 매화가 지는 풍정(風情)을 못내 슬퍼하였다.

그는 안록산의 역적을 몰아내고 조정이 환도(還都)한 장안이 꿈에도 그리웠다. 그러나 도중의 친구와 산천과 시와 술

은 그의 발길을 재촉하지 않았다. 그래서 그는 한양(漢陽)에
서 그 해를 보냈다. 무산(巫山)에서 복사꽃을 보고, 복사꽃
좋은 추포(秋浦)에 빨리 돌아가서 신선생활을 하려던 꿈조차
잊은 듯하였다.

그는 한양에서 날마다 술에 취해서 주선(酒仙)의 풍모를 여
실히 발휘하였다. 그러나 술은 마음의 선약은 되었으나 지나
친 술은 또한 몸에는 해로운 독이었다. 그는 여기서 주체로
고생하였다. 그러나 술 때문에 생명을 잃어도, 최후까지 술
을 좋아하면서 술의 찬미가를 불렀다.

『술 없이 세상 살 맛이 있나. 술 없이 좋은 시가 나올 리 있
나. 내 시를 청하려면 술만 내면 다 되네.』

태백은 언제나 술타령을 하였다.

去歲左遷夜郎道　　작년에 야랑으로 귀양가던 때는

琉璃硯水長枯槁　　유리벼루의 먹물까지 말라 글 못 짓더니

今年勅放巫山陽　　금년에 무산 남쪽에서 죄가 풀리매

蛟龍筆翰生輝光　　내가 든 붓에 용이 춤을 추누나.

聖主還聽子虛賦　　임금께서 또다시 자허부를 들으시면서

相如却欲論文章   사마상여의 옛 문장을 즐겨하시리니
<small>상 여 각 욕 논 문 장</small>

願撮鸚鵡洲   아마 나도 앵무주 놀이터를 다시 쓸고서
<small>원 촬 앵 무 주</small>

與君醉百場   친구와 더불어 취해 눕고 싶구나.
<small>여 군 취 백 장</small>

嘯超白雲飛七澤   흰 구름을 부르면 금새 못 위에 둥둥 뜨고
<small>소 초 백 운 비 칠 택</small>

歌吟淥水動三湘   녹수를 읊으면 삼상호수도 출렁대리라.
<small>가 음 록 수 동 삼 상</small>

莫惜連船沽美酒   술 한 배 실은 강 놀이에 인색 하리오
<small>막 석 연 선 고 미 주</small>

千金一擲買春芳   천금을 턱 던져서 춘방주(春芳酒) 사리로다.
<small>천 금 일 척 매 춘 방</small>

무창에서의 태백의 객중생활에서는 술에는 부족하지 않았
다. 그의 글재주가 고갈하지 않는 한, 그에게 사주는 친구들과
지방유지의 술은 양자강 물과 같이 그칠 줄을 몰랐다. 유명한
문장인 한유(韓愈)의 부친 한거사(韓去思)가 당시 무창의 지방
장관으로 있어서 특히 태백을 환대하였다. 그래서 태백은 이
지우에 감격하고 그의 송덕비문(頌德碑文)을 지어서 진심의 선
사를 하였다. 이것은 또한 태백 자신의 기념품이기도 하였다.

『우식(愚息) 유(愈)도 문명이 천하에 떨친다 하지만, 우리 이

한림(李翰林)에 비하면 옹졸한 고음지품(苦吟之品)에 지나지 않거든. 한림의 글이야말로 비류직하삼천척(飛流直下三千尺)의 천지조화야. 어허 한림의 붓으로 이런 과찬한 비문을 받아서 도리어 후세의 조롱감이 되지 않겠소. 허허허.』

한거사는 매우 기뻐하며 태백의 글재주를 칭찬하였다. 비류직하삼천척은 태백이 일찍 읊은 시의 한 구절이었다.

『소인의 글재주가 술재주만 하면 이런 고생은 하지 않겠소이다.』

태백은 역시 술에 취해서 이런 농을 하였다.

『아냐, 그 술재주가 너무 지나쳐서 한림의 글재주가 궁중에서 쫓겨나서 야랑에까지 귀양을 간게 아니요. 이곳의 술이 나빠서 그런지 주체로 고생하는 모양이니, 어서 고향에 돌아가서 부인의 반주나 즐기시오.』

『고향이나 있어야죠. 늙은 처의 조석반주로, 방안에서 병사(病死)할 팔자면 어찌 자연을 아는 시객이 되겠소이까. 산중을 소요하다가 구름으로 화해서 청천의 넋이 돼야 선도(仙道)를 뜻한 보람이 있지요.』

태백이 최후로 바라는 것은 역시 자연의 방랑시인이요, 또 신선의 탈속한 경지였던 것이다.

세상은 왕조(王朝)로 광복(光復)하였으나, 아직도 지방각지에는 안록산반란 끝의 여신(餘燼 : 패잔병(敗殘兵).)으로서 대소(大小)의 역도(逆徒)가 행패를 하였다. 그해 팔월에도 강릉에서 강초원(康楚元)의 일당인 장가연(張嘉延)이 지방적인 반란을 일으켰다. 그래서 9월 달에는 강릉을 함락하고 한때 기세를 올렸으나 동짓달에는 관군(官軍)의 소탕으로 진압되었다.

그러나 태백은 9월 9일 중양절(重陽節)에는 국화주(菊花酒)를 기울이면서 동정호(洞庭湖) 악양루(岳陽樓)에서 그 반란군의 수군(水軍)이 준동하는 모습을 태연스럽게 내려다보았다. 태백은 그때 어수선한 반란군의 세태(世態)를 비웃는듯한 가을의 동정호 풍경을, 그의 평화적인 시흥으로 읊었던 것이다. 그의 눈에는 전쟁도 없고 자연만이 아름답게 보였다.

秋登巴陵望洞庭
중양절(重陽節)에 등파릉에 올라 동정호를 바라보다.

淸晨登巴陵   맑은 아침에 파릉에 올라 보면

周覽無不極   동정호는 하늘 끝까지 망망하도다.

明湖映天光   거울 같은 호수에 하늘빛만 푸르르고

徹底見秋色　가을빛은 용구까지 깊어서

秋色何蒼然　동해바다 끝까지 눈 아프게 파랗구나.

際海俱澄鮮　산의 형용만 푸른 덩어리로

山靑滅遠樹　먼 나무숲은 그림으로 화했고

水綠無寒烟[20]　푸른 물 기운엔 안개 한 점 없구나.

來帆出江中　오는 배의 돛폭은 구름과 같고

去鳥向日邊　가는 새는 하늘의 햇나라로 가도다.

風淸長沙浦　바람도 시원할세, 장사의 강변

霜空雲夢田　서리발도 허열세, 운포의 논밭.

膽光惜頹[21]髮　물속에 비취는 내 머리에 놀라며

閱水悲徂年　흘러간 청춘을 서글퍼만 하노니.

北渚旣蕩漾　호수의 북쪽에는 물결이 뛰고

東流自潺湲　호수의 동쪽에는 물결 고요하듯이

영 인 창 백 설
郢人唱白雪　　북쪽 사나이는 백설곡(白雪曲)을 부르고

월 녀 가 채 련
越女歌採蓮　　남쪽 여인네는 채련곡(採蓮曲)을 부르네.

청 차 경 장 단
聽此更腸[22]斷　이런 노래 들으면 나그네의 내 간장
　　　　　　　　끊어만 질듯

빙 애 루 여 천
憑崖淚如泉　　절벽에 의지해서 눈물 지워 내리다.

[주(註)20] 연(烟):다른 판본에는 煙(연기 연, 안개 연)으로 된 것도 있다.
[주(註)21] 퇴(頹) : 穨로 쓴 판본도 있다.
[주(註)22] 장(腸) : 膓으로 쓴 다른 판본도 있다.

　이때 태백의 나이는 이미 59세로서, 가을의 소슬한 바람에 백발이 선들 거렸다. 물에 흘러간 청춘을 회상하는 그의 눈에는 샘같은 눈물이 흘러서 맑은 동정호물을 흐리게 했다.

　『아아. 짧은 인생에 한숨은 왜 이리 긴고…』

하면서 그는 가을밤에 한숨을 부쳐 보냈다.

　『추포로 가서 고요한 여생을 보내자. 내 몸을 그곳 청산(靑山)땅 흙에 묻고, 내 혼을 구름으로 날려 보내자.』

　태백은 바위에 기대 놓았던 지팡이를 집어 들고 언덕길을 내려갔다.

14. 포월등선(抱月登仙)

 귀양길 천 리를 수심의 방랑으로 3년 동안이나 헤매던 태
백은, 그의 배소(配所 : 죄인이 귀
양살이 하는 곳.)가 될 야랑(夜郎) 가까운 무산
(巫山)에서 사면(赦免)되었을 때, 그는 양자강 하류의 추포
(秋浦)에서 고요한 여생을 시와 술로 보낼 생각이 간절하였
다. 그러나 무창(武昌)에서 친구와 그는 술맛을 버리고 떠날
수 없어서 실현하지 못하였다.

 태백은 이 무창에서 가족의 축배(祝杯)도 받지 못하는 객중
에서 환갑(還甲)을 지냈다. 다음해 연호(年號)가 상원(上元)
으로 변하였다.

『아아, 연호도 바뀌어진 새 세상이 되었으니, 나도 이제 최
 후로 살다 묻힐 곳을 찾아가자.』

 그런 생각으로 무창의 친구들과 작별하고, 평생 그리워하
던 추포로 갔다. 그가 추포에 가서 삼간초당(三間草堂)을 짓
고 한가로운 영월소풍(詠月嘯風)의 세월을 보냈다.

 그러나 태백은 주체로 말미암아 건강이 차차 쇠약 하는 중

조를 보였다. 그때 태백의 초혼부인(初婚夫人) 허씨(許氏)와
장남 백금(伯禽)은 당도(當塗)에서 가난한 살림을 하고 있었
다. 백금이가 여러 번 부친을 추포의 초당으로 찾아와서

『아버님, 근력도 전과 같지 않으시니 그만 집으로 돌아가
시지요.』

하고 애걸하였다.

『내가 너한테 아무런 아비노릇도 못했고, 어머니 한테도
평생 고생만 시킨 뒤에 무슨 면목으로, 늙은 몸을 맡기러
기어들어 가겠느냐.』

『아버님만 집에 돌아오시면, 어머님의 생전 소원은 푸실
텐데 왜 그런 말씀하십니까. 저는 아버님 모시려는 효성보
다도 차라리 어머님 소원을 풀어 드리려고 이럽니다.』

백금은 눈물이 핑 도는 눈앞에, 이번에는 꼭 늙은 남편을
모시고 오기만 기다리는 역시 늙은 모친의 쓸쓸한 모습이 떠
올랐다.

『내가 젊었을 때, 시니 술이니 협기(俠氣)로 너희 모자를
버리고 세상을 떠 돌아다녔는데… 아, 내가 지금 생각하니,
한때 장안 궁중에서 한림으로 지낼 때도 식구들 서울구경
한 번 안 시켜준 무정한 남편이요, 아비가 아니냐. 그래도

어머니는 나를 반갑게 기다릴 것이냐?』

태백은 마치 참회하는 죄인처럼 아들한테 물었다. 부인 허씨는 태백이가 반역자의 누명으로 감옥에 갇혔을 때도 천 리 길을 찾아와서 면회하였고, 백방으로 석방운동까지 한 정숙한 조강지처였다. 그러므로 부인의 정성을 모르는 바도 아니었지마는, 지금은 차라리 아들한테 양해를 구하려는 심정이었다.

(내가 정말 즐겁게 사랑한 여자는 초추의 허씨보다도, 두 번째, 세 번째 아내였지만, 그들은 봄바람과 같은 한때의 인연이었고, 나의 관을 묻어줄 여인들은 아니었던 모양이로구나…)

태백은 속으로 그런 생각을 하였다. 그러나 그것도 자기의 방랑 때문에 그 아내들을 버린 것이지 그 여인들을 탓할 이유는 없다고 쓴웃음을 머금었다.

그러나 그러는 아들을 따라서 당도 땅의 노처(老妻)가 기다리는 집으로 돌아간 것도, 추포에서 고독한 생활을 몇 해 한 뒤에서야 겨우 취한 행동이었다.

그러나 아내가 기다리는 집도 말 못할 가난한 살림으로서, 태백을 맞은 아내의 고생은 더욱 컸다. 우선 태백의 고래 같은 주량(酒量)을 대는 것이 밤낮으로 하는 아내의 걱정이었다.

처음부터 패물을 팔아서 술값을 대었으나, 얼마 안 되어서 세간도 옷가지도 모두 팔아서 대었다.

『어어, 시골 탁주맛도 괜찮군.』

태백은 술만 보면, 탁주건 약주건 가리지 않았다. 집안이 끼니도 못 끓이는 것을 번연히 알면서도, 밤낮으로 이어지는 술이, 아내의 어떤 눈물겨운 정성에서 이루어지는 것인지도 모르는 척, 한번도

『어떻게 술을 사오는 거요?』

하고 묻는 법도 없었다. 아내는 태백이가 술을 먹고 즐겨하는 것만 보면 아내의 행복을 느끼는 모양이었다. 집안에 팔 물건이 탕진된 뒤에도, 아내는 동네 집들의 빨래며, 밭일까지 해서 남편의 술값을 벌어 대었다.

『그 가난한 살림에, 어떻게 선생님 술을 대슈?』

동네 늙은 아낙네들이 위로하면서 물으면, 태백의 아내는 빙그레 웃으면서

『아마, 우리 집 선생 술은 하늘이 아는 술인가 보죠. 요전 달밤엔 하도 막막해서 신령바위 밑 샘에서 물을 길다가, 아

아, 이 샘물이 술 같으면 얼마나 좋을까 하구 기도하듯이 군소리를 했어요. 그랬더니, 다음날 아침에 샘뚝에 놓았던 물 항아리에 술이 철철 넘게 담겨 있었겠지요.』

그런 비밀을 말하였다. 그래서 듣던 아낙네들은

『역시 열녀의 지성이 하늘에 사무친 거로군요.』

하고 감탄하였다. 그런 일이 있은 뒤로 가끔 아침 샘뚝에는 술항아리가 놓여 있었다. 그래서 이 샘 이름까지 열녀주천(烈女酒泉) 또는 주선천(酒仙泉)이라고 불리게 되었다.

그러나 그 열녀주천의 기적의 비밀은 종래 밝혀지지는 않았다. 그것은 실상인즉 태백을 존경하는 먼 동네 사는 풍류객이 어느 날 달밤에, 그 샘 위의 숲길을 지나다가, 허씨 부인이

『아아, 이 샘물이 술 같으면 오죽이나 좋을까…』

하는 애달픈 한탄을 듣고, 그 뒤로 가끔 밤중에 술을 갖다 놓았던 때문이었다.

이러한 아내의 정성으로 술도 제대로 먹을 수 있던 태백은, 아직 다리가 걸을 수 있는 한, 역시 여행을 하였다. 남릉(南陵), 금릉(金陵 ; 南京)에도 왕래했고, 특히 의성(宜城) 땅을 자주 방문하였다.

의성에는 태백이 가장 존경한 옛날의 시인(詩人)이요 선객(仙客)이던 진대(晋代)의 사조(謝眺)가 그 지방 자사(刺史)를 지내며 살던 그리운 고장이었다. 태백은 사조가 친히 올라와서 시를 읊은 경로정(敬老亭)과, 그의 별장이 있던 동산(東山)을 배회하면서 고인(故人)을 추앙하였다. 어느 해 가을에도 태백은 경로정에 올라서, 처량한 매화곡(梅花曲)의 피리 소리를 듣고 한 수 읊었다.

胡人吹玉笛   호인이 부는 피리소리는
(호 인 취 옥 적)

一半是秦聲   진나라 땅의 곡조처럼 구슬퍼
(일 반 시 진 성)

十月吳山曉   가을 짙은 오산의 시월 새벽에
(십 월 오 산 효)

梅花落敬亭   경로정에 꽃 지듯 슬픈 매화곡이여
(매 화 낙 경 정)

愁聞出塞曲   아아 처량한 이 변방으로 나가는 곡조에
(수 문 출 새 곡)

淚滿逐臣纓   귀양당한 사람의 눈물 주르르
(누 만 축 신 영)

却望長安道   아득한 장안 길을 원망하면서
(각 망 장 안 도)

空懷戀主情 _{공 회 연 주 정} 옛날의 임금을 못내 그려하노라.

태백은 장안을 쫓긴 뒤에도 현종황제(玄宗皇帝)를 생각하는 충성이 지극하였다. 한때 간신들의 참소에 마지못해 태백을 궁중에서 몰아낸 현종황제도 지금은 폐위(廢位)를 당한 불우한 상황(上皇)이었으므로 자기의 신세와 같이 불우함을 동정하였다.

(만승천자도 옥좌(玉座)를 쫓겨나는 세상인데 나 같은 사람이야 무슨…)

하는 자위(自慰)도 하면서, 인생과 국가의 흥망에 짐짓 감개무량하였다. 그러나 이 시를 읊으며 현종을 그리워하며 동정할 때는, 이미 현종이 세상을 떠난 뒤였다. 장안을 멀리 떨어진 땅에 여행하던 태백은 아직도 그 소식조차 모르는 야인(野人)이었다.

장안시대(長安時代)의 그가 궁중시인으로 명성이 천하에 떨칠 때는, 그의 건강도 장년 시절로서 미주가인(美酒佳人)에 부족이 없었다. 그러나 지금은 이미 노경(老境) 시인의 인생에는 적막한 황혼이 스며들고 있었다.

그가 추포에서 읊은 시에도

秋浦歌 추포가 - 제1수

秋浦長似秋　　주포는 이름처럼 언제나 가을인양

簫條使人愁　　쓸쓸한 바람 사람 간장에 부네.

客愁不可度　　나그네의 수심 둘 곳이 없어

行上東大樓　　홀로 동대루에 올라서매

正西望長安　　서쪽하늘엔 장안이 아득하고

下見江水流　　다락아래엔 강물만 흐르도다.

寄言向江水　　아아 말없는 강물에게 묻노니

汝意憶儂不　　너는 내 수심 아느냐 모르느냐

遙傳一掬淚　　주르르 흐르는 내 눈물 보내노니

爲我達揚州　　양주 땅에 즐겁던 그 청춘에게 알려라.

　태백은 이미 늙었다. 그래서 지나간 청춘시절을 그리워하는 회상(回想)의 시를 읊지 않을 수 없었다.

秋浦歌 추포가 - 제4수

兩鬢入秋浦   가을나무 이 땅에 다다르매

一朝颯已衰   나그네 이내 몸도 갑자기 시드는가.

猿聲催白髮   원숭이 울어울어 나를 맞으매

長短盡成絲   백발이 성성해서 실올이 나부낀다.

　자연을 사랑하는 이 시인도, 황량해지는 자연의 가을을 어찌할지 몰라서 자기의 인생의 가을이 단풍들듯 하는 백발을 탄식하였다.

秋浦歌 추포가 - 제15수

白髮三千丈   나의 백발 삼 천 장도

綠愁似箇²³⁾長   한없는 수심으로 이처럼 자랐노라.

不知明鏡裏   거울을 보고 보며 생각하여도

何處得秋霜   어디서 이런 찬 서리를 맞았는지 몰라라.

[주(註) 23)] 箇(개) : 낱개(당나라 때(唐時)의 구어(口語))로 이것이라는 의미=個와 같은 뜻으로 쓰여짐.

이처럼 자기의 늙은 인생을 슬퍼한 태백은 그러나 신선이 되어서 승천(昇天)한다는 시적신앙(詩的信仰)에서 죽음을 슬퍼하지 않았다. 그가 슬퍼하는 것은 불우한 세상에서 늙으며 산다는 인생자체에 대한 운명을 슬퍼하였던 것이다.

　죽어서 등선(登仙)한다고 믿고, 또 원하는 시인도, 결국 늙은 뒤의 인간으로서 피하지 못할 죽음은 면할 도리가 없을 것이다. 그가 평생을 방랑한 끝에 자기의 무덤 될 터전을, 처자 사는 당도(當塗)에 정한 것은 다행한 일이었다. 당도는 옛 땅이름을 고숙(姑熟)이라고 하였다. 물론 태백이 출생한 고향도 아니며, 또는 소년시대를 보낸 제이의 고향이던 촉(蜀)나라 땅도 아니었다. 역시 유랑해 온 아내가 집칸을 의지한 타향이었다. 그러나 지금 그가 죽더라도, 처자 앞에서 운명하게 되었으므로 객사라고는 부르지 않을 것이다.

　이 당도—옛 이름 고숙의 풍경은 그의 「고숙십영(姑熟十咏)」 가운데 기리워져 있듯이 한적하고 아담한 마을로서, 고적이 또한 적지 않았다.

　동쪽 단양호(丹陽湖)로 흐르는 고숙계(姑熟溪)라는 강물을 깊은 물속까지 환하게 보이는 맑은 물이라, 태백이 즐기는 달 놀이에 더없는 장소였다. 그 옆에는 환온(桓溫)의 유적인 환공정(桓公井)이라는 샘이 있었다.

북쪽에는 단풍으로 유명한 황산이 있는데 산위의 능효대(凌歊臺)는 송무제(宋武帝)의 이궁(離宮)의 뒷자리였다.

그리고 남쪽의 청산(靑山)에는 태백이가 가장 숭배하는 진(晋)나라의 시인 사조(謝眺)가 한때 살았던 곳인데, 그 옛집을 자주 찾았다. 태백도 마침내 항상 그의 유언으로

『내가 죽거던, 이 사조선생 집 뒤에 묻어 주시오.』

하고 부인에게 일렀다. 그가 옛 시인을 추앙한 「사공댁(謝公宅)」이라는 시만 보아도 그 청산(靑山)의 수석(水石)이 얼마나 선객(仙客)들이 살고, 묻힐만한 장소인지를 짐작할 수 있다.

謝公宅 사조(謝眺) 선생의 집

青山日將暝   청산에 해질 무렵

寂寞謝公宅   사선생 사시던 집만 쓸쓸히

竹裏謝公宅   대나무밭 안쪽에 사선생의 집

池中虛月白   연못속의 달빛만 허허(虛虛)히 희다.

荒庭衰草徧   앞뒷뜰에는 시든 풀이 휘덮였고

廢井蒼苔積 (폐정창태적) 못 먹는 우물에는 이끼만 푸르러서

唯有淸風閑 (유유청풍한) 찾는 사람 없건만, 맑은 바람만

時時起泉石 (시시기천석) 때때로 천석(泉石)에 휘파람 불다.

여기서도 태백은 유구한 자연속의 인생의 허무한 느낌을 읊어서 옛 시인의 혼을 위로하곤 하였다.

그러한 허무감(虛無感)은 높은 환산위의 능효대에 대한 시에서도 읊었다.

曠高登古臺 (광고등고대) 멀리 바라보려고 높은 봉에 오르매

臺高極人目 (대고극인목) 봉이 높아서 눈이 아찔하도다.

疊嶂列遠空 (첩장열원공) 첩첩 산봉우리 먼 하늘에 들어섰는데

雜花間平陸 (잡화간평육) 만 가지 꽃들이 평야까지 깔렸도다.

閑雲入窓牖 (한운입창유) 한가로운 구름이 다락난간에 들고

野翠生松竹 (야취생송죽) 송죽의 고목이 울울창창하도다.

欲覽碑上丈 〔욕 람 비 상 장〕 　돌에 새긴 비문을 읽으려 해도

苔侵豈堪讀 〔태 침 기 감 독〕 　이끼로 좀먹어서 옛 얘기 묘연하다.

　이렇게 허무감에 잠긴 그의 한적한 시풍(詩風)은 청년시대
와 장년시대의 호탕한 재기환반의 작품경향과는 판이한 만
년(晩年)의 노래라 아니할 수 없었다.

　그러나 즉경(卽景 : 바로 눈 아 래 보이는 경치.)의 묘(妙)를 노래하는 자연시인
도, 또한 사화전설(史話傳說)로 비분강개 하였고, 또 규원
(閨怨 : 아내가 그의 남편과 헤어져 있는 원한(怨恨). 또는 그것을 노래한 시(詩).)의 연애시(戀愛詩)도 읊었던
것이다. 당도의 북쪽에는 또 망부산(望夫山)이 있었다. 그 망
부산의 이름은 망부석(望夫石)의 슬픈 전설 때문에 생긴 산
이름이었다.

　어떤 젊은 아내가, 멀리 떠난 남편이 객중에서 무슨 사고로
인지 기약한 때에 돌아오지 않았다. 남편이 돌아오기만 일편
단심으로 바라는 그 아내는, 몇 해를 두고 날마다, 그 산위에
올라가서, 남편이 돌아오기만 기다리다가, 마침내 몸이 돌로
변해 버렸다는 전설이었다.

　태백은 망부산에 올라서 그 여인을 동정하는 시를 읊어서

전설의 돌부처를 위로하였다.

옹 망 임 벽 공
顒望臨碧空　　　멀리 푸른 하늘만 바라보며

원 정 감 이 별
怨情感離別　　　이별한 남편만 그리워할 제

강 초 부 지 수
江草不知愁　　　강가의 푸른 풀이 야속하고나

암 화 단 쟁 발
巖花但爭發　　　바위 위의 붉은 꽃이 야속하고나.

운 산 만 리 격
雲山萬里隔　　　산과 구름이 만 리 길을 막어서

음 신 천 리 절
音信千里絕　　　임의 소식이 영영 끊어졌도다.

춘 거 추 복 래
春去秋復來　　　아아 봄이 가고 가을은 또 오건만은

상 사 기 시 헐
相思幾時歇　　　안 오는 임 생각은 언제 풀건고.

　이러한 시에 있어서도, 청년시대의 작품에서 보던 정열적
인 감정을 나타내지 않고, 고요한 심경으로 비련(悲戀)의 노
래를, 차라리 냉정히 읊었던 태백은, 그의 생명의 정열이 식
기 시작하였기 때문이었을까, 또는 인생과 시가 원숙한 경지
에 도달한 때문이었을까?

그러나 그는 일체의 시(詩)나 문(文)에서 죽음에 대한 내용, 또는 죽은 뒤의 내세(來世)에 대한 내용을 쓰지는 않았다. 그는 자기의 백발을 슬퍼하는 노래를 비절하게 불렀지만, 생(生)과 사(死)를 분리해서는 생각하지 않았다. 선도(仙道)를 믿는 그는, 신선의 생명은 불사장수(不死長壽)한다는 것을 믿었고, 또 원하였던 것이매 사(死)와 사후(死後)에 대한 시문(詩文)을 남기지 않는 것은 당연하였을는지도 모른다.

태백이 당도에서 만년을 보내는 동안에 왕이 또 바뀌었다. 태백을 신임하던 현종황제도 상황(上皇)의 지위에서 죽고, 그 황위(皇位)에 억지로 올라앉았던 숙종황제도 죽었다. 그리고 숙종의 아들 대종(代宗)이 즉위(卽位)해서 보응원년(寶應元年)으로 연호(年號)가 갈렸다.

이 보응원년 늦가을 시월 달에, 태백은 친구들과 고숙계(姑熟溪)강에서 강안(江岸)의 단풍을 구경하며 뱃놀이를 하였다. 술도 많이 실었고, 풍악도 잡히면서 해질 무렵까지 놀았다. 해가 떨어지면서 갑자기 산골의 강바람이 선선할 정도를 지나서 추웠다.

『해도 졌으니 그만들 가세.』

그만 뱃놀이를 걷고 돌아가자는 친구들의 말을 들은 태백은

『주호(酒壺:술병)와 시낭(詩囊 : 시(詩)의 초고 (草稿)를 넣는 주머니.)이 아직 미진(未盡)한데, 달구경도 않고 가다니 말이 되나!』

태백이 친구들의 옷자락을 잡고 말리는 통에 배가 크게 기울었다.

『아, 이 사람 배안에서 주정을 하면 우리들 모두 물귀신 만들 텐가?』

하고 어리둥절하였다.

『허허허. 달구경 않고 가겠다면, 배를 엎어서라도 못 가게 하려네.』

『강바람도 찬대, 찬물에 빠뜨려 죽이려나.』

『자아, 춥거든 술을 하게. 아직 술이 덜 취한 모양이로군!』

태백은 배에 도로 앉은 친구들에게 잔을 권하면서 사공에게 호령하였다.

『사공, 어서 배를 저어 채석기(采石磯)로 가세. 거기서 보는 달이 제일 좋거든…』

『태백이 달구경하잔 고집엔 이길 수 없으니까…』

친구들도 달구경하러 채석기로 향하는 배에 몸을 맡길 수밖에 없었다. 채석기는 절벽이 산면을 막고, 동쪽으로만 동천(洞天)이 터진 곳으로서, 물도 가장 깊고, 수세(水勢)가 고요한 못 같은 장소라 달구경에는 가장 적합하였다.

배가 채석기에 다다르자, 이 달맞이 풍류객들을 기다렸다는 듯이, 둥그런 명월이 떠올랐다.

『아아, 이 좋은 달을 안보구들 가자더니, 어떤가? 오늘밤, 이 강의 이 달 경치가?』

태백은 몽롱한 취안(醉眼)으로 친구들을 향하여 달 자랑을 하였다.

『추야명월(秋夜明月) 내 사랑아!』

갑자기 달 노래를 부르던 태백은

『오늘밤엔 암만해도 저 달을 안고 자야겠어!』

『달을 안구 자다니, 신선이 돼서 하늘로 갈 작정인가? 하하하.』

친구들이 웃었다.

『하늘까지 오르지 않아도, 이 뱃전에 달이 있지 않은가?』

강 속의 비친 달을 가리키면서 일어선 태백은 또 한 번

『추야명월 내 사랑아!』

부르면서, 뱃전에서 달을 잡으려고 덤벙 강으로 뛰어들었다.

배안에 같이 있던 친구들은 취했던 정신이 바짝 나서 강물

에 빠진 태백을 건지려고 허둥허둥 하였다. 결국 두 명의 뱃사공의 힘으로 건져냈을 때는, 물을 잔뜩 들이키고 기절하여 있었다. 여럿이 팔다리를 주무르고, 물은 토하게 하여, 겨우 숨을 돌린 뒤에 집으로 업어 갔다.

그 뒤로 태백은 자리에 누운 채 앓는 몸이 되었다. 약과 미음은 먹지 않고 술만 청하고 듣지 않았다. 그래도 술로만 달 반이나 병든 몸을 유지한 태백은 동짓달 초순이 되어서 64세의 시인의 생애를 마치고야 말았다. 임종 때 그는 베개 옆에 쌓아 놓은 엄청난 시고(詩稿)를 친구 이양빙(李陽冰)에게

『이것을 자네가 맡아서 시집(詩集)으로 간행(刊行)해 주게. 나는 지상(地上)에서 그만 떠나겠네.』

『시집 간행은 염려 말게. 그러나 지상에서 떠나다니?』

『인제 땅위로 귀양 왔던 혼이 다시 하늘로 돌아가야겠네.』

『아아, 등선(登仙)한단 말인가?』

『등선은 왜, 귀선(歸仙)이라니까.』

하고 태백은 빙그레 웃었다. 그리고 아내와 아들을 향해서는

『나의 생명은 선경(仙境)으로 다시 돌아가니 남는 내 몸은 청산(靑山), 사선생(謝先生) 사시던 집 뒷산에 묻어. 노상하던 말이니까 알겠지…』

그런 유언을 남긴 뒤에 빙그레 웃고 운명하였다.

　운명한 뒤에도 빙그레 웃는 얼굴빛이 그냥 변하지 않고 영원히 산 모습과 같았다.

　수의를 입혀서 염할 때에도 웃는 얼굴은 싸지 않은 채, 백지만 한 장 가려서 입관 시켰다.

이태백(李太白)의 청평조사(淸平調詞)의 한귀절을 쓴 비

이태백(李太白) 연보(年譜)

701년(장안 원년, 1세) 이백, 중앙아시아의 쇄엽(碎葉)에서 태어나다.

705년(신룡 원년, 5세) 아버지를 따라 사천성 창명현으로 이사왔다. 육갑(六甲)을 외웠다고 한다.

710년(경운 원년, 10세) 시서(詩書)에 통달하고 백가(百家; 여러 학자들의 저서(책))를 읽었다.

715년(개원 3년, 15세) 검술을 좋아했고, 기서(奇書)를 읽고 부(賦)를 지었고 사마상여(司馬相如)를 능가한다고 자부(自負)하였다.

719년(개원 7년, 19세) 성도(成都)에 머무르다. 호방(豪放)한 성격을 가지고 검술(劍術)에 능(能)한 임협(任俠)의 격검(擊劍)을 좋아하였다.

720년(개원 4년, 20세) 익주자사(益州刺史) 소정(蘇頲)에게 문재(文才)를 인정받다.

722년(개원 10년, 22세) 아미산(峨眉山)을 유람하고 청성(靑城)에 은거하다.

725년(개원 13년, 25세) 촉(蜀)에서 나와 삼협(三峽)을 거쳐 동정호(洞庭湖)에서 놀다. 민산(岷山)에 머물고 있다.

726년(개원 14년, 26세) 양양(襄陽)에서 놀고, 여산(盧山)에 올랐으며 다시 금릉(金陵)과 양주(楊州)에서 놀다. 「아미산월가(峨眉山月歌)」를 짓다.

727년(개원 15년, 27세) 허어사(許圉師)의 손녀와 결혼하여 안륙(安陸)에 머물다.

728년(개원 16년, 28세) 장녀 평양(平陽)이 태어나다.

730년(개원 18년, 30세) 처음으로 장안(長安)에 상경하여 종남산(終南山) 마루에서 살다. 하지장(賀知章), 최종지(崔宗之) 등을 알게 되었다.

731년(개원 19년, 31세) 황하 동쪽으로 내려와 양원(梁園)에서 기거하다.

732년(개원 20년, 32세) 낙양을 거쳐 안륙(安陸)으로 돌아오다. 이 무렵부터 남릉에서 유씨와 가정을 꾸렸을 것으로 생각된다.

734년(개원 22년, 34세) 양양을 유람하다 한형주(韓荊州)를 알게 되다. 또 원단구(元丹邱)와 함께 숭산(崇山)에서 놀다.

735년(개원 23년, 35세) 봄에는 안륙(安陸)에 있다가 여름에 태원(太原)에서 놀다.

736년(개원 24세, 36세) 동로(東魯)의 임성(任城)에 우거하고 공소보(孔巢父) 등과 조래산(徂徠山)에서 '죽계육일(竹溪

六逸)’과 어울리다. 죽계육일 : 이백(李白) · 공소보(公巢父) · 한준(韓準) · 배정(裴政) · 장숙명(張叔明) · 도면(陶沔)을 일컬음.

737년(개원 25년, 37세) 동로에서 장남 백금(伯禽)을 낳다. 「黃鶴樓送孟浩然之廣陵」(황학루송맹호연지광릉), 「久別離」(구별리), 「代寄情人」(대기정인)등의 시를 짓다.

739년(개원 27년, 39세) 파릉(巴陵)에서 왕창령(王昌齡)을 만나다.

740년(개원 28년, 40세) 부인 허씨(許氏) 세상을 떠나다.

742년(천보 원년, 42세) 도사 오균(吳筠)과 함께 월(越)에서 놀고 섬중(剡中)에 있다가 오균의 부름을 받고 장안에 가서 한림학사(翰林學士)가 되다. 「游泰山」(유태산), 「南陵別兒童入京)」(남릉별아동입경), 「別內赴徵(별내부징)」 등의 작품을 짓다.

743년(천보 2년, 43세) 장안에 머무르면서 이따금 현종의 연회에 참석하던 중 술에 만취하여 고력사(高力士)에게 자기 신발을 벗기도록 했다. 「淸平調詞三首」(청평조사삼수), 「宮中行樂詞八首」(궁중행악사팔수), 「烏棲曲」(오서곡)」, 「烏夜啼」(오야제), 「戰城南」(전성남), 「杜陵絶句」(두릉절구), 「灞陵行送別」(파릉행송별), 「行路難」(행로난) 등의 시를 짓다.

744년(천보 3년, 44세) 고력사와 양귀비의 참소로 장안에서 추방되다. 낙양에서 두보와 만나 양(梁)·송(宋)에서 놀며 우정을 맺었다. 여기서 종씨(宗氏)라는 여인과 인연을 맺다. 「送賀賓客歸越」(송하빈객귀월), 「月下独酌」(월하독작), 「魯郡東石門送杜二甫」(노군동석문송두이보)등의 시를 짓다.

745년(천보 4년, 46세) 노군(魯郡)에서 두보와 헤어지다. 「自遣」(자견), 「夢遊天姥吟留別」(몽유천모음유별)를 짓다.

747년(천보 6년, 48세) 양주에서 금릉으로, 다시 당도(當塗)로 왔고 횡망산(橫望山)에 얼마동안 머물렀다. 그후 2년 간 금릉에 우거했다. 「寄東魯二稚子」(기동노이치자), 「楊叛児」(양반아), 「対酒」(대주), 「越女詞」(월녀사)를 짓다.

750년(천보 9년, 50세) 금릉에서 낙양으로 와서 시 「答王十二寒夜獨酌有懷」(답왕십이한야독작유회), 「元丹丘歌」(원단구가), 「襄陽歌」(양양가) 「対酒」(대주)를 짓다.

751년(천보 10년, 51세) 동로(東魯)에 있던 가족을 찾아본 다음 남양(南陽)·양원(梁園)을 여행했다. 「고풍(古風)」 59수 가운데는 양국충을 풍자한 작품이 있다.

753년(천보 12년, 53세) 하북(河北)·산서(山西)를 여행하고, 가을에는 선성(宣城)에 왔다가 겨울에는 금릉으로 돌아왔다. 「春日独酌二首」(춘일독작이수), 「憶旧遊寄譙郡

元参軍」(억구유기초군원참군), 「把酒問月」(파주문월), 「贈崔司戶文昆季」(증최사호문곤계), 「贈何七判官昌浩」(증하칠판관창호)를 짓다.

754년(천보 13년, 54세) 왕옥산(王屋山)에서 찾아온 위호(魏顥)와 함께 진회화(秦淮河)에 배를 띄웠다. 또 황산(黃山)에서 놀며 연작시 「추포가」(秋浦歌) 17수 가운데 야광공인(冶礦工人)을 읊고, 「三五七言」(삼오칠언), 「労労亭歌」(로로정가), 「夜泊牛渚懷古」(야박우저회고), 「宣城謝朓楼餞別校書叔雲」(선성사조루전별교서숙운), 「送友人」(송우인) 등을 짓다.

755년(천보 14년, 55세) 안녹산의 난을 만나 양원으로 피난하다 그리고 심양(尋陽)에 머물다가 금릉·선성(宣城) 등으로 돌아다녔다. 「秋浦歌十七首」(추포가십칠수), 「贈汪倫」(증왕윤), 「宣城見杜鵑花」(선성견두견화), 「贈宣城趙太守悅」(증선성조태수열), 「対酒憶賀監二首」(대주억하감이수), 「九月十日卽事」(구월십일즉사)를 짓다.

756년(지덕 원년, 56세) 추포(秋浦)를 거쳐 심양(尋陽)에 이르렀으며 여산에 숨어 있다가 영왕(永王)의 사절인 위자춘(韋子春)의 초청으로 산에서 내려와 영의 군대에 합류하였다. 「北上行」(북상행), 「猛虎行」(맹호행), 「金陵酒肆留別」(금릉주사유별), 「廬山瀑布」(여산폭포), 「山

中与幽人대酌」(산중여유인대작), 「贈王判官時余帰隱
居廬山屛風疊」(증왕판관시여귀은거려산병풍첩), 「門
有車馬客行」(문유차마객행) 등을 지었다.

757년(지덕 2년, 57세) 영왕(永王)의 군이 패하고, 이백도
대역죄로 체포되어 심양에 투옥되다. 부인인 종씨(宗
氏)는 송약사(宋若思)를 움직여 이백을 석방시켰지만
야랑(夜郞)으로 쫓겨나는 유배형(流配刑)이 기다리고
있었다. 「永王東巡歌」(영왕동순가), 「贈張相鎬」(증장상
호), 「上崔相百憂章」(산최상백우장), 「豫章行」(예장행)
등의 작품을 짓다.

758년(건원 원년, 58세) 야랑으로 귀양가던 도중에 장강을
거슬러 올라가 강하(江夏)에서 얼마동안 머무르다 장호
(張鎬)에게 회답하는 시를 지었다. 「流夜郞贈辛判官」
(유야랑증신판관), 「望黃鶴山」(망황학산), 「鸚鵡洲」(앵
무주), 「題江夏修靜寺」(제강하수정사), 「留別賈舍人至」
(유별가사인지), 「贈易秀才」(증역수재)를 짓다.

759년(건원 2년, 59세) 삼협을 거슬러 올라가 무산(巫山)에
당도했을 때 사면령이 내려져 배를 타고 강릉(江陵)으
로 돌아왔다. 이때 지은 시에 「천리강릉일일환(千里江
陵一日還)을 짓다. 또 가지(賈至)와 만나 함께 동정호에
서 배를 띄웠고 상수(湘水)와 소수(瀟水)가 만나는 영릉

(零陵)에서 서예가인 회소(懷素)와 사귀게 되었다. 「早發白帝城」(조발백제성), 「落日憶山中」(낙일억산중), 「荊州歌」(형주가), 「陪族叔刑部侍郎曄及中書賈舍人至遊洞庭」(배족숙형부시랑엽급중서가사인지유동정)등 작품을 썼다.

760년(상원 원년, 60세) 영릉(零陵)에서 악양(岳陽)으로 왔다가 다시 무창(武昌)으로 나갔다. 「峨眉山月歌送蜀僧晏入中京」(아미산월가송촉승안입중경), 「江夏行」(강하행) 「江上贈竇長史」(강상증두장사), 「長千行」(장천행)의 작품을 썼다.

761년(상원 2년, 61세) 이광필(李光弼)의 관군에 합류하고자 했으나 병을 얻어 도중에서 돌아왔고 당도의 현령인 이양빙(李陽冰)을 찾아가서 몸을 의탁하다. 「夜下征虜亭」(야하정로정), 「聞李太尉大擧秦兵百万出征東南懦夫請纓冀申一割之用半道病還留別金陵崔侍御十九韻」(문이태위대거진병백만출정동남나부청영기신일할지용반도병환유별금릉최시어십구운), 「対酒」(대주) 「宣城送劉副使入秦」(선성송유부사입진)를 짓다.

762년(보응 원년, 62세) 11월 당도(當塗) 이양빙(李陽冰)의 집에서 생을 마쳤다.

색인(索引)

[ㅁ]

[ㅂ]

[ㅎ]

이백(李白) 약도(略圖)

張掖 祁連 武威(涼州) 綏 遠 大同 恒山 桑乾河 北京(幽州)
青海 西寧 黃 河 代 雁門關 河 北
臨洮 陝 西 山 汾 太原(并州) 行 山 臨清 泰山 山 東
青海 甘 肅 河 西 水 脈 邯鄲 汶水 新泰 諸城
岷山 渭 咸陽 臨潼 函谷関 洛陽 嵩山 開封 滋陽(兗州) 運 蘭陵
水 武功 新豊 驪山 洛水 濟寧 邳 河
南鄭 西安(長安) 華山 浙川 河 南 潁 虞城 江 蘇
彭明 岷山 漢 水 襄陽 水 亳 南京(金陵) 揚州
印峽 青衣 成都 奉節(夔州) 巫山 巫峽 隨 安 江寧 鎮江 蘇州
西康 雅安 江 合川 瞿塘峽 宜昌 江陵(荆州) 安陸 漢陽 安 徽 当塗 丹陽 太湖
峨眉山 樂山 重慶 西陵峽 宜都 武昌 銅陵 宣城 蕭山 紹興 曹娥江
健為 子 揚 貴池 九江(尋陽) 彭澤(池州) 桐廬 會稽山 上虞
金 洞庭湖 岳陽 盧山 鄱陽湖 錢 塘 嵊 新昌
沙 江 湘 長沙 浙 江 天台山
貴 州 雲 南 湖 南 衡山 江 西 福 建 黎陽

版明圖
權文書
所堂出
有印版

| 명문 동양문고 ❸ |

이태백 방랑기

초판 인쇄 : 2007年 5月 10日
초판 발행 : 2007年 5月 20日
저   자 : 김용제
발행자 : 김동구
발행처 : 명문당(1923. 10. 1 창립)
서울특별시 종로구 안국동 17~8
대체 010041-31-001194
Tel (영) 733-3039, 734-4798
     (편) 733-4748 Fax 734-9209
Homepage : www.myungmundang.net
E-mail : mmdbook1@myungmundang.net
등록 1977. 11. 19. 제1~148호

값 10,000원
ISBN 978-89-7270-852-0 04820
ISBN 978-89-7270-060-9 (세트)

[명문 동양문고 ❶]

동양의 인간학
고대 중국의 제왕학

장기근 저

4×6판 360면

- **제1편 천지창조와 인류탄생**_절대인 하늘이 우주 천지 자연 만물 및 인간을 창조했으며 인간은 하늘의 아들딸이며 만물의 영장이다. 고로 인간은 하늘을 닮은 영특한 존재로 선을 행하지만 동시에 원죄에 의해 악을 저지르기도 한다. 그러므로 인간에게는 선과 악이 혼재하게 되었다.

- **제2편 성제(聖帝)와 덕치(德治)**_중국 신화에서는 황제(黃帝)를 중화민족(中華民族)의 시조로 받들고 아울러 요(堯)임금과 순(舜)임금을 최고의 성군(聖君)으로 높이고 있다.

- **제3편 후예(后羿)와 우왕(禹王)**_한발에 관한 신화의 주인공은 활을 잘 쏘는 후예(后羿)와 그의 아름다운 부인 항아(姮娥)다. 그리고 홍수에 관한 신화의 주인공은 우(禹)임금이다.

- **제4편 하(夏)의 세습과 찬탈**_타락하고 낡은 왕조는 무너지고 새 임금이 나타나 천하를 바로 잡는다. 그러나 그 왕조도 역시 자손들이 세습하고 타락하고 결국은 그 나라도 멸망하게 마련이다. 이와 같은 악순환이 바로 하(夏) 왕조에서 시작되었다.

- **제5편 은(殷) 왕조 편**_고대의 은나라는 몽매한 노예제도(奴隸制度)와 신권통치시대(神權統治時代)였다. 무력이 강한 부족이 다른 부족을 강제로 노예로 부려먹는 것을 노예제도라 했다.

- **제6편 주(周) 왕조 편**_무력으로 은(殷)의 폭군 주(紂)를 토벌하고 주(周)나라를 창건한 제1대 왕은 무왕(武王)이다. 공자나 유가 사상에서는 주(周)나라 초기 특히 서주(西周) 시대를 이상적인 왕조로 높인다.

[명문 동양문고 ❷]

동양의 인간학
당대 여인의 사랑

장기근 저
4×6판 440면

- **제1부 애절한 사랑 이야기_** 당시의 사회의 중심은 역시 귀족 및 사대부(士大夫)들이었다. 그러므로 천민에 속하는 창기나 몰락한 선비들의 자아의식이나 낭만적인 사랑은 대부분 비극으로 끝나야 했다. 그들의 자유분방한 생활이나 사랑은 당시의 전통적 윤리 도덕과 엄격한 문벌주의 및 사회규범을 기준으로 보면 무척 기이한 이야기에 속했다.

- **제2부 환상과 영혼의 세계_** 사람은 죽지 않고 영생(永生)할 수 없다. 이에 극락왕생(極樂往生)을 소망한다. 그 다음으로 속인에게 공통되는 욕구는 부귀영화(富貴榮華)를 누리겠다는 허영심이다. 이를 채우기 위해서는 권력과 금전을 독차지해야 한다. 이와 같은 이상세계를 구현(具現)하려면 개개인 각자가 정신적으로 천도를 깨닫고 실천해야 한다. 그러기 위해서는 개개인 각자가 「동물적 본능성과 육체적 이기적 쾌락주의를 극복해야 한다.」

- **제3부 의(義)로운 여자 협객(俠客)_** 당대의 전기소설에는 여자협객(女子俠客)들이 많이 등장한다. 남자나 여자나 협객들은 초인간적 능력의 소유자였다. 그들은 축지법(縮地法), 은신술(隱身術), 비행술(飛行術) 등을 활용하여 악한 자들을 퇴치함으로써 백성들의 원한을 풀어주기도 했다.